棄女翻身記

3
完

慕伊 著

風文創 790

風 文創
790

目錄

第一百一十九章 拔箭

「咳咳……」城門口吃了滿嘴塵土的眾人議論紛紛。

「剛剛過去的……是順王爺？」

「可不是？也不知道出了什麼事，火燒火燎的。」

「我剛才好像隱約看到，順王爺懷裡還抱著個姑娘？」

「姑娘？真的假的？是不是那個慧敏郷君？」

「不知道，王爺的馬實在太快了，沒看清。」

「順王府肯定是出事了，剛才過去的那隊人裡，有人受傷了。」

「哦？你怎麼知道的？」

「你看，地上有血跡，剛才還沒有呢。」

眾人往地上仔細找去，果然發現了點點血跡。

一時間議論聲更大了，誰也沒有留意，人群中走出幾個人，行色匆匆地離開了。

司徒昊一路疾行，進了順王府，大總管司義達腳步匆匆迎了上來。

「快，叫大夫，再叫太醫來！」司徒昊吩咐一聲，腳步不停，直接穿過垂花門，進了順王府後院正院榮華苑。

「王爺，姑娘這是怎麼了？」後院的管事嬤嬤司玉娘見到受傷的柳葉，嚇了一跳。此時的柳葉雙目緊閉，不知道是不是暈過去了。一路顛簸，肩上的傷口仍在滲血。夏季的衣衫本就單薄，整個肩膀都已被鮮血染紅。

「等等再說，趕緊去準備！」司徒昊一腳踹開榮華苑的房門，快走幾步，把柳葉輕輕放在床上。

「葉兒，到家了，快醒醒。」看著雙眼緊閉的柳葉，司徒昊心口一縮，顫抖著聲音喊道：「葉兒？葉兒？」

「嗯……司徒昊，這是哪兒？」柳葉沒有昏迷，可是劇痛和失血過多已經折磨得她昏昏沈沈。這一睜眼，入眼的卻不是自己的閨房，還好，司徒昊還守在自己身邊。

「這是順王府後院。」看到柳葉睜開眼跟他說話，司徒昊放緩了語氣。「府裡有自己的大夫，又有各類藥材，而且離皇宮近，請太醫也方便。我就自作主張，把妳送到這裡來了。」

「嗯，看樣子要麻煩順王殿下一段時間了。我是傷者，你可不能這時候就趕我回去啊……」柳葉虛弱地笑了笑，說笑著緩解氣氛。

「傻丫頭，這裡就是妳的家，妳想住多久就住多久。」司徒昊心疼不已。

「章大夫來了！」司玉娘掀簾進來，一同進來的，還有王府的專職大夫章大夫。

司徒昊趕緊起身，讓出位置。章大夫匆匆行了一禮，就去查看柳葉的傷勢。

章大夫先給柳葉把了脈，又伸出手輕輕地按壓傷口，疼得柳葉直吸氣。司徒昊也只能沈著臉看著，周身戾氣環繞，恨不得躺在床上的那個人是自己。

終於檢查完畢，章大夫伸手接過藥童遞來的帕子，一邊擦手，一邊說道：「還好，只是傷到了肩膀，要是再往下一點，傷及肺臟，可就麻煩了。」

司徒昊趕緊問道：「那現在該怎麼辦？」

「姑娘失血有些多，萬幸身體底子不錯，先拿參片含著。我這就準備麻沸散，幫姑娘拔箭。玉娘，幫姑娘把染血的衣服脫了，稍微清理一下。」章大夫說著，就在帶來的藥箱裡翻找起來。

「現在就拔箭？不用等御醫來嗎？」司玉娘有些躊躇，猶豫著問出了自己的問題。

章大夫也反應過來，眼前這位傷者可不是平日裡讓他治傷的那些侍衛漢子，而是個嬌滴滴的姑娘家，而且還是王爺心尖上的人，要是有個萬一……

想了想，章大夫覺得應該相信自己的醫術，多拖延一分，傷口就越容易感染，還是救人要緊，便不再猶豫，說道：「傷勢不重，我還能處理，不過，若是御醫能帶來宮中秘製的金瘡藥，倒是可以等一等。姑娘本就已經失血不少，若是拔箭時沒能及時止血，只怕姑娘失血過多，導致氣血兩虧，怕是沒個三、五年的休養恢復不過來。」

此時，章大夫已經找出麻沸散的藥包，交給藥童去熬藥了。

「輕風，速去書房，把先前陛下賞的秘製金瘡藥拿來。」聽了章大夫的話，司徒昊片刻不遲疑，馬上吩咐輕風去辦事。

「是。」正為今日不在打鬥現場保護主子而惱恨不已的輕風，一聽到司徒昊的吩咐，趕緊辦差去了。

司玉娘看了司徒昊一眼，想開口，卻還是閉了嘴。就是在皇宮中，秘製金瘡藥也是十分難得的珍貴藥品，順王府裡也只有王爺那裡珍藏著一小瓶，那是陛下賜給王爺，以備不時之需的。想了想，司玉娘還是決定先把柳葉的髒衣服給處理了。

由於箭頭還沒拔，為了不碰觸箭頭，加重傷勢，司玉娘果斷地喚來一個丫鬟，取來一把剪刀，「喀嚓」幾下，衣服就成碎片散落，露出整個左肩和大半片胸口，再拿乾淨帕子輕輕擦拭傷口周圍的血跡。

章大夫一直忙著準備要用的東西。帕子、綁帶、小刀……輕風也以最快的速度取來了金瘡藥。

很快的，藥童捧著煎好的麻沸散進來。

司徒昊接過藥碗，來到柳葉床邊，語氣溫柔地對柳葉說道：「丫頭，乖乖把藥吃了，就讓大夫給妳拔箭。章大夫是治療外傷的聖手，府中侍衛不管受多重的傷，他都能治好。所以不要怕，把藥吃了，一覺醒來，妳的傷就沒有大礙了。」

司徒昊安慰著柳葉，同時又何嘗不是在安撫自己那顆慌亂的心？慢慢扶起柳葉，親自餵她喝下藥，又緩緩地扶著柳葉躺好，雙手緊緊握著柳葉的右手，眼神溫柔地看著她，慢慢地等著麻沸散起效。

柳葉只覺得眼皮越來越沈，很快大腦當機，整個人失去了知覺。

看到柳葉睡去，司徒昊才又起身，示意章大夫拔箭。

此時的章大夫已經淨手完畢，示意藥童把放著金瘡藥和工具的托盤擺到他觸手可及的位置上。拔箭、按壓、敷藥、包紮，一氣呵成。

「好了，我這就開個方子，等姑娘醒來就給她服下。這段時間，要照顧仔細，切不可使傷口感染了……」章大夫一邊淨手，一邊絮絮叨叨地囑咐著注意事項。

司玉娘在旁邊一一記下。

淨完手的章大夫卻沒有急著開方子，又從藥箱裡拿出綁帶等物，來到司徒昊身邊，說道：「王爺，您的手也該包紮一下。」

此時，眾人才發現司徒昊也受了傷。由於傷口不深，而司徒昊今日的衣衫偏偏是玄色的衣袖，又加上緊張柳葉的傷勢，司徒昊本人也沒有露出半點異樣來，眾人竟是沒人發現。

「主子……」輕風更加懊惱了，抹了把眼淚，跪在司徒昊旁邊幫著章大夫打下手。

「沒事，只是一點皮肉傷。」司徒昊淡定地伸出左手，任由章大夫包紮。

御醫總算氣喘吁吁地來了，明顯是趕路過來的，看到司徒昊也在，趕緊上來行禮。

「許太醫不必多禮，去看一下柳姑娘的傷勢吧！」司徒昊對御醫還是很客氣的，指了指床上躺著的柳葉，示意御醫先去看傷。

許太醫見柳葉的傷口已經包紮完畢，看了看沒有繼續滲血，也就放下心來，把了脈，又翻看柳葉的瞳孔，才與章大夫兩人商討藥方。待到一切妥當後，告辭出府，約定三日後再來。

看著床上的柳葉睡得沈，司徒昊囑咐司玉娘和章大夫好生照看著，就回了前院。一身塵土，滿身血漬，自己也該梳洗一番。

他已經派人去柳府送消息，柳氏等人一會兒就會到了，自己還不知道該如何面對未來丈母娘呢。畢竟柳葉是為了自己才受傷的。

第一百二十章　清醒

前院，松鶴樓。

換了一身淡藍衣衫的司徒昊，正在思索剛剛發生的刺殺事件，突然書房門被人敲響。

「進來。」

門應聲而開，進來的是輕風，臉上帶笑地稟報道：「主子，姑娘醒了。章大夫……」

輕風話還沒說完，只覺得一陣風颳過，書房裡哪還有自家主子的身影？輕風睜大眼愣怔片刻，才邁開步子，追自家主子去了。

榮華苑。

章大夫剛給柳葉把了脈，點了點頭，道：「姑娘既已醒了，就先把湯藥喝了吧。」說著就示意旁邊伺候的丫鬟去取藥。

柳葉委屈著一張臉，可憐巴巴地道：「能先讓我吃點東西嗎？我……餓了。」

章大夫明顯一愣。他還沒碰過這樣的傷患，麻沸散藥效過了，第一時間不是喊傷口痛，而是開口喊餓的。

「哦，當然可以，不過妳現在有傷在身，只能吃些清淡的食物。」

站在旁邊的司玉娘也趕緊說道：「早就準備好了，奴婢這就吩咐人上膳。」沒一會兒，一碗雞絲粥和幾樣清淡小菜就端了上來。司玉娘拿了勺子就要餵，柳葉趕緊制止。「扶我起來，我自己吃。」

「這……」司玉娘猶豫著，看向章大夫詢問意見。

「……扶姑娘起來吧，小心點。」章大夫猶豫了一下，還是答應了柳葉的要求。

於是，司玉娘親自上手，扶著柳葉坐起身。有丫鬟立刻拿了幾個厚厚的墊子墊在柳葉背後，好讓她靠著。此時的柳葉，原本的衣衫早就不在了，身上是司玉娘幫她換上的寬鬆棉布衣。

丫鬟搬來小桌擺在床上，好方便柳葉用膳。

司徒昊進來時，看到的就是柳葉狼吞虎嚥吃東西的情景。

「怎麼回事？怎麼讓姑娘起身了？」一看到柳葉竟然坐起來，自己吃東西，司徒昊厲聲呵斥，眼神犀利地掃過屋裡眾人。

眾人齊齊矮下身去，大氣都不敢出。

「唔……是我自己要起來的……」柳葉滿嘴吃食，邊嚼邊解釋著。

「慢點，吃完了再說話。」司徒昊無奈地斜了柳葉一眼。「妳還受著傷，左手不能用力，這幫奴才竟然讓妳自己吃飯，那就是她們伺候不周，該罰！」

「好啦！人家餓了嘛，她們餵起來太慢了，還不如我自己吃來得香呢！」柳葉開啟撒嬌模式，她可不想進順王府的第一天，就鬧出府裡下人挨罰的事來。

司徒昊寵溺地微搖了搖頭，走過去坐在床沿上，很自然地奪過柳葉手中的勺子，端起桌上的雞絲粥，開始一勺一勺地餵柳葉吃飯。

司玉娘一見這個情形，很有眼色地帶著屋裡眾人出了屋，在門外廊下守著。

連吃了幾口粥，柳葉才開口說道：「好了，讓我自己來吧，你的手臂也還受著傷呢。」

司徒昊側了側身避開柳葉伸過來搶勺子的手，一邊繼續餵，一邊說道：「我沒事，只是皮肉傷，已經上過藥了。」

「你說，我們倆是不是很有默契？你傷的是左臂，我傷在左肩，兩人連受傷的地方都如此相近。」斜靠在靠墊上，享受著司徒昊服務的柳葉，心情很好地說笑著。

「這樣的默契我不想再要。丫頭，以後不許再做這種拿身體當擋箭牌的愚蠢行為，知道沒？」司徒昊卻是沈著臉，一臉嚴肅。

柳葉噘嘴。「但我也不能眼睜睜地看著你有危險啊！」

司徒昊盯著柳葉，語氣沈重。「葉兒，答應我，任何時候，都要以自身安危為重。我只要妳平平安安的，其他的事都由我來處理，知道嗎？若是再讓我知道妳不聽話受了傷，不管有什麼原因，我都不會原諒妳的。」

看司徒昊真生氣了，柳葉伸手拉了拉他的衣袖，討好地道：「好啦，知道了，不要沈著臉了，看得我害怕。」

「這就怕了？擋箭的時候怎麼沒見妳害怕？」突兀的聲音傳來，柳氏帶著一幫人，火燒火燎地闖了進來，沒好氣地瞪著柳葉和司徒昊兩人。

柳葉大窘，怯怯地喊了聲：「娘……」

「姊，妳沒事吧？傷得重不重？」

柳晟睿、尋梅和問雪大步來到柳葉床前，無視王爺的威嚴，直接把司徒昊擠到一邊，一邊打量柳葉，一邊問長問短地關心著。

柳氏瞪了司徒昊一眼，一副「一會兒再找你算帳」的模樣，然後也急走幾步在床沿坐下，拉著女兒沒有受傷的右手，還沒開口說話，眼淚就掉了下來。

「娘，別哭啊，我沒事，只是看著嚇人，其實一點都沒有傷筋動骨，養幾天就好了。」柳葉無奈地看了司徒昊一眼，趕緊安慰起自家娘親來。

「還沒事呢！怎麼，妳還嫌傷得不夠重？」柳氏擦了把眼淚，還想再訓，終究是捨不得，轉頭又狠狠瞪了司徒昊一眼，好像司徒昊做了什麼天怒人怨的壞事似的。

司徒昊一臉愧疚地站在一邊，低著頭，不敢辯駁，生生地挨著未來丈母娘的眼刀，哪裡有身為王爺高高在上的氣勢？

門簾一動，司玉娘親自捧著一碗湯藥進來，恭敬地行了個禮。「姑娘，藥煎好了，趁熱喝了吧。」

「拿過來。」柳氏接過藥碗，親自餵自家女兒喝藥，又塞了顆蜜餞給她沖淡嘴裡的苦藥味。

「乖，吃了藥就躺下好好休息。」恨閨女不照顧好自己的怒氣一洩，那個溫溫柔柔的柳氏又回來了，輕手輕腳地扶著柳葉躺下。

司玉娘、尋梅和問雪幾人趕緊上前幫忙。

待到伺候著柳葉躺好，柳氏轉身看向司徒昊，又變成那個怒氣沖沖的模樣，對司徒昊說道：「順王爺，您出來一下，我有話跟您說。」說完也不管司徒昊答不答應，率先走出房間。

司徒昊當然不敢拒絕，乖乖地出了房門，接受未來岳母的調教去了。

第一百二十一章　反擊

不知道司徒昊與柳氏到底說了些什麼，反正柳葉再次見到柳氏的時候，已經完全看不到柳氏的怒氣了。

哄好了未來丈母娘的順王殿下，這會兒已經回到松鶴樓的書房內，正召來玄一和侍衛統領司良問話。這次吃了這麼大的虧，最可恨的是，竟然讓柳葉都受了重傷。司徒昊不想再像以往一樣，裝作什麼都沒發生過，這次的事，總要找人討回來才是。

「今日之事，可查到什麼眉目了？」司徒昊渾身散發著冷意，面無表情地問兩個屬下。

今日負責善後的司良先開口道：「屬下已檢查每個黑衣刺客的屍體，沒有發現任何標誌性的東西。所有人全是統一的黑衣，身上除了武器外，沒有其他物品，顯然是一群訓練有素之人。」

司徒昊冷哼一聲。「哼，能不訓練有素嗎？那幾位派的人，怎麼也不可能太弱不是？」

「主子打算如何做？難道還跟以前一樣，就此算了嗎？」玄一很是憤憤不平。

「算了？天下沒那麼便宜的事。以前是我大度，不跟他們計較，可是他們千不該萬不該傷了葉兒。」司徒昊眼中寒光一閃，吩咐道：「玄一，去查清楚這次刺殺的幕後主使者是誰，速速來報。我順王府沈寂太久，也該有所行動了，不然外人怕是要忘了我還是個親王了。」

「是。」一聽主子如此說，玄一整個人都興奮起來了，大聲應答一聲，動作迅速地下去安排了。玄一不但掌握順王府所有的暗中力量，包括訓練營、暗衛和整個情報網，相信很快就會查出結果。

看著玄一出去後，司徒昊又對司良吩咐道：「自今日起，府中的防衛等級提升到黃階，包括柳府那邊，也要加強防衛。」

「是。」

「下去吧！」司徒昊揮退了司良，坐在椅子上沈思起來。

父皇的身體是越來越差，那些人也越來越不安分了。自己並無意於那個至高無上的位置，可是身為皇子，又得了皇帝老爹的寵愛，雖然自己已經很努力地低調，時時處處向人顯示著自己的意願，可說到底，大局未定前，自己就是那些人的眼中釘、肉中刺。

只是不知道，刺殺事件的幕後主使者是幾位兄長中的哪一位？

自己也該為以後的生活打算了。就算不想要那至高無上的權力，也並不代表自己就該任人宰割。怡王、珞王，甚至是已經就藩的祁王，誰能坐上那個位置，還不一定呢！

怡王是別想如願以償了，即使沒有自己的阻撓，父皇也不會真的立他為儲。他現在的風光，不過是表象而已。從父皇默許他以庶充嫡，把那孩子記入皇家玉牒起，怡王就已經失去繼承大統的可能，只是他不自知罷了。

再者，怡王自大又能力有限，而貴妃和怡王妃都出自鎮國公府，鎮國公勢大，父皇豈會讓自己的江山有朝一日落入外戚之手？

珞王倒是個好人選。母妃在世時，對珞王母子多有照顧。這些年來，珞王也一直扮演著長兄的角色，對自己關愛有加。最重要的是，就目前來看，珞王為人寬厚，並不是那不能容人的性子。

而且十幾年了，靜妃一直撐著沒有薨逝，其實也是父皇刻意而為。目的就是讓珞王能名正言順地留在京師，成為掣肘怡王的力量。藉著皇帝的勢，珞王暗中也籠絡不小的勢力。但若這次的刺殺行動，珞王也有參與的話，那就別怪自己不顧多年情義，對他出手了。

至於祁王，這個被朝中大臣們忽視的皇子，沒人知道他其實是自己的人。就是那個無所不知的皇帝老爹，也不能完全確定。

只是祁王和自己一樣，討厭那些爾虞我詐，更是被皇帝的冷情所傷，只想護著祁王府上下幾百口人，平平安安地生活罷了。

過沒幾天，玄一就帶回了消息。

那場刺殺中的弓箭手被人認出來了。自己的一名手下指出，他曾見過弓箭手與裕王在一起，裕王還向人炫耀自己招募了一名箭術精湛的能人。而裕王一直都是怡王的人。

司徒昊嘴角一勾。既然有了目標，那就別怪他出手了。

「玄一，去把這些年珞王府的資料通通整理出來拿過來。珞王府那邊的情況，事無巨細，我都要知道。」

「啊？主子，不是要對付怡王和裕王嗎？」聽了司徒昊的吩咐，玄一迷糊了，王爺這唱的又是哪一齣？

「想要打擊敵人，最殘酷的不是要了那個人的性命，而是要搶走他最在意的東西，讓他生死兩難。」

司徒昊冷冷的聲音傳來，饒是身為親信的玄一也忍不住打了個哆嗦，不敢再多嘴，乖乖下去辦事了。

之後的日子，除了每日去榮華苑陪柳葉吃飯，督促她喝藥以外，司徒昊就待在書房處理事務。玄一和一眾手下被他使喚得團團轉，一個個對付怡王和裕王的命令從書房裡傳出，一一佈置下去。同時，司徒昊的親信們不僅把各方的勢力關係又梳理了一遍，還著重分析與珞王合作的利弊，又悄悄地給祁王去了信。

忙完這些，司徒昊就進了宮。沒錯，他去找自己的皇帝老父親告狀去了。

雖然被刺事件已經過去好幾天了，皇帝陛下也早已知曉，派了李公公來了解過情況，但這並不妨礙自己再去當面告狀。

柳葉那句話怎麼說來著？會哭的娃兒有奶喝。自己雖已成年，可在父親眼裡，永遠都是他的兒子，自己去老父親面前哭訴一番，並不是什麼丟臉的事。

第一百二十二章 父子談心

御書房側殿，老皇帝剛小憩醒來。他的身體是越來越不好了，連著看了半個時辰的奏摺就覺得頭昏眼花，小憩的次數也越來越多。

可是儲位未定，他不敢懈怠，更不敢讓人知道他身體的真實狀況。幾個兒子中，宏兒太過寬和，怕是難以駕馭朝中那些刁鑽臣子；佑兒才智不足，自大有餘；璟兒更是不成器。可恨的就是小十六，大好江山他竟然不要！

思及此，老皇帝不由心生悲涼。皇家無情，就連父子間都是先論君臣，再論親情。可惜那遠在封地的譽兒不懂這個理，就因為自己讓他的胞姊遠嫁和親，他竟敢忤逆自己，甚至一氣之下私自去了封地，再也沒回過京城。

殿門推開，李公公進來見到皇帝陛下已經起身，趕緊上前伺候。一邊替老皇帝整理衣衫，一邊稟道：「陛下，順王殿下來了，在廊下候了好一會兒了。」

「嗯，讓他進來吧。」

「是。」李公公應聲退下，親自去帶了司徒昊過來。

「父皇。」司徒昊一進來就跪了下去，這一聲「父皇」喊得是悲傷、委屈又深情款款。

「起來吧，身上還有傷呢，坐著說話。」老皇帝不用猜也知道，司徒昊這次進宮肯定跟前幾天的刺殺事件有關。

老皇帝揮了揮手，李公公便帶著殿中伺候的人退了出去，再親自把門，其他人都遠遠地避到了院中。

老皇帝看著雖已起身，但依舊站在下首的兒子，心中也知道，這次的刺殺事件，自己一直沒有表態，讓這個兒子心有不快了，只得主動開口問道：「傷勢如何了？」

「謝父皇關心，兒子一切都好，只是害怕，怕有個萬一，讓父皇白髮人送黑髮人……」

「胡扯！什麼白髮人送黑髮人？」老皇帝怒喝一聲，打斷司徒昊的話語。「你是朕的兒子，誰敢害你！」

「父皇！」司徒昊悲切地喊了聲。「兒臣沒有胡說，這次幸虧是葉兒替兒臣擋了一箭，不然兒臣真的不敢想像會是什麼結果。葉兒這會兒還躺在床上下不了床呢。」

老皇帝面色一僵，嘆了口氣。「這件事朕自會處置，絕不會當作什麼都沒發生過。可是，昊兒，朕老了，護得了你一時，護不了你一世。身在皇家，能護住你的，只有這個。」說完，老皇帝重重拍了拍自己坐著的龍椅。

「父皇，兒臣不想。」司徒昊聽懂了老皇帝的暗示，撲通一下跪倒在地。「兒臣害怕，怕如父皇一般，一輩子都活在猜忌和算計中，為了江山，為了那把龍椅，犧牲了枕邊人，也犧牲了自己的子女……」

「大膽！」老皇帝勃然大怒，抓起桌上的茶杯就砸了出去。

司徒昊的肩頭立刻濕了一大片，他忍著疼痛，繼續哀求。「父皇，失去了心愛的女兒，也失去了最寵愛的女兒，一輩子只能待在這冰冷的皇宮中，連個真心朋友都沒有。父皇，您雖然有著至高無上的權力，可是，您真的快活嗎？」

廊下，又是一陣東西碎裂的聲音從殿內傳出，一個小太監終是忍不住，悄悄地問李公公。「李總管，陛下這是怎麼了？自順王爺來了後，陛下這都摔了幾次東西了。要不要進去收拾一下？」

李公公沒好氣地瞪了小太監一眼。「小兔崽子，不想腦袋搬家就給我老實點，別人躲還來不及，你還上趕著往前湊，活夠了，嫌自己命太長了？」

「不不不，小的知錯了，這就滾得遠遠的。」小太監一個哆嗦，一溜煙跑得遠遠的，到大門口去當木頭人了。

李公公擔憂地看了眼殿門，也不知道順王殿下都說了些什麼，陛下這是生了大氣了。嘆了口氣，繼續站在殿門口當門神。

殿內，父子倆依舊保持著一坐一跪的姿勢。

老皇帝沈思許久，才開口道：「這麼說，你是中意你的大哥珞王了？你老實告訴朕，你們倆是不是早就謀劃好了？」老皇帝越說，聲音越冷。

「兒臣不敢。」司徒昊重重一頭磕下。「兒臣只是說了兒臣對幾位兄長的看法，至於其他的，沒有父皇的首肯，兒臣絕不敢妄動。」

殿內又是一片寂靜，司徒昊一直保持著一頭觸地的姿勢，一動不敢動。

「起來吧，身上有傷的人，還不知道愛惜自己，動不動就跪。」良久，頭上傳來老皇帝略帶疲憊的聲音。「慧敏是個好的。但是，你既無意於皇位，這賜婚的旨意就讓新帝來下吧！」

司徒昊抬頭，一臉關切地急問：「父皇，您的身體……」

看著司徒昊第一時間關心的是自己的身體狀況，老皇帝終於露出欣慰的笑。「去吧，好好養傷。餘下的事，朕會安排好的。」

司徒昊回到順王府，輕風立刻上前上藥。夏日衣衫單薄，那一杯熱茶水，終究還是燙著了。

柳葉看著那一片通紅，抱怨道：「陛下也真是的，再生氣，也不該往你身上潑茶水，這要是一茶杯砸到頭上……」

司徒昊笑了笑。「不會的，我的武藝都是父皇教的，他雖然年紀大了，可這點準頭還是有的。」說著，朝輕風使了個眼色。

輕風趕緊收拾東西，退了出去。

司徒昊整理好衣服，對柳葉道：「葉兒，我們的事估計還得等上一等。父皇說等將來新帝繼位，讓新帝給我們賜婚。」

柳葉撲閃著大眼睛，問道：「為什麼？」

「父皇遲遲不肯允婚，若是新帝即位後就給我們賜婚，我必會心存感激，而新帝也會因為有恩於我，對我少些防備。父皇把這個籠絡人心的機會交給他的繼承人，也是用心良苦。」

司徒昊說著，長嘆一聲。「如今父皇的身體是大不如前，只怕是……不過妳放心，一切有我在，妳無須憂心。」

「嗯，有你在，我只要負責貌美如花就可以了。」柳葉故作輕鬆地一笑，舒緩這沈重的話題。

第一百二十三章　婚宴連連

司徒昊進宮回來後的第二天，珞王妃就以探望柳葉的名義來到了順王府。

柳葉詫異。刺殺事件後第二天，珞王與珞王妃就來探過病，而且前天瑞瑤郡主也才來看過她，怎麼今日珞王妃又來了？

說起來，自從自己受傷的消息傳出去後，除了自家人，也就藍府、靖國公府和珞王府來探望過。其他人只能送來些補品聊表心意，想進府探望是不可能的，全被司徒昊下令擋在了府外。這大概就是住進順王府的一項福利吧！不然還不知道會有多少人想通過她來打探順王被刺事件的消息，自己也別想安安靜靜地養傷了。

柳葉簡單收拾一下，就在房中等著珞王妃到來。

可是她左等右等，也沒見珞王妃前來。派了問雪去打聽，才知道珞王妃還沒進垂花門，就被司徒昊給截走了。兩人聊沒幾句，司徒昊就以送皇嫂回府的名義，跟著珞王妃一起出府了，這會兒怕是早已經走遠。

聽了消息，柳葉無所謂地笑了笑。正好，她也樂得清閒。

她讓尋梅準備水果、點心，又讓問雪找來一本話本，她自己邊吃水果邊聽書，怎一個逍遙快活了得？

而自司徒昊從珞王府回來後，柳葉明顯感覺到司徒昊越來越忙了。聽輕風說，有時候三更半夜，還在書房裡召集屬下安排事宜。

司徒昊的打算，柳葉也聽他說起過。可是政治上的事，她是一點忙都幫不上，只能努力養傷，不給他添麻煩。

沒幾天，怡王和裕王因為一點小錯就遭了責罰，裕王更是直接被奪了親王爵位，被降為郡王。

相較於裕王所犯的錯，這個懲罰實在太過小題大做了。有那聰明的很快就聯想到前段時間順王被刺事件。一時間，京中流短蜚長，暗潮洶湧。

柳葉在順王府住了將近一個月，司徒昊不得不放柳葉回府。兩人還未成親，即便司徒昊再不情願，也不能再強留柳葉了。以前還可以說是為了養傷，現在柳葉的傷早就好了，再把柳葉留在王府裡，只怕外界又要有流言蜚語傳出來了。

柳葉回到柳府，以身體虛弱需要靜養為由，閉門謝客，過了很長一段時間的安生日子。直到瑞瑤郡主的婚訊傳來，才又外出走動。

瑞瑤郡主是珞王府長女、皇帝陛下的長孫女，她的婚禮自是盛大隆重，長長的嫁妝隊伍繞了大半個京師。最難得的是，瑞瑤郡主雖不是公主，老皇帝卻是親自下旨，命禮部以公主婚嫁的儀制置辦婚禮。論恩寵，眾多皇子、皇孫中，無人能出其右。

有那自詡嗅覺靈敏的政客們，似是從瑞瑤郡主的這場婚禮中嗅到了不一樣的氣息。

自順王被刺後，裕王被貶、怡王受罰，至今還在禁足；就連一直受寵的順王，都在御書房被潑了一身茶水，似是一下子就失了聖心，至今沒再被召見過。

只有珞王，一如既往，不顯山、不露水，在兄弟們都被冷落的時候，還能定時進宮給自己的母妃請安。而瑞瑤郡主的婚事，更是彰顯珞王一脈的榮寵。

眾人紛紛猜測，珞王怕是早就簡在帝心，被立為儲君也只是遲早的問題。一時間，珞王府炙手可熱。

京城的秋季總是特別短，才沒幾天，人們就紛紛穿上夾襖，感冒著涼的人也一下子多了起來。就在此時，宮中傳出了皇帝陛下病重的消息。

一時間，明裡暗裡的爭鬥越來越激烈。而柳葉最直接的感受就是，送進府來的帖子越來越多，其中大部分還是婚宴請帖。

不知是「奪嫡最終戰」前的站位，還是為了規避隨時有可能到來的國喪，京中一時颳起了一陣婚慶熱潮。對於各方送來的請帖，一部分被柳葉禮貌地拒絕了，一部分只是差人送去賀禮，只有少數幾家如南宮雪這般的手帕交，柳葉才親自到場祝賀。

讓柳葉驚訝的是，一直沒有風聲傳出的藍若嵐，竟然也在這當口成親了。新郎是藍將軍麾下的一員武將，家世相較於勇武侯府，只能算是一般。

不過想想藍若藍的性子，柳葉便也釋然了。藍氏夫婦對於這個女兒還真是操碎了心。她不禁又想起自己那個渣爹夏玉郎來，自己受傷，他假裝不知道也就算了，畢竟自家已經跟他夏家斷了關係。可夏新柔總是他嫡親的閨女，曾經還是給予了厚望，可見她進了珞王府後一直不受寵，竟也是不聞不問起來。

攤上這麼一個冷情冷心的爹，連柳葉都替夏新柔悲哀起來。

參加完藍若嵐的婚宴，接下來就是桃芝的佳期了。

柳葉與桃芝的關係最親密，玄十一又是自己幫著挑選的人。對於這場婚事，柳葉投入了前所未有的熱情。

忙完了這件大事，柳葉總算清靜下來。在司徒昊的責備聲中，乖乖地閉門謝客，繼續調養身體。

老皇帝的病情越來越重，已經快一個月沒有上朝了。珞王已經被召進宮中，每日在皇帝床前侍疾，由皇帝陛下親自教導他處理國事。

雖還沒有明旨下來，但局勢已經明朗。可總有些人不甘失敗，為了那至高無上的權力而鋌而走險，奮力一搏。

宮內，貴妃一派的妃子頻頻出入皇帝寢宮，探聽消息。

宮外，怡王府、鎮國公府動作頻頻。司徒昊甚至得到了鎮國公私調邊軍的線報。

第一百二十四章　風雲突變（一）

收到消息的司徒昊冷笑連連。真是不作死不會死，自作孽不可活。怡王竟敢謀逆，怕是離死不遠了。

安排好府中事項，司徒昊便進了宮。

果然，老皇帝早就收到了消息。沒有聲張，也沒有責難，他只是默默地看著這個兒子走上一條不歸路，並在背後偷偷安排好一切。

既然已經選定了儲君人選，那麼為儲君掃平一切障礙，便是他有限的生命裡必須要完成的職責與義務。

從皇宮出來，司徒昊只覺得渾身發冷。父子親情、兄弟手足，在至高無上的皇權面前，竟變得如此不堪一擊。兒子謀逆，父親看著兒子謀逆，甚至是期望著兒子謀逆，只為了給另一個兒子掃平前進的道路。

抬頭看看天空，冬日的陽光照在身上也是冷颼颼的，沒一點溫度。司徒昊長嘆一聲，緊了緊身上的披風，上了早已等候在側的馬車。他還有皇命要去執行。

他沒有回府，馬車直接來到柳府門口。見到柳葉也不廢話，直切主題。

「怡王謀逆，近日京中怕是要亂。偏巧聖上派了任務給我，我必須離京一趟。妳趕緊收拾收拾，明日午時前，我來接你們全家去順王府。」

「啊？謀逆？」柳葉驚訝。怡王這是腦袋瓜被驢踢了還是被門夾了？怎麼就自尋死路了呢？

「鎮國公手中有狼岐關五萬邊軍的兵權，狼岐關是離京城最近的關隘，全速行軍，半個月就能趕赴京城。再加上怡王手中的勢力，叛軍的總兵力達八萬之眾。」

見柳葉依舊有些愣怔，以為她是嚇到了，司徒昊緩下語氣，安慰道：「不過妳也不必擔心，陛下早有萬全準備。狼岐關邊軍副帥和一部分將領都是陛下的人，這次我就是帶了陛下的聖旨，前去軍中收歸兵權的。」

柳葉一把抓住司徒昊的手腕，關切地道：「那你可要小心，多帶些侍衛保護。對方既然已起了謀逆之心，你要收歸兵權怕是沒那麼容易。」

「放心吧，我心中有數。倒是妳，趕緊收拾收拾住進順王府去。萬一叛軍入城，順王府的防衛也嚴密些。」司徒昊反手握住柳葉的手，語氣裡也是一萬個不放心。

柳葉想了想，道：「我覺得沒必要去順王府。王府守衛確實嚴密，可是謀反的是怡王，他早就想除掉你，且順王府的目標太大，加上你不在城中，那些叛軍必定以為府中空虛，會趁火打劫也不一定。還不如柳府安全，目標小，不起眼。」

司徒昊想著柳葉所說也有理，便不再強行讓柳葉一家住進王府。「不去王府也行，我讓司良再派一隊侍衛過來。這段時間，妳就乖乖留在府裡調養身體，哪裡都別去，以免著了道吃虧。」

「嗯。」

「這次外出，名義上我是去南邊普陀寺為陛下尋醫問藥的。所以，我還得先往南邊走兩日再改道狼岐關，時間緊迫，最遲明日就要出發。妳多保重，等我回來。」

「你也多保重，一定要平安歸來。」

司徒昊一早就出發了，柳葉沒有去送行，待在府裡等待司良派來的一小隊護衛。

怡王謀逆的事，柳葉沒有告訴任何人。一來不想弄得人心惶惶，二來不希望消息走漏，引起怡王的警覺。

柳葉找了個年終盤點的藉口，開始收攏資金、歸整庫房。反正已經十一月底了，這時候盤點的店鋪也不是沒有。

一邊把幾間鋪子的收益算了算，把銀子兌成銀票；一邊把庫裡值錢又方便攜帶的東西整理好，連著銀票一起分成幾份，一部分讓玄十一帶出城去悄悄藏好，一部分放在身邊，以備不時之需。

萬一怡王奪位成功，柳葉相信，自己是不會有好日子過的。她要做的就是按照最壞的情況做準備。她甚至想好了跑路的路線，好在因為販賣水果的關係，去南邊的商路已經成熟，到時不管是去蒼雲國還是渡海遠洋，都不成問題。

當然，最重要的，還是加強府中上下的防衛。

柳葉沒有那麼重的男女大防觀念，護衛、下人輪班執勤，不但在後門處安排侍衛，還要求侍衛們入後院巡邏值守。當然，兩位女主子住的院落裡是非召不得進的。

安排好一切，柳葉想了想，還是決定跟靖國公府和藍府通個氣。沒想到柳葉到靖國公府時，義母國公夫人正打算出門呢，看到柳葉過來，趕緊拉她進內室說悄悄話。

「妳義父最近忙得不見人影，昨天半夜匆匆回來一趟，只說京中不太安定，近期怕是有大亂，讓我早做準備。我正要去找妳呢，沒想到妳就過來了。

「妳還年輕，沒經歷過那麼多事，想不了那麼多。今上病到現在，怕是……可是儲位未定，這時候最容易出事。若有個萬一，兵戎相見也是有可能的。葉兒，聽母親的，趕緊回去收拾收拾，你們全家都搬到靖國公府來住。」

「母親……」柳葉眼圈紅紅的，說不感動那是不可能的。「母親，順王殿下已經派了一隊護衛到柳府。我那邊都已經安排好了，只是不放心您這裡，想著過來跟母親通個氣的。」

國公夫人拉著柳葉的手拍了拍。「好孩子。只是……真的不需要住進府裡來嗎？」

「母親，柳府雖小，卻也有小的好處，守衛力量可以更有效地集中在一起。」

國公夫人想了想，覺得柳葉說得也有道理，便也沒有再堅持，囑咐道：「這樣也好，畢竟這些都是我們的猜測，事情還沒到那一步呢。那妳自己多加小心，萬一有什麼事，趕緊差人來報信，我讓羽書去接應你們。」

「我會的。母親這邊也一樣，多加小心。」

第一百二十五章 風雲突變（二）

小心翼翼地過了幾天，忽聽消息傳來，怡王謀反被抓，裕王及部分餘孽在逃，滿城皆驚。

眾人還沒完全接受這個驚天消息，永昌伯府的馬車被劫，緊接著，吏部尚書府、涇陽伯府……接連傳出有叛軍餘孽入室搶劫的消息。大部分都只是損失了些財物，即使有傷亡，也只在護衛與下人間發生。

朝廷派出了金吾衛、府軍衛等衛所的官兵全城搜捕餘孽。一時間滿城風雨，被捕者無數。

就在眾人以為叛軍不足為懼，京師很快就能安定的時候，噩耗傳來。司馬將軍府被叛軍攻破府門，全府上下數百口人悉數被殺，血流成河。

一時間人人自危。偌大京城，無數街道，店鋪歇業，院門緊閉。廣闊的街道上，積雪覆蓋，除了巡邏的官兵，再無一人。

柳府內，由於柳葉早做準備，除了不能外出外，糧食、蔬菜倒是樣樣不缺。柳氏護犢心切，把柳葉和柳晟睿都拘在了蘅芙苑，不准他們離開自己的視線一步。

柳葉想了想，也就隨了柳氏的心意。只是每天到了掌燈時分，就命人去幾個空院落中點燈，想著萬一賊人進府，也能暫時迷惑一下敵人，給自家爭取點逃生的時間。

入夜，柳府眾人圍坐在桌前。柳葉在教柳晟睿算術，柳氏在繡花。

突然，門簾被掀開，宋嬤嬤急匆匆地進來，腳步都有些慌亂了，還沒站定，就急著開口道：「主母、姑娘，外面來了一群賊人……」

「什麼！」柳氏一聽，大叫一聲，整個人都緊張地站了起來。

「娘。」柳葉拉了拉柳氏，示意她先坐下來，才問宋嬤嬤。「嬤嬤，到底怎麼回事？」

宋嬤嬤定了定神，才道：「剛才府門外來了一群人，自稱是京兆府的巡邏官兵，追擊叛賊到此，一定要入府檢查。還好劉總管警醒，隔著門與對方聊了幾句，對方就露了破綻。我進來稟報的時候，賊人已經開始撞門了。蔣頭領正在指揮侍衛們防衛。劉總管讓我來問問姑娘，可是有什麼部署？」

「宋嬤嬤，妳留在這裡安撫好眾人，我去前院看看。尋梅，告訴今夜巡邏的人，讓他們警醒些，特別注意後門和院牆，以防賊人越牆而入。輪休的那些侍衛和下人們也都動員起來，讓他們速速集合到前院聽差。」

柳葉迅速說完，就帶著問雪去了前院。

劉福全看到柳葉親自過來，趕緊上前。「姑娘，您怎麼親自過來了？這會兒賊人都集中在府門外呢，這裡危險。」

「劉總管，現在情況如何了？」

「門外聚集的賊人有百餘人之多，大致可以確定就是那夥叛賊餘孽了。蔣頭領已經在組織弓箭手，打算爬上牆頭射殺他們。」

「嗯，只要確定是叛賊餘孽，能殺就殺，不必留情。告訴侍衛們，等事情結束，我就遞牌子進宮，為諸位殺敵請功。」

「是，奴才先替侍衛們謝過姑娘了。」劉福全轉頭就要去傳達命令。先前還在擔心敵我雙方人數懸殊，有了這樣的動力，不怕侍衛們不盡全力。

「等等。」柳葉叫住劉福全，想了想，說道：「一旦弓箭手占據高處開始射擊，就怕賊人會四散開來，越牆而入。今日輪休的人員馬上就會集合，你跟蔣頭領商量一下，派些機動性強的人手，巡視院牆。」

「是。」劉福全答應著，匆匆下去安排了。

「姑娘。」玄十一不知從何處竄了出來，來到柳葉面前。「我剛才偷偷出府查探了一番，除了府門外的這伙人，還有一個五、六十人的隊伍悄悄地往後門方向去了。我還在人群中發現了夏家老爺的身影。」

「夏玉郎？」柳葉眼睛一眯。她還在奇怪呢，局勢如此緊張，那些賊人躲還來不及，怎麼就瞄上自家這小小的柳府，原來是夏玉郎，為了香水方子，竟然能帶賊人來殺自己的兒女。

「十一，給你多少人，能全殲夏玉郎那夥人？」

「……二十人足矣。」玄十一怔了怔。自己沒聽錯吧？全殲？包括夏玉郎嗎？那可是姑娘的親爹。不過那樣的人渣，活著也是浪費糧食。

「好，我把玄五、玄六也給你，你帶人速去後門攔截，絕不能讓一個賊人逃脫。」柳葉再一次強調必須全滅賊人。

「姑娘，玄五、玄六是王爺給您的暗衛，不能隨意離開的——」

「廢話真多。」柳葉制止了玄十一繼續說下去。「我人就在府中，只要你們解決了府外的賊人，我就不會有危險。去吧，速戰速決。用不了多久，金吾衛和府軍衛巡邏的官兵就該到了。」

「是。」玄十一聽懂了柳葉話中的意思。官兵一到，就沒他們動手的機會了。

看著玄十一離開，問雪不安地問道：「姑娘，夏……」

「既是亂黨，就該死。原本我也不想做得這麼絕，可他竟然帶了賊人來襲擊柳府。問雪，我忍不了。」柳葉心中恨意滔天。

柳府裡，一個是自己的娘親，一個是自己的幼弟，都是手無縛雞之力的婦孺。若真讓賊人攻進府，怕是先前再多的安排也是無濟於事。只要一想到可能會有的後果，柳葉就恨得牙癢癢。

恨夏玉郎，也恨自己的疏忽。她完全沒想到，竟會有人主動引賊人來襲擊柳府。人心，怎麼能壞到如此地步？

「姑娘，夏家那是咎由自取，姑娘不必為此憂心。」問雪心疼地看著自家姑娘，把先前沒說完的話繼續說完。

「確實，我可沒那麼多心思去浪費在這麼一個人渣身上。我們回去，院中還有一大堆事情等著我們處理呢。」柳葉笑了笑，帶著問雪回到了蘅芜苑。

才進院門，柳葉也不理會柳氏和柳晟睿急切的眼神，直接吩咐宋嬤嬤。「嬤嬤，妳去把後院所有的丫鬟、婆子都集中到蘅芜苑來。她們留在外面，即使碰到賊人也是無濟於事，還不如都集中起來，守在蘅芜苑裡，也能抵擋一陣子。」

「是。」

第一百二十六章　風雲突變（三）

待宋嬤嬤匆匆下去安排，柳氏才開口問道：「葉兒，怎麼，賊人進府了？」聲音帶著她自己都沒發覺的顫抖。

「沒有。」柳葉趕緊安撫道：「侍衛們都是好手，我們還有不少箭矢。而且這邊火光沖天的，金吾衛的官兵很快就會趕到。把丫鬟、婆子們集中起來，只是為了以防萬一，減少不必要的傷亡。娘，不必擔心。」

「這就好、這就好。」柳氏一屁股坐在凳子上，隨即想到了什麼，趕緊起身，就要向小佛堂的方向跑去。手還下意識緊緊抓著柳晟睿的手。

「娘！」柳晟睿喊了一聲，掙脫柳氏的手。「娘，您別這樣，我們不會有事的，府外那些賊人一定會被消滅的。」

柳氏看著一雙兒女，下意識地念叨著。「我知道、我知道……」

柳葉知道，柳氏是被嚇著了。害怕的情緒是會傳染的，尤其是現在這種非常時期，若是身為主人家的柳氏先慌了，那些本就驚慌失措的下人們就更指望不上了，或許還會引發內亂。

柳葉輕嘆口氣，拉著柳晟睿的手，說道：「睿哥兒，你已經是有功名在身的男子漢了，姊有件事要拜托你，不知道你能不能做到？」

「姊，什麼事？妳儘管吩咐。」柳晟睿拍著胸脯保證。

「跟著娘，照顧好娘，別讓她一時慌亂做出什麼糊塗事來。我讓尋梅跟著你，聽你差遣，可好？」

「不用了，姊，我有秋霜她們呢，娘身邊也有七彩和巧兒。我會照顧好娘的，姊放心吧！」柳晟睿一臉認真地說完，走過去拉起還在喃喃自語的柳氏的手，說道：「娘，我陪您去給菩薩上香吧。」

「對，上香、上香。」

柳葉看著柳氏兩人去了小佛堂，陷入了沈思。

有一點她沒有告訴柳氏，把丫鬟、婆子們集中起來的另一個原因，是因為她害怕出現第二個夏玉郎。若是府中有人做了賊人的內應，那後果……

雖說府裡的下人都是梳理了數遍的，都是值得信任的人，可是，出了夏玉郎的事，柳葉不由自主地就從最壞的方面去揣度人心。親爹尚且如此，何況只是奴僕？

前前後後把可能發生的情況又細想了一遍，接連吩咐下去幾件事。柳葉才稍稍鬆了口氣，接過問雪手中的茶杯喝了一口。

「問雪，十一回來沒？」

「還沒呢，姑娘有何吩咐，奴婢這就去辦。」

「我想派人去靖國公府和勇武侯府報個信，萬一金吾衛的官兵沒有趕來，有這兩府的援助，我們也不至於太過被動。」

「這事就交給奴婢吧！奴婢去把尋梅找來守著姑娘，這就出府去報信。」問雪說著就要往外走。

「問雪，府外都是賊人……」

問雪笑了笑，說道：「姑娘放心吧，奴婢也是練過幾手的。一會兒我翻牆出去，直接從街道的屋頂走，不會讓那些賊人發現的。」

「好，那妳多加小心。」

「是，姑娘放心，奴婢一定將援兵帶回來。」

尋梅匆匆進來，頂替了問雪的位置，站在她身邊聽差。柳葉知道，問雪已經出府去了。能想到的，她都已經做了，接下來就要看自己府裡的這些人，能不能敵得過那夥賊人了。

屋裡的燭火搖曳，院子裡傳來宋嬤嬤低聲呵斥小丫鬟的聲音，府外的廝殺聲也似乎因為距離的原因而聽不見了，四周一片寂靜。

啪！

燭光一閃，爆了個燈花。

「燈花爆，喜事到。姑娘，這次我們一定能逢凶化吉，安然度過的。」尋梅興高采烈地剪燈花。

柳葉笑了笑，沒有應答。

玄十一回來了，帶來了好消息。「姑娘，後門的賊人已經被我們全滅了。玄六留守在後門，玄五帶著人去前院幫忙了。我回來守著姑娘。」

「辛苦了，做得很好。」聽了玄十一的話，柳葉的心總算稍稍安定了些。

「姑娘，夏玉郎被玄六一箭射死了，用的是沒有標記的箭矢。日後若是有人問起，就說他是被賊人所殺，沒有證據，別人也不能指責姑娘什麼。」玄十一把當時的情況如實跟柳葉說了。

「嗯，有心了。只是我並不怕擔負殺父的罪名，夏玉郎帶了賊人來我府上是事實，他就是在襲擊柳府時被我府上的護衛所殺的。」

「姑娘……」玄十一和尋梅齊齊喚她，臉上帶著驚愕的神色。

「哼，他雖死了，可也難逃國法的制裁。刀劍無眼，混戰中哪有不死人的？再說了，難道只許他帶人襲擊柳府，不許我正當防衛了？天底下可沒這個理。」

「對，這樣的人就該讓他身敗名裂，這都是他罪有應得，不關我們姑娘的事。」尋梅怒道。

「姑娘，為了這樣的人，搭上自己的名聲，不值得。要不，跟王爺商量商量？」玄十一躊躇了一下，提議道。他覺得這事應該盡快告知王爺，王爺肯定有辦法，既能懲治夏家，又能不累及姑娘的聲譽。

柳葉想了想，道：「此事回頭再說，現在最重要的就是抵禦外面的賊人。十一，你去前院把劉總管叫來，我要知道前院的具體情況。」

「是。」

玄十一出去後卻是遲遲未歸。正當柳葉她們以為出了什麼事，心焦不已的時候，劉福全滿臉興奮地進來稟報。

「姑娘，凌小公子和金吾衛的人到了。凌公子帶著人先到，之後是金吾衛的官兵。這會兒前院已經安定，賊人已悉數緝拿。」

「好！」柳葉興奮地站了起來。「劉總管，你速去安頓眾人。我先去前院見客，一會兒再與大家論功行賞。」

「是。」

柳葉帶著尋梅和幾個小丫鬟往前廳而去，一路上，都是高聲談笑的下人。看著這滿院言笑晏晏的人群，柳葉的眉頭卻微不可察地皺了皺。

大難得脫，府中眾人一下子鬆懈下來，這時候若是有些漏網之魚闖進府來……

第一百二十七章　定局

柳葉不敢多想，喊過尋梅道：「尋梅，妳速去找蔣侍衛，讓他安排人手，全府搜尋一遍，確保沒有漏網之魚混進府來。」

「是。」尋梅急匆匆地去了。

柳葉帶著幾個小丫鬟繼續往前廳走去。

來到前廳，發現除了凌羽書和一個面生的將領外，司良竟然也在。

「司統領，你怎麼來了？」柳葉奇怪地問道。順王府大部分護衛都已經隨著司徒昊去了狼岐關，因此這次柳葉向外求援根本就沒考慮順王府。

當初不想住進王府，其中一部分原因就是想讓司徒昊能多帶些侍衛上路。自己若住進王府，依司徒昊的性子，很有可能只帶著暗衛就去狼岐關。

「姑娘。」司良恭敬地行了個禮。若真論品階，司良的品階比柳葉還高，可誰讓柳葉有紅玉珮呢。注定了柳葉是主，而司良就只能是僕。「問雪姑娘來報信，末將就匆匆趕過來了。」

柳葉點點頭。「原來如此。問雪呢？」

「問雪姑娘傳了信就走了，說是要去勇武侯府。」

「姑娘。」說曹操曹操就到，兩人正說著話，門外傳來問雪的聲音。隨即進來兩人，正是問雪和藍府的一名護衛領班。

柳葉朝問雪點點頭，走到廳中，鄭重地向大家行了個禮。「諸位今日仗義相助，救我柳府於危難之際，此恩此情，我柳葉沒齒難忘，柳府上下當湧泉相報。」

「妹子客氣了，我們兄妹本是一家人，自當守望相助。」凌羽書大手一揮，得意洋洋地道：「妹子，妳沒看見，剛才哥哥我快馬加鞭，一桿長槍衝進敵陣，三進三出，殺得對方是丟盔棄甲，毫無還手之力。」

「哥哥勇猛，小妹佩服。」柳葉一頭黑線，卻也是真心佩服這位義兄的俠肝義膽。

「慧敏鄉君。」那位面生的武將走上前來，自我介紹道：「在下金吾衛郎將，敝姓趙。」

「趙郎將，今日辛苦諸位將士了，柳葉感激不盡。」

「鄉君客氣，清剿叛匪乃是我等職責所在。只是在下有一事不明，夏員外郎怎會斃命在亂匪群中？」

「這……」柳葉正要說話，卻有人比她更快。

凌羽書毫不在意地道：「哦，你說那個夏家老爺？我趕到的時候看到他在賊人群中耀武揚威地指揮，一時氣不過就射了他一箭，沒想到下手重了，一箭就把他給射死了。」

趙郎將默然。凌小公子你這是騙鬼呢？我倆前後腳到柳府的，我怎麼沒見你還去過柳府後門處？再說了，你今日來也沒帶弓箭啊，你這瞎話編得有些不地道啊，讓我怎麼寫報告啊？

不過這些話，趙郎將也只是在心裡腹誹一下罷了，他才沒那麼多閒工夫去管怡王餘孽的死因，只要有人認下這個人頭，讓他能完成此次事件的報告就可以了。

「既然如此，在下還有公務在身，這就告辭了。」趙郎將不再細問，帶著他的人離開了。

「既然危機已除，我等也就此離開了。」司良和藍府的那位護衛領班也相繼離開了。

廳中再無外人，柳葉才詢問凌羽書。「哥，你剛才幹麼要說夏玉郎是你殺死的？他明明就是……」

「妹子啊，他畢竟是妳的生身父親，不能死在妳的手下，那就只能死在我的手下了。」

「哥……謝謝。」柳葉眼睛澀澀的。這個「被認親」的義兄，雖然平日裡的行事讓人有些無語，可對她卻是真的關心。

兄妹倆聊了會兒後，凌羽書也回府去了，柳葉便開始著手處理府中事務。

統計傷亡、請醫問藥、慰問傷者、撫卹死者、清點損失……當然，最重要的是論功行賞。

幾天後，朝廷正式發出公告，叛匪已全數被抓，交由刑部主審，待到審判完畢後便可定罪論處。

偌大的京城這才又重新復活。店鋪重新開業，人們似是為了彌補前段時間的恐慌，紛紛走出家門。寒冷的北風也抵擋不住眾人的腳步，購物的、飲宴的、吟詩作賦的……全城一派歌舞昇平的盛世景象。

而這所有的一切歡樂都與夏家人無關。

夏玉郎死後的第二天，姜氏便帶著夏天佑跪在京兆府衙門前，聲稱有夏玉郎謀逆罪證和同謀人員的名單，夏家願意大義滅親，舉證夏玉郎的罪行。生生想把自己從謀逆罪的深淵裡拽出來。

柳葉聽說此事，只是冷笑一聲。被自己的妻兒無情出賣，夏玉郎若泉下有知，不知會是什麼感想？

由於已近年關，老皇帝明令謀逆案必須在年前結案，因此朝廷的辦事效率出奇地高。姜氏的作為終歸是救了夏家。夏玉郎還是有幾分聰明的，不知他是如何弄到怡王同夥的名單，或許那是他給自己準備的保命符，可惜最後卻成了舉證他的證據。

夏家上繳名單有功，然而功過不相抵，夏家死罪可免，活罪難逃。罰其抄沒家產，剝奪夏玉郎的功名，後輩子孫三代內不得參加科考。

沒幾天，最終判決下來了。

怡王、裕王被貶為庶民，終身監禁；鎮國公府株連九族。其他追隨者按情節輕重各有判決。菜市口法場上每日都有被砍頭之人，半尺厚的積雪都不能掩蓋滿地的血跡。

京師在一片血腥中迎來了新的一年。就在眾人以為今年的新年宮宴又將取消時，各府卻都收到了宮宴的帖子。

今年的新年宮宴比往常任何一年都要早，正月初六巳時進宮。久病在床的皇帝陛下高坐龍椅，接受了臣子們的恭賀，並頒發新年的第一道詔書。

正式立珞王司徒宏為儲君，承繼大統。自此，大局定，天下安。

司徒昊是在臘月二十九趕回來的，在城門關閉的最後時刻進了城。入宮覆命後，就被皇帝留在了宮中。

直到宮宴那天，柳葉才匆匆地見了司徒昊一面。互道了平安，還來不及好好訴說彼此的相思之苦，司徒昊又被皇帝陛下召去了。

第一百二十八章　賜婚

之後數天，兩人再沒能找到相聚的機會。每日輕風都會來柳府，帶來司徒昊報平安的口信。從輕風的隻字片語中，柳葉得知老皇帝已經油盡燈枯，只怕是大限不遠了。

元宵才過，宮中噩耗傳來，天宇王朝第六任皇帝陛下駕崩，謚號仁德文皇帝。全國上下一片哀痛，以月代年，服國喪三月。

新帝司徒宏在先帝靈前繼位，成為天宇朝第七任皇帝。遵先帝遺旨，新帝服喪二十七天。

一朝天子一朝臣。因怡王謀逆而空缺的職位，迅速被新帝的心腹填補，新帝更是大賞群臣。

司徒昊拒絕了新帝的賜宴，匆匆出宮，直奔柳府而去。

天空又下起了雪，潔白無瑕的雪花紛紛揚揚地飄落而下，宛如美麗的銀色蝴蝶在翩翩起舞。

引嫣閣中，柳葉正在廊下欣賞雪景。司徒昊一步踏進院中，兩人四目相對，一個大大的笑容在彼此的嘴角飛揚。

司徒昊幾乎是跑著衝向柳葉所在的位置，一把抱起柳葉，就地轉起圈來。

「司徒昊，你回來了！司徒昊——」柳葉大笑著喊司徒昊的名字。

「葉兒，」司徒昊放下柳葉，從懷中取出一卷明黃卷軸。「妳看，這是什麼？」

柳葉接過展開一看，竟是賜婚的聖旨。

「這是……賜婚聖旨？」雖然有所預料，新帝登基後應該很快就會下旨賜婚，但當真正看到這道旨意時，柳葉還是忍不住想確認。

「是的。葉兒，我們總算可以名正言順地在一起了，妳終於要成為我的妻子了。」司徒昊目光炯炯地望著柳葉，神情激動。「葉兒，我一定會給妳一場盛大的婚禮，讓妳成為全天下最幸福的女人。」

「好……」柳葉雙目含淚，用手捂住嘴，才沒讓自己哭出聲來。

這麼多年來，雖然每每說到婚事，柳葉都是笑著說自己很享受戀愛的感覺。可是，蜚短流長，再是不在意，時間久了，難免委屈，也會難受，也問過自己，這樣的堅持到底值不值得？

如今總算守得雲開見月明，自己的堅持、自己的真心，終是換來最好的結局。

「葉兒，我的葉兒。」司徒昊抱緊柳葉，嘴中喃喃道：「我知道，這麼多年讓妳受委屈了，對不起，以後都不會了，我絕不會再讓人欺負妳。」

「嗯。」柳葉靠在司徒昊懷裡，悶悶地應了聲。

滿院子的丫鬟、婆子看到這一幕，或喜極而泣，或掩嘴而笑，有見機快的，已經飛奔出引嫣閣，向蘅芙苑報信去了。

得到消息的柳氏，第一時間向佛祖上了三炷香。得知司徒昊還在柳葉院中，也沒去打擾兩人，一會兒著人開庫房找東西，一會兒又喊七彩把她的繡樣冊子找出來，一會兒又讓巧兒去翻黃曆看日子……把蘅芙苑的眾丫鬟、婆子指使得團團轉，竟是要忙著替柳葉準備嫁妝了。

下學回來的柳晟睿知道此事後，讓小廝去街上買了一大堆鞭炮，掛在大門口，噼哩啪啦響了足足半個時辰。

消息傳開，京城一片譁然。

天宇王朝最有潛力的「黃金單身漢」要成親了！多少少女一夜間傷透了心，哭紅了眼。

莫欣雨枯坐窗前一夜，第二天一早，丫鬟去叫自家小姐起床時才發現，小姐高燒不退，昏倒在地上。

莫夫人抱著么女，哭得死去活來，逼著莫丞相進宮面聖，請求皇帝憐憫，成全女兒的一片癡心。

新帝無奈地望著莫丞相。「左相，莫三姑娘的癡情，朕早有耳聞。只是朕那幼弟的脾氣，你也不是不知道。他若是對莫三姑娘有意，當初父皇在世時早就賜婚成功，怎會拖延至此？」

莫丞相以頭觸地，懇求道：「陛下，小女不求王妃之位，只求陛下勸說順王，讓小女進府。昨日得知順王親事已定，小女已經高燒不退，昏迷在床了。求皇上恩典，給小女一條生路。」

「左相，不是朕不體卹，只是在此事上，朕實在無能為力。」新帝語氣中帶了些薄怒。左相這是要拿女兒的命來威脅自己嗎？

「臣惶恐。」

「唉，退下吧。一會兒讓太醫跟你回府，去給莫三小姐醫治。好好調養著，若是莫三小姐的心結解開，日後朕再給她指門好親事。」

「是。微臣謝陛下隆恩。」

柳葉聽說了莫欣雨的事，也只是無奈地搖搖頭，沒有過多的表示。她是不可能跟他人共享自己的丈夫的，那麼對於莫欣雨，再多的同情也是多餘。

此時的柳府熱鬧非凡。藍若嵐、瑞瑤郡主等相熟之人紛紛前來恭賀，靖國公夫人更是親自上門，同柳氏一起商議嫁妝事宜。

柳葉無奈地抹額。「娘、母親，妳們倆是不是太急切了些？現在只是下了聖旨，具體怎麼安排，禮部都還沒有定論呢。」

「急什麼？」靖國公夫人嗔怪地瞪了柳葉一眼。「講究的人家，從女兒出生的那天起就開始準備嫁妝了。一般些的，積積攢攢，誰家閨女的嫁妝不得準備個三、五年？也就是妳，妳娘慣著妳，讓妳當家，這些年竟是沒為自己攢下一點嫁妝。」

「我……」柳葉竟是無言以對。

靖國公夫人的嘮叨卻是沒停。「妳看看妳這庫房，有哪件東西是拿得出手的，是配得上妳順王妃身分的……」

柳葉總算知道，凌羽書話多的毛病是遺傳自誰了。就話嘮屬性來說，母子倆是像了個十成十。

柳葉決定放棄治療，任由自家娘親和義母去折騰。

第一百二十九章　召見

二月十三，皇帝服喪二十七天滿。皇后大開中宮，第一次召見外命婦。

柳葉本就是有封號的鄉君，又剛得了賜婚的聖旨，新皇后的第一次召見，自然是少不了她的。

偌大的皇宮，積雪消融，到處都濕漉漉的。宮女、太監們忙著清除積水，打掃道路。

啟祥宮，新晉麗嬪夏新柔的宮殿。

夏家的沒落反倒成就了夏新柔。當初她一身孝服，跪在雪地裡請罪，給新帝留下不可磨滅的印象。沒有了怡王一派的印記，夏新柔的美貌成了她最好的武器。

加上新帝的妻妾本就稀少，入宮後，潛邸裡的女人最低也封了個貴人。夏新柔更是未承寵就被封為嬪，居主殿，主一宮事務。

暖閣內，夏新柔面色陰鬱。貼身宮女進來，小心翼翼地稟報道：「那莫三小姐真是不識時務，娘娘一心為她著想，她卻不領情。」

夏新柔輕蔑一笑。「哼，什麼為她著想？若不是妳們辦事不小心，讓她給撞破了，本宮又何必費勁口舌遊說她？」

「奴婢知錯。」宮女趕緊認錯。「只是現在莫三小姐不肯合作，我們的計劃……」

「繼續執行。她若是個聰明的，就不會說出去。柳葉若是落了難，她肯定比誰都高興。她倆可是情敵，注定了不死不休的。」

「是。」

長春宮內，柳葉應付完一堆夫人、小姐，便找了個藉口出來透透氣。不知不覺間就遠離了長春宮，來到了御花園中，與迎面走來的莫欣雨碰了個正著。

莫欣雨大病初癒，面色蒼白，加上剛剛從啟祥宮出來，神情恍惚，見到柳葉連個招呼都不打。

柳葉當然也不會主動與莫欣雨交談什麼，兩人就這麼錯身而過，似是誰都沒看見誰。

「柳姑娘。」突然，莫欣雨的聲音在柳葉背後響起。

柳葉停下腳步，轉過身來問道：「莫三小姐，不知有何事？」

「柳姑娘，宮中並非如妳所見般安全，姑娘四下走動，身邊還是多帶些人的好。也請姑娘不要輕信他人，隨意跟了人走。」

莫欣雨說完，不待柳葉有所反應，抬步就離開了。

「莫名其妙。」尋梅嘀咕一句，詢問柳葉。「姑娘，您說莫三小姐這話，到底什麼意思？」

「不知道，不過她的提醒也不是沒有道理。宮中本就是多事之地，如今又多了個麗嬪。夏玉郎可是死在柳府門口，不管麗嬪是否知情，她與我之間早就水火不容了。」

柳葉說完，招呼上自家的兩個丫鬟。「走吧，我們回去。」三人一同往來時的路走回去。

「慧敏鄉君！」才走出幾步，柳葉又一次被人從背後喚住。

一名宮女來到柳葉面前，行了個禮道：「奴婢小桃，奉順王殿下的命令，來給鄉君帶個信。殿下在前方的聽雨閣中等您。」

「哦？」柳葉眼光一閃。

今日陛下召見外臣，她也是知道的。可她卻沒聽司徒昊說過他也會進宮，加上剛剛莫欣雨莫名其妙的提醒，柳葉的心中疑竇頓生。

「還請鄉君隨奴婢來，奴婢給您帶路。」

「可皇后剛剛也差了人來找我。這樣吧，妳替我帶個信給順王殿下，就說我面見完皇后便去尋他，讓他稍微等一等。」柳葉一邊說，一邊仔細打量那名宮女。

只見宮女眼神閃爍，面色變了數變。終究還是屈於皇后之名，面有不甘地離去。

「問雪，給妳一個任務，偷偷跟著那名宮女，看看她到底有何古怪。注意安全。」

「是。」問雪應聲而去。

「姑娘，您懷疑這宮女……」尋梅湊上來問柳葉。

「誰知道呢？」柳葉不置可否。「小心些總是沒錯的。」

兩人回到長春宮，一邊與殿內眾人說笑，一邊等待問雪那邊的消息。

沒一會兒，問雪回來了，湊到柳葉耳邊，小聲說道：「姑娘，奴婢跟著那小桃一路到了聽雨閣，閣內確實有人，卻不是殿下。那人一身宮中侍衛的打扮，正在寬衣解帶，準備沐浴。也不知小桃跟那人說了什麼，那人行色匆匆地離開了，只留下那名宮女在收拾場地。奴婢不敢久待，先來稟告姑娘。」

柳葉想通了其中環節，冷笑道：「有人這是看我不順眼，想要壞我名聲，讓我不得好死呢。」

「姑娘，我們趕緊去稟告皇后娘娘吧。」

「又有什麼用？」柳葉冷笑。「我們沒憑沒據的，想必這會兒聽雨閣內早就準備妥當。我們即使帶了人去，也可能是無功而返。」

「那怎麼辦？難道任由賊人逍遙嗎？」尋梅氣得直跺腳。

「不急，從長計議。賊人既然存了這個心，遲早都會露出破綻來。」柳葉卻不以為意，朝著莫欣雨的方向走去。

「莫姑娘。」柳葉來到莫欣雨身邊，行了一禮，說道：「今日多謝莫姑娘了。」

「沒什麼，我只是不屑於用那些卑劣的手段罷了。」

柳葉笑了。這個莫欣雨還真是有趣，她倆不是情敵嗎？若是此次柳葉中招，既得利益者十之八九就是她莫欣雨。自己名聲壞了，就不可能再嫁進順王府，那她莫欣雨的機會不是又有了？

「別那麼看著我，我只是一不小心撞破了某些人的陰謀罷了。」莫欣雨被柳葉看得心裡發毛。「我雖喜歡順王殿下，可我行事自有我的原則。再說，前段日子大病一場，鬼門關前走了一遭，很多事我也是想明白了。」

莫欣雨輕嘆口氣，繼續道：「我對順王殿下，畢竟只是單戀罷了。這麼些年，但凡順王殿下對我有一絲絲情感，我也不會落到現在這個地步。既然襄王無情，我又何必在他這棵樹上吊死？」

「恭喜莫姑娘。」柳葉由衷替莫欣雨感到高興。「莫姑娘心結已解，日後必能找到一個真心待妳之人，與之白頭偕老，共度餘生。」

「柳姑娘就莫要再取笑我了。」

「沒有，我說的是真心的。」柳葉想了想，又道：「莫姑娘年歲不小，可否有興趣與我一同學做生意，給自己多攢點嫁妝？」

第一百三十章　一生一世一雙人

莫欣雨眼神微閃。「柳姑娘是什麼意思？」

「我想開間百貨鋪子，不知道莫三小姐有沒有興趣？」柳葉一邊說，一邊觀察著莫欣雨的神色。

只見莫欣雨眼睛亮亮的，說道：「若是普通的雜貨鋪子，怕是不好開。京中幾個街市上都有幾家老牌的雜貨鋪，市場分額大部分都被他們占去了。不知柳姑娘有什麼新奇的點子？」

「點子當然是有的，我開的可是百貨鋪子，真正的百樣商品。」

「真的？能仔細說說嗎？怎麼入股？我沒多少本錢，也不知道夠不夠。」莫欣雨的眼睛更亮了。

「慧敏又有什麼新奇點子了？有賺錢的生意可要記得帶上我，本宮也好賺點胭脂水粉錢。」

突兀的聲音傳來，竟是當今皇后娘娘注意到兩人的談話，走了過來。

「參見皇后娘娘。」

「平身吧，不必多禮。慧敏，妳剛才說的百貨鋪子是什麼樣的鋪子？裡面真的有賣一百種商品嗎？」

「回皇后娘娘的話，我所設想的百貨鋪子，取名叫超級市場。是集菜場、雜貨鋪、水果店、糧店、綢緞莊、成衣鋪等等於一體的鋪子，只要是老百姓日常所需的，在超級市場裡都能找到。」柳葉侃侃而談。

「開這樣的鋪子，成本應該很高吧？風險會不會大了些？萬一……」虧本的話皇后沒有說出口，但是她的意思，大家都懂。

柳葉開口道：「娘娘，我們可以想法子控制成本，轉移風險。娘娘若是有興趣，等我回去寫好計劃書，再來與娘娘細談。」

「好。本宮最是欣賞慧敏這一點，做事情前，總是先規劃好再行動。本宮看過妳以前的計劃書，條理清晰，成本收益風險評估，一樣樣都寫得清清楚楚。很好。」

皇后誇讚了柳葉一番，滿意地離開了。

「柳姑娘，」莫欣雨看著柳葉，有些猶豫不決。「百貨鋪子的事，能不能讓我也參加？若是我的本錢不夠入股的話，我給妳做工也是可以的。」

「莫姑娘莫急，我既然已經邀請妳了，自然不可能不算妳的那一份。今日並不是說這件事的好場合，等哪天莫姑娘有空，我們再詳談。」

「有空、有空。若是柳姑娘方便，明日午後我去柳府拜訪。」莫欣雨一改往日的沈穩，有些急切地說道。

柳葉想了想，道：「可以，明日見面我們再詳談。」

兩人約定好相聚的時間，就此分開。

回府的路上，尋梅忍不住問道：「姑娘，您真要帶著莫三小姐一起做生意嗎？她可是癡戀王爺很多年了，奴婢不信她大病一場，就真能放棄這段感情。」

柳葉慵懶地靠在馬車靠墊上。「是不是真的又有什麼關係？我只是還她今日相助之情罷了。義賣會的時候，她那鋪子的點子很不錯，若她真有這份聰慧，也不失為一個好的合作伙伴。」

「可是王爺……萬一莫姑娘是想藉此接近王爺呢？」尋梅還是很擔心。

「王爺若是對她有意，還輪得到妳家姑娘我嗎？換句話說，若是王爺能輕易就被人勾了去，我留著他又有什麼用？」

「姑娘？」尋梅有些理解不了柳葉話中的意思。

「尋梅啊，別人喜歡王爺，那是別人的事，妳家王爺不是那褲腰帶鬆的人。感情是雙方的事，兩人之間如果連這點信任都沒有，整天擔心哪個女子會來跟妳搶丈夫，這樣的感情，不要也罷。」

「可是……」尋梅不知道該怎麼說。姑娘被王爺寵得沒有半點危機感，日後順王府裡遲早會有別的女子，到時候姑娘該怎麼辦？

「尋梅啊，別像個小老太婆似地皺著眉了。只是個莫欣雨，沒什麼好擔心的。妳看看妳，皺眉都不漂亮了。」

尋梅跺跺腳，急道：「姑娘，您這樣是不對的。要是日後順王府裡來了別的女人，您也不管不顧，只一味地相信王爺，遲早是要吃虧的。」

「什麼別的女人？司徒昊有其他喜歡的人？」柳葉疑惑。

「沒有、沒有，奴婢是說日後。按儀制，親王有一位親王妃、兩位側妃、三位……」

柳葉擺擺手，制止了尋梅的話。「妳也說了，是按儀制。若是不按儀制呢？我柳葉有一樣東西絕不與人共享，那就是丈夫。若是順王府來了其他女人，那我與司徒昊的感情也是走到盡頭了。」

「姑娘！」尋梅用手捂嘴，一臉驚駭。

「有什麼好奇怪的？這事司徒昊早就知道。不然妳以為妳家姑娘我為什麼會不顧流言蜚語，一路從清河追到京城，堅持到現在？」

「姑娘……您真厲害！」尋梅都要被柳葉給嚇傻了，除了佩服，再也生不出其他想法來。

不過尋梅回到柳府，思來想去還是不放心，找了個機會跟柳氏說了這件事，希望主母能勸勸自家姑娘。

柳氏找柳葉做了一次深談，柳葉還是覺得，兩人之間一生一世一雙人，是原則也是基礎，兩人都應該有這個自覺。

至於外面那些鶯鶯燕燕，她們若只是愛慕司徒昊，柳葉覺得沒必要理會。若是耍心眼想要染指不該屬於她的東西，柳葉也不會客氣。只是到底會對誰不客氣，這要取決於司徒昊的態度。

若司徒昊明顯對對方無意，那她就幫忙一起打擊覬覦者。若司徒昊敢與他人玩曖昧，或是跟其他女人有了首尾，那麼只能說再見，咱倆從此相忘於江湖。

也不知道怎麼回事，好好的一生一世一雙人的美好意境，傳到市井間就成了柳葉善妒，不許順王納妾。可憐柳葉還沒成親呢，就成了全京師出了名的妒婦。

柳氏急得不行，怕女兒壞了名聲，也怕司徒昊誤會，以為自家女兒是個容不得人的。

司徒昊卻很開心，被朋友、兄弟們取笑了也不生氣，還喜孜孜地說：「那是我家王妃在意我，真正把我放在她的心裡，才不許其他女人來跟她一起分享自己的夫君。」

第一百三十一章　籌備超市

第二天下午，莫欣雨依約來到柳府，與柳葉一起商討百貨鋪子的事。

柳葉拿出她連夜寫的超市計劃書初稿，交給莫欣雨。「莫三小姐，這是我寫的計劃書，妳看看，有沒有什麼不妥的地方。」

莫欣雨很詫異。其實昨日回府後她就一直在想這件事。因為自己單戀司徒昊，她與柳葉一直都不對盤，自己還幾次三番地找柳葉比試，企圖壓柳葉一頭。

她以為柳葉也應該是討厭自己的，昨日說找自己合作開鋪子的事，只是因為自己剛剛提醒了柳葉，柳葉說的場面話罷了。沒想到今日一來，柳葉就把計劃書拿出來，大大方方地請自己看。「為什麼？」莫欣雨想不通，乾脆直接問了出來。「如果只是為了昨天的事，妳大可不必做到如此。」

「嗯……怎麼說呢？」柳葉想了想。「邀妳一起開鋪子，確實是想報答妳昨日的提醒之情。但是更多的，還是欣賞莫姑娘的為人。妳雖然擺著一副世家小姐、高高在上的姿態，令人討厭，但是，就像妳自己說的，妳自有傲骨，哪些事該做，哪些事不該做，妳有自己的原則。」

「可是，順王殿下……妳知道的，我一直……愛慕著順王殿下，難道妳當真不介意嗎？」

「我為什麼要介意？說句難聽的，司徒昊擺明了對妳無意，我若介意，豈不是自尋煩惱，也太抬舉妳了？」柳葉說著，還推了推點心盤，示意莫欣雨吃點心。

「妳這話還真是傷人啊。不過，卻是事實。一直以來都是我一廂情願，糾結於當初順王殿下拒絕賜婚之事，鑽了牛角尖，說白了，不過是少女情懷外加一點自尊心作祟罷了。若論真感情，話都沒說過幾句的兩個人，又哪裡來的深情厚誼？」

「看樣子，莫姑娘是真的想通了。」

「當然，既然打定主意要跟著柳姑娘做生意，有些話，自是要提前跟柳姑娘說清楚。日後，順王殿下於我就只是個普通王爺罷了。或許，一時間我還會有些不自在，但是，既然注定了不是我的東西，我也不會再妄想。」莫欣雨一臉認真，似是保證，又似是誓言。

「嗯，我相信莫姑娘。」柳葉再一次把計劃書拿給莫欣雨。「現在，還請莫姑娘仔細看看這份計劃書，我們倆好好商量商量，爭取早日把這百貨鋪子開起來。」

「好。」似是因為說開了，莫欣雨無比輕鬆地一笑，開始認真看起這份計劃書。通篇看完，有幾點引起了莫欣雨的注意。其中一點是關於進貨，柳葉把貨物分成了兩大類。第一類，是由生產者供貨，鋪子負責銷售，貨款月結，每月一日結算上月的貨款。

關於這一點，莫欣雨提出了異議。從來進貨都是銀貨兩訖的，先供貨再按月結算，不一定能行得通。

柳葉的解釋是，百貨鋪子直接找生產者供貨，比如菜農，省去了中間的盤商，給的進價可以比市場行情稍微高一點。而且百貨鋪子的銷售思路以跑量為主，一開始或許有人不能接受這種月結的方式，但只要鋪子的銷量穩定下來，到時候只會有人求著給你供貨。

第二類商品則是邀請著名品牌進駐百貨鋪子，為他們設立專櫃。百貨鋪子只收取一定的場地租賃費用和市場管理費，不參與具體銷售。

如意坊的點心、卿本佳人的香水赫然在邀請之列，另外還有玲瓏閣的首飾、錦繡坊的成衣……就連一些有名的吃食，如一品鴨、西市的劉大嫂醬豬蹄等都在邀請之列。

「妳確定，這些店鋪都會進駐我們的百貨鋪子嗎？像錦繡坊、玲瓏閣的背後都有強大的後臺，想要他們進駐，可不是件容易的事。」莫欣雨有些疑惑地問。

「為什麼不同意進駐呢？我們的後臺可是皇后娘娘，是整個皇家，還有誰的後臺比我們硬？生意不好做，特別是剛起步的時候，我們要善於扯大旗，利用皇家的影響力來吸引人氣，皇后娘娘這股可不能白占了，總要發光發熱才行。」柳葉說得理所當然。

莫欣雨自嘆不如。利用皇家，還能說得如此理直氣壯的，大概也只有柳葉了。

看完整本計劃書，莫欣雨不由咋舌。「妳這是打算開多大的鋪子啊？生鮮區、糧油調料區、酒水區、零食區……光是吃食就分了這麼多類，還有日用品區、胭脂水粉區、紡織品區等等，這得多少成本？」

「我的初步計劃是開間三層樓的鋪子，底層是生鮮、糧油和熟食；三層是品牌精品區，卿本佳人、錦繡坊之類的都在三層；其他的乾果蜜餞和雜貨都設在二層。至於成本，其實貨物本身的成本並不高。主要還是場地的問題，普通鋪子根本滿足不了我們的要求，所以我們首先要做的是選址建房。」

莫欣雨苦惱地道：「京師寸土寸金，想找這麼大的場地，還真是困難。」

「所以我們要找合作伙伴。先選好地方，就去找這片地上房子的主人，讓他們以地契入股，這樣我們就又省下一筆買地的本錢了。」

「……」莫欣雨無語。「突然發現，妳這人不是一般的壞。貨款要賣了商品才肯結算，現在連買地的錢都要省，妳這是打算空手套白狼？」

「嘿嘿，多謝誇獎。不過我可不是空手套白狼，房子推倒重砌也是要本錢的。」

「……」莫欣雨徹底無語。

接下來的幾天，柳葉除了進宮一趟，跟皇后敲定皇家入股的具體事項後，其他的事，一股腦兒全拋給了莫欣雨。

莫欣雨難免抱怨，道：「妳找我做合作伙伴，是不是因為缺個跑腿的，覺得我還能勝任這個活計？」

「哎呀，被妳發現了，這可如何是好？要不，殺人滅口吧？」柳葉大言不慚，竟還開起了玩笑。自從柳葉與莫欣雨說開後，加之籌備百貨鋪子的事，兩人的交往越來越頻繁，交情迅速升溫。

第一百三十二章 下聘

三個月的國喪期滿，司徒昊親自跑了一趟禮部和欽天監，定下了婚禮流程。

四月二十二，禮部擬定的納采之日。司徒昊請了勇武侯藍老將軍出面，送納采禮進柳府。打頭的是一對活雁，為了這對活雁，司徒昊帶著一行人外出獵雁，五日才回。另有象徵吉祥如意的各種金銀首飾、玉器擺設，總計三十餘件。大紅托盤陳設，在堂前擺了長長的兩溜長案。

這門婚事，雙方都是千情萬願的，又有皇上的聖旨賜婚，流程走得很順利。熱熱鬧鬧地吃完納采喜宴，雙方直接進入問名環節。禮部官員拿著柳葉的年庚八字就去了欽天監，對八字、問吉凶。欽天監當然不會犯糊塗，卜出來的八字自然是天作之合，上上之選。

之後就是過文定、交換庚帖。雙方婚事初定。

禮部與欽天監的官員們辦事效率難得地高，沒辦法，誰讓後面有個急著娶新娘的順王爺催得緊呢。每天早中晚必來禮部報到，催問事情進展情況。

五月初八，順王府下聘之日。當天，柳府張燈結綵，大開中門，迎接順王府的下聘之人。端睿大公主與藍夫人作為男方全福之人，將大紅聘書和下聘禮單交給柳氏。然後是長長的順王府的聘禮隊伍，竟是湊了整整六十四抬的聘禮。等到禮官唱和到聘金時，二萬兩黃金的數字一出，眾人皆譁然。

有好算之人估算了順王府的聘禮，價值大概三十萬兩。「順王為了娶王妃，不會把整個王府都搬空了吧？」

一時間，順王府的下聘禮成了京城最熱門的話題。羨慕的、眼紅的，也有那吃不到葡萄說葡萄酸的，紛紛猜測柳府該怎麼置辦嫁妝？

沒想到司徒昊又差人送了二萬兩黃金和無數奇珍異寶到柳府，揚言這是他為柳葉置辦的嫁妝。眾單身漢們已經無力吐槽了。順王爺，您這樣真的好嗎？您開了這樣的先河，讓我們這些還沒娶親的人怎麼辦？

就在眾人津津樂道地談論著順王府這場金光閃閃的下聘禮時，黃塵滾滾，駿馬飛馳而至，馬上信使口中大喊：「邊關急報，八百里加急，阻者死，逆者亡！」一路煙塵，進了皇宮崇陽門。

天宇西北邊境，與天宇接壤的風赤國竟趁著天宇朝帝位更替，聯絡另一鄰國霰雪國，號稱三十萬人馬，一同向天宇朝發動了戰爭。

皇帝緊急召集大臣商議對策。

天宇上下眾志成城，一致主戰，卻在主將的選擇上犯了難。

怡王謀逆案中除掉的鎮國公一脈有數位出挑的將領，只可惜他們在奪嫡戰中站錯了位，身為武將沒能馬革裹屍，反而是死在菜市口刑場上。

如今朝中，最具影響力的武將代表就是勇武侯府。可藍老將軍年事已高，藍家當代掌權人藍夫人的丈夫藍興鎮守南部邊境，即使將其調回也是遠水解不了近渴，何況南部邊境也缺不得藍將軍。再觀其他將領，不是年齡偏大，就是沒多少領兵經驗的年輕將領，竟是找不出一位威望足夠又能令皇帝安心的主將。

右相進言，由順王司徒昊掛帥。司徒昊十幾歲就已經前往軍中歷練，他的兵法、騎射更是先帝親自教導，加上其皇族的身分，內能穩定軍心，外能震懾敵軍，揚我軍威。

皇帝很是心動。司徒昊能在先帝在位時放棄名正言順的繼承機會，就不可能再做出奪位的事，背上謀朝篡位的罪名。

正如右相所說，由司徒昊掛帥，不需要他殫精竭慮衝鋒陷陣，只要他親王的身分往軍中一擺，必能鼓舞士氣，軍隊上下一心，擊退來犯之敵。

召來司徒昊與之長談後，皇帝更加確定了讓司徒昊掛帥的決心。

五月十五，皇命下達，司徒昊領軍二十萬，開赴西北邊境，與邊軍會合，統籌戰事。

藍老將軍不顧年事已高，領副帥令，坐鎮軍中。

消息傳到柳葉耳中，饒是早有心理準備，還是無法釋懷。

雖然司徒昊一直安慰她說自己身為主帥不需要衝鋒陷陣，不會有危險，可柳葉還是止不住地擔心。戰事瞬息萬變，刀劍無眼，只要一想到某種可能，就忍不住地心顫。

可如今皇命已下，她不能再做小兒女姿態，她必須藏起她的擔憂、她的軟弱，高高興興地送司徒昊趕赴前線，還要鼓勵司徒昊建功立業，預祝他凱旋歸來。

五月二十，柳葉與眾京城百姓一起，送別了開赴西北邊境的大軍。

回到柳府的柳葉總覺得心裡空落落的，總想著能為前線的軍士們做些什麼。

想不清楚到底該如何做時，柳葉就喜歡一個人坐在窗前，翻看她那本特殊的筆記本。翻著翻著，一樣東西的名字映入她的眼簾——壓縮餅乾。

這種戰爭時期的軍糧神器，並不是特別難做。柳葉相信，依照目前的工藝，想要製作出類似的餅乾並不是多難的事。於是柳葉決定，製作一批壓縮餅乾送去前線，聊表心意。

主意一定，柳葉就親自跑了一趟芸娘家，留下了壓縮餅乾的製作方法和一疊銀票，讓芸娘盡快研製出一批壓縮餅乾出來。

除了壓縮餅乾，柳葉還讓人趕製大批的布鞋，全是厚厚的千層底。她要親自送去邊境，光大民眾的心意。

在柳葉挖空心思為邊軍準備慰問禮時，京中卻傳出一股對柳葉不利的流言。

有人說目前邊關告急，大軍在前線廝殺，朝廷在後方為軍費操心。慧敏郷君卻是坐擁幾十萬兩白銀，不體卹軍士，不替朝廷、民眾著想。

柳葉無語。這是赤裸裸的道德綁架啊！好在那四萬兩黃金早在得知司徒昊掛帥時，她就已經全數捐了出去，只希望軍費充足些，司徒昊能無後顧之憂。

第一百三十三章　壓縮餅乾

流言越演越烈，從含蓄的不滿到明晃晃的指責，柳葉一概不理不睬。她正在統計第一批交上來的壓縮餅乾和布鞋，計劃著什麼時候出京，親赴前線。

她已經一個多月沒見到司徒昊了，不知道他在那邊是否安好、戰事是否順利？

這日，柳葉拿著新製的壓縮餅乾樣品進了宮，她要面見皇帝陛下，爭取能獲得皇帝的允許，許她前往邊境。不然，即便她到了邊境，也是進不了軍營的。

皇帝在御書房接見了柳葉。

「多日不見，慧敏可還好？京中流言朕已聽說，正跟皇后商議該如何平息謠言呢。」

「慧敏謝皇上聖恩，只是流言止於智者，皇上不必為此等小事費心。」

「雖是如此說，可朕也不能真的任由妳受委屈而不管不顧吧？妳放心，近日旨意就會到柳府，到時那些流言自然就會不攻自破。」

「慧敏謝皇上聖恩。」柳葉也沒細問到底是什麼樣的旨意，反正闢謠嘛，發個官方聲明也就是了。

「對了，慧敏今日前來，可是有事？」說完流言的事，皇帝終於把話題轉到柳葉今日面聖的正題上來。

「皇上，慧敏有一食物，想請皇上賞臉嚐一嚐。」

「哦，是什麼吃食？」皇帝有些惱怒。朝政繁忙，他為前線戰事操碎了心，柳葉竟在這時候還大張旗鼓地進宮面聖，只為了讓他嚐一種吃食。可是想到她與司徒昊的關係，皇帝還是耐著性子詢問。

「皇上請看，這就是我新研製出來的壓縮餅乾。」柳葉說著，示意外面候著的小太監端上早已經準備妥當的托盤。盤中放著的正是被切成小塊的壓縮餅乾。

「壓縮餅乾？如意坊的幾款餅乾、點心朕也嚐過，味道不錯。妳這餅乾又有何妙處？」皇帝拿起一塊餅乾咬了一小口，又乾又硬，簡直難以下嚥。

接觸到皇帝陛下投過來的疑惑目光，柳葉摸了摸鼻子，道：「這壓縮餅乾的口感確實不怎麼樣，但它勝在抵餓，這小小的一塊就能抵普通成年人一頓的飯量。」

「什麼？」皇帝驚異出聲，仔細端詳起手中的餅乾來。

「是的，陛下，壓縮餅乾質地細密，食用後更易產生飽腹感。而且方便攜帶，易於保存，最適合用於軍隊中。」

「這小小一塊真能抵一頓飯的量？」皇帝還是有些不敢相信。

「陛下不如親自試吃。若覺得口感不好，可以拿牛乳、菜湯甚至是清水泡開了再食用。」

「來人，給朕拿碗清水來。」

嘗試的結果，證明了柳葉所言非虛，皇帝只吃了半塊就已經吃不下了。

「慧敏，這壓縮餅乾……」看看手中的餅乾，又看看柳葉，皇帝有些不好意思地開口。這還是他登基以來，第一次問臣下討要東西呢。

「陛下，這是壓縮餅乾的製作工藝和配方，慧敏願無償獻給朝廷。這壓縮餅乾只要保存得當，一年半載都不會壞，非常適合當作行軍打仗時的乾糧。但是平日裡還是少吃為妙，除了容易上火外，畢竟營養單一，不適合長期食用。」柳葉沒等皇帝說出討要的話，主動獻出了製作方法，還把壓縮餅乾的不足之處一一點明。

「唉，慧敏，妳沒去過軍中，不知軍中將士的辛苦。妳這壓縮餅乾，真是難得的好軍糧啊！」皇帝似是回憶起某些往事，輕嘆一聲，繼續道：「慧敏，此次妳又立下大功，可想要些什麼獎賞？」

「回陛下，陛下剛剛還說慧敏沒去過軍中。慧敏為邊關將士們準備了一批壓縮餅乾和千層底鞋，想請陛下恩准我將這些物品送往前線，聊表普通百姓對於邊關將士熱血奮戰的感激之情。」柳葉說著，一邊跪倒在地。

「妳要去邊關？可妳一介女子，邊關路途遙遠，況且前線還有戰事。」皇帝沒想到柳葉會提出這樣的要求。

「是的，陛下。其實慧敏此行還是有私心的，慧敏思念順王殿下，日夜為其擔憂，總想能親眼見一見他，還望陛下恩准。」

「這……妳先回去吧，此事讓朕再考慮考慮。」

柳葉還想再求一求，可李公公進來稟報說左相等幾位大臣已在偏殿等候多時。柳葉無法，只得告辭出宮。

回府路上，問雪問道：「姑娘，皇上既然不許，那邊關我們還去不去了？」

「去啊，為什麼不去？聖上只說要考慮，沒說不許去邊關。再說了，即便他不許，我們還不能自己去嗎？」柳葉朝問雪調皮地眨眨眼。「皇帝陛下總不能攔著我們遊山玩水吧？一不小心遊玩到了邊境也不是不可以。」

「但這樣豈不是進不了軍營，見不到王爺了？」

「那也不一定。到了邊關總有機會的，只是麻煩些罷了。」

幾日後，就在柳葉偷偷準備行程時，一道聖旨到了柳府。大意就是，柳葉捐獻銀兩和壓縮餅乾，全心為國，為表其功，特封柳葉為清河縣主，封地清河縣。

自此，柳葉成了有封地的，真正的勛爵貴胄。

天使還帶來密旨一封，著柳葉隨同後勤部隊，親往邊關，慰問前線將士。

柳葉拿著這份密旨，竟是比那冊封聖旨還要高興，結結實實地向皇宮的方向磕了三個響頭。

六月二十八，柳葉匆匆與正在籌備百貨鋪子的莫欣雨打了個招呼，拋下京中事務，帶著第一批壓縮餅乾和千層底鞋，於京城郊外十里坡，與押送糧草、器械的後勤部隊會合，一路往西北邊境而去。

同行的除了柳府的幾名護衛外，還有玄十一、凌羽書和柳葉的暗衛玄五、玄六。

柳晟睿也想同行，卻被柳葉阻止了。一來不想他涉險；二來，今年新帝登基，有恩科，八月柳晟睿要參加鄉試。

第一百三十四章 遇襲

由於帶著大量輜重，柳葉所在的隊伍行進得並不快。每日辰時一刻出發，酉時一刻紮營，一走就是一個多月。

這日紮營後，此次後勤部隊的統領上官杰特意找到柳葉，跟她說：「清河縣主，此地距離目的地虎嘯城不足五日路程，隨時都會有敵軍的敢死隊繞到後方來偷襲我們的糧草。還請縣主約束好您帶來的人，不要隨意走動，遠離隊伍。」

「好，多謝上官將軍提醒。我不懂軍事，如有需要，我帶來的人任由將軍派遣，我們一定聽從將軍的統一指揮。」柳葉束衣束褲，裝扮俐落。聽了上官杰的話，也不矯情，直接把自己護衛隊的指揮權交了出去。關於戰事，她一竅不通，還不如交給專業人士去處理。

「如此，末將多謝縣主。」上官杰也是長吁了口氣。隊伍開拔前聽說有位縣主要隨軍，上官杰很是煩惱了一陣，就怕這個縣主驕縱任性，自己又不能像管理士兵一樣以軍法約束她。好在這段時間相處下來，清河縣主是個好相與的，雖餐風露宿，卻從不叫苦，與軍士們同吃同住，未給自己帶來什麼麻煩。

現在更是把自己的護衛隊交由自己指揮，自己雖不缺少那幾十個人的戰力，但一旦敵人來襲，最忌各自為戰，行動不一。現在縣主主動交出指揮權，實在讓上官杰感到意外又欣喜。

「將軍久經沙場，把我的安全交託在將軍手上，我很放心。」

「縣主言重，保護輜重和縣主的安危，是末將的職責。」

如此，又行進了兩日，意外還是發生了。

凌晨時分，眾人熟睡時，「咻咻」的破空聲響起，立時就有幾輛輜重車起了火。

「敵襲！敵襲！」一時間，喊聲震天，還夾雜著兵器碰撞的乒乓聲。

「第二中隊，護衛車隊後方，以防敵人兩面夾擊。第四中隊左右策應，第一第三中隊，隨我殺敵！」

柳葉來到上官杰帳前時，上官杰正給集合的士兵下達命令。看到柳葉過來，上官杰也不客氣，直接喊道：「煩勞縣主指揮民夫們速速救火，搶救輜重！」

「好。」柳葉重重點頭。

「兄弟們，結陣，迎敵！敢來偷襲，老子讓他有來無回！」

上官杰大吼一聲，身先士卒地衝了出去。

凌羽書與眾護衛被編排在第一中隊，緊隨其後，衝向敵陣。

柳葉一邊指揮民夫們救火，一邊看著天上時不時飛來的火箭發愁。

「玄五、玄六、十一，出來！」

隨著柳葉的喊聲，三條人影鬼魅地出現在柳葉面前。

柳葉看著三人，說道：「你們身手好，想辦法去把敵人的弓箭手給解決了。不然這大火燒起來，還不知道要損失多少糧草。」

「主子，我們的任務是保護主子的安全。」三人中的玄五開口道。他跟著柳葉的時間最短，還不是很了解柳葉的為人。

柳葉柳眉倒豎，怒喝道：「我的安全？糧草關係著前線數十萬軍士的安全，是我的安全重要，還是前線戰事重要？快去，我命令你們，速速解決掉敵方的弓箭手，再去與上官將軍會合，共同禦敵！」

「是。」玄六和十一最先答應下來，玄五只得跟上，三人施展輕功，循著箭矢飛來的方向，飛奔而去。

幾刻鐘後，火箭數量明顯減少，柳葉這才稍稍鬆了口氣。一邊繼續吩咐民夫們救火，一邊巡視起輜重車隊來。

不知不覺就來到雙方交戰之地，一眼望去，到處是火光，人影交錯，不時有人受傷，有人倒下。

左邊，凌羽書一桿長槍，一槍刺中了一個敵兵的腹部，槍尖一挑，敵兵被挑到半空，似麻袋般摔落在地，顯然已經氣絕。

右邊，敵將的彎刀已經劃過己方一名戰士的脖頸，鮮血四濺，戰士的頭顱已經滾落在地，身體卻還保持著前衝的姿勢。

那邊，上官杰已經注意到柳葉，低罵一聲「蠢女人」，一邊戰鬥，一邊往柳葉這邊靠攏。

柳葉瞪大眼睛看著眼前的一切，耳邊充斥著士兵們的吶喊聲、廝殺聲、兵器碰撞聲；血腥味、不知道什麼東西的燒焦味，不受控制地鑽進鼻孔，竄入人的身體。害怕、慌亂、激憤……各種情緒一股腦兒地湧向柳葉。柳葉緊閉眼睛，深深地吸了幾口氣，才強迫自己鎮定下來。

「姑娘，您沒事吧？」尋梅和問雪一直寸步不離地守在柳葉身邊。兩人手執利劍，挑翻幾個衝上來的敵軍，關切地望著柳葉。

「沒事。」回過神來的柳葉趕緊退後一步，說道：「走，我們回去。」柳葉不會武，連打架經驗都沒有，在這混戰中只會給己方製造麻煩，還不如回到後方，與民夫們待在一起。

「是。」兩個丫鬟護著柳葉邊打邊退，慢慢地出了混戰圈。

上官杰一見這個情形，止住了向柳葉靠攏的步伐，專心對付起眼前的敵人。

戰鬥持續了半個多時辰才停歇，敵方三百人的敢死隊全數被滅。聽到戰報，柳葉不由得鬆了口氣。可是看著己方的傷亡，又深深地擔憂起來。

己方人數雖多，可大部分都是做勞力的民夫，再者己方是輜重車輛較多，隊伍拉得長，戰力分散，若是敵人再來偷襲……

此時，隊伍正在休整，柳葉與上官杰兩人正在巡視，柳葉把自己的擔憂與上官杰述說了一番。

「這次敵軍偷襲的時機掌握得很好，我軍雖全殲滅敵軍，卻也是殺敵一千、自損八百。說實話，若不是敵軍悍不畏死，死戰到底，我們未必能全殲他們。」上官杰也是神色凝重。

「這次多虧縣主身邊的幾位能人，一舉滅了敵方的弓箭隊，才使得大部分的糧草得以保存。若讓敵人的火箭燒毀糧草，即便我們能全殲敵兵，那也是末將的失職，末將謝縣主大恩。」上官杰停下腳步，鄭重地朝柳葉行了個禮。

第一百三十五章　抵達邊關

柳葉側身讓過，道：「將軍多禮了。國家興亡，匹夫有責。那幾位是順王殿下派來保護我的暗衛，之前一直未在人前現身，還請將軍不要怪罪。」

「縣主何出此言？此次多虧縣主與幾位壯士相助，末將感激還來不及，何來怪罪之說？縣主有句話說得好，國家興亡，匹夫有責。縣主大義，末將佩服。末將有一事相求，還請縣主應允。」上官杰望著柳葉，面色慎重。

柳葉回望上官杰。「上官將軍有話直說，只要柳葉能幫得上忙的，自當盡力。」

「此處距離虎嘯城還有兩日路程，若途中再遇敵襲，萬一我軍不敵，我來斷後，還望縣主能率領輜重隊衝出敵陣，保護糧草安全抵達虎嘯城。」上官杰說著，朝柳葉深深施了一禮。

「上官將軍……」柳葉語塞，不知該如何回答。上官杰這是打算犧牲自己了嗎？

「喂，我說你們兩個，能說點有用的嗎？」凌羽書舉著他的長槍，往地上一杵，出聲打斷二人的談話。「什麼斷後不斷後的，敵人還沒來呢，就在長他人志氣，滅自己威風了？」

「凌小公子說得對，敵人還沒來呢，怎能自己弱了自己的威風？他們要是敢來，我們必殺他個片甲不留。」上官杰豪氣沖天。

「好，說得好！妹子，剛才那一仗，妳哥哥我厲害吧？」一桿長槍在手，唰唰唰幾下，打得敵人那叫一個屁滾尿流，哭爹喊娘啊！」凌羽書說著，還手舞足蹈地比劃。

柳葉微笑地看著這個義兄耍寶。

「凌小公子武藝超群，勇猛過人，實乃難得的將才，末將佩服。」上官杰雙手抱拳，讚揚道。

「唉，上官將軍就不要取笑我了，自己有幾斤幾兩我還是清楚的，也就是個只會單打獨鬥的莽夫，打仗指揮這種事，我可做不來。」凌羽書摸著頭傻笑，倒是挺有自知之明。

清點好物資、處理完傷員，再上路時已是巳時一刻。

所幸這一日再無其他意外。再次紮營時，虎嘯城已經遙遙在望了。

吃罷晚飯，剛安排好夜間防務，就見前方煙塵滾滾，似有千軍萬馬奔馳而來。

「是騎兵，估計有數千人之多。」有經驗的老兵開口道。

「眾小隊，集結！」上官杰一聲令下，幾位隊長迅速下去集合隊伍了。

「上官將軍。」聽到動靜的柳葉趕了過來。

「縣主，此次怕是真的要煩勞縣主了。還請縣主帶上妳的護衛和糧草車隊，趕緊撤離，連夜趕路，前往虎嘯城。敵人來勢洶洶，我們怕是抵擋不了多長時間。」

「上官將軍……」

「縣主快走，天可憐見，佑我糧草順利進城。」上官杰說著，一提長劍，到將士中間部署去了。

柳葉只覺得臉上一涼，不知什麼時候，已是淚流滿面。抬手胡亂擦了一把，吩咐身邊的問雪。「問雪，走，集結隊伍，立刻出發。務必要將糧草運送進城，不能讓將士的血白流。」

不說柳葉這邊如何安排，前方上官杰已經集結完畢。長槍在前，弓手站後，拉弓搭箭，已是嚴陣以待。

待到騎兵越來越近，隊伍中的五爪金龍大旗隱約可見時，己方隊中有人高呼出聲：「是自己人，王爺派人來接應我們了！」

上官杰卻不敢大意，再次下達了全員戒備，準備迎敵的命令。雙眼死死地盯著前方越來越近的騎兵隊伍。

地面微微震動著，上官杰的心也跟著顫抖。直到騎兵隊伍在百步之外停住，一人一騎越隊而出，來到上官杰面前，遞上主帥順王殿下親簽的接應糧草的命令文書，上官杰才如劫後餘生般長吁了口氣，趕緊迎接騎兵隊伍進入臨時營地。

「姑娘、姑娘！」尋梅找到正在忙碌的柳葉，興奮地喊道：「姑娘妳看，誰來了？」

「輕風？」看到來人一身輕便鎧甲，威風凜凜的樣子，柳葉明顯一愣。「你怎麼在這兒？」

輕風抱拳，行了個軍禮。「我奉主子的命令，前來接應糧草。沒想到能在這兒見到姑娘。姑娘怎麼會在這裡？先前竟是一點消息都沒得到。」

「這麼說，剛才那支騎兵隊伍就是你們，不是什麼敵人？」

「不是敵人，是范將軍帶隊，前來接應糧草大軍的。」

「輕風，你家王爺可好？」柳葉有些惴惴不安地問，唯恐得到什麼不好的消息。

「好，都好。就是軍中艱苦，比不得以前那般輕鬆自在。不過，主子可厲害了，連著打了好幾場勝仗……」輕風說起自家主子，滔滔不絕，與有榮焉。

柳葉聽得也是津津有味。

「拔營，出發！」號令兵的聲音傳來，打斷了兩人的敘舊。

「姑娘，將軍有令，連夜進城。我得去集合了，我現在掛著校尉的職銜，若不聽軍令，是要被軍法處置的。姑娘好生跟著隊伍，進了城就能看到主子了。」輕風快速說完，拔腿就跑了。

「姑娘……」尋梅、問雪上前來討問柳葉的主意。

「走，跟上隊伍，我們也出發。」柳葉一揮手，幾人也向集結地走去。

一夜的全速趕路，終於在第二日巳時三刻，抵達了虎嘯城大軍營地。

虎嘯城是一座軍事重城，整座城被一堵高牆分割成內外兩城。內城是軍隊駐紮之地，外城是百姓居住之所。

住在這裡的大都是長年跑商的商人，有天宇朝的、有風赤國的，有來自更遠地方的番邦商人……這些人架起了天宇朝與外邦間互通有無的橋梁。

如今戰事突發，全城戒嚴。司徒昊雖沒有強行管制百姓，可城門禁閉，嚴禁出入，戌時宵禁。而大街上來回巡視的軍隊，還是給整座城池蒙上戰爭的陰影，壓抑而緊張。

好在這裡的百姓大都是經歷過戰事的，雖緊張卻不恐慌。天宇朝的軍隊並沒有打擾到人們的日常生活。

當然，這些人裡並不包括風赤國和霰雪國的人。為了防止有奸細混入，他們全部被天宇朝的軍隊集中管理。

第一百三十六章　重逢

柳葉等人是直接從虎嘯城南門進入軍營的。雖是軍營，卻沒有想像中的帳篷林立。一排排屋舍整齊地排列，議事樓、宿舍區、食堂、校武場。軍士們或訓練、或巡視、或歇息，整個營地紀律嚴明又生氣勃勃。

到達軍營時，司徒昊正好去巡視城門防務，不在營中。柳葉無心留在營中等待，把相關事宜交給問雪，帶著尋梅就找到了輕風，讓他帶路，往外城去尋司徒昊。

輕風只得向上司請示，得了許可，才帶著柳葉兩人出了軍營。估計著司徒昊的行程，直接向北城門方向而去。

因為戰事的原因，外城不似以前的繁榮昌盛，卻還是有不少商店在營業。柳葉無心觀賞沿路風景，跟著輕風往前走。

尋梅卻是左顧右盼，還調皮地說道：「姑娘，您說，我們會不會與王爺來一場不期而遇呢？」

「怎麼會？司徒昊是去巡視防務，又不是出來遊玩的。我現在都有些後悔不該出來了，萬一跟司徒昊錯開了呢？」柳葉嘴上雖這麼說，身體卻很老實地左右轉動，四處尋找起司徒昊的身影來。

突然，一個熟悉的身影就這麼突兀地闖入柳葉的眼裡。前方一身鎧甲的司徒昊正愣怔當場，眼睛一眨不眨地盯著柳葉所在的方向。

「司徒昊！」柳葉欣喜地大喊一聲，朝司徒昊就奔了過去，八爪章魚似地纏在了司徒昊的身上。

司徒昊本能地一把抱住衝過來的人兒，不敢置信地問道：「葉兒？真的是妳？」

「是我、是我，我來看你了！」柳葉把頭靠在司徒昊的肩上，哽咽說道。

「葉兒，真的是妳，我沒有在作夢？真的是妳！」司徒昊把頭埋在柳葉的長髮間，貪婪地嗅著她身上的味道，雙手越抱越緊。

「咳咳！」輕風輕咳幾聲，弱弱地喊了聲：「主子，形象，注意形象。」

緊緊抱著的兩人才如夢初醒，現在可是在大街上，身邊還跟著不少部下。似是察覺到兩人現在的姿勢有多曖昧，柳葉一下子從司徒昊身上跳下來，不好意思地笑了笑，躲到司徒昊身後去了。

「呵呵！呵呵！」接觸到司徒昊的眼光，眾部下尷尬地笑了笑，或抬頭望天，或轉身看地。

司徒昊一把攬過柳葉的腰肢，對眾部下說道：「這位是順王妃，你們的將軍夫人。」

「王妃好！」

「夫人好！」

「嫂子好！」

軍人豪爽，一聽司徒昊介紹，就七嘴八舌地打起了招呼，叫什麼的都有。

「兄弟們好！」柳葉大大方方地跟大夥兒打招呼。

接著，一群人簇擁著柳葉和司徒昊往軍營走去。

柳葉暗暗掐了司徒昊攬著自己的手一下，嗔怪地輕聲道：「什麼將軍夫人，我們還沒成親好不好！」

司徒昊也不怕痛，「嘿嘿」笑道：「聖旨已下，名分已定，妳就是我的妻子。」

柳葉瞪了他一眼，看了看身後跟著的眾人，低聲跟司徒昊咬耳朵。「你這些部下，好像都不怕你？你……好像沒有作為主帥的威嚴啊。」說著，還抿嘴偷笑，上下打量著司徒昊。

「這幾位都是出生入死的兄弟。我們之間講的是情義，不需要其他。」司徒昊依次看過跟著的幾位部下，感慨、自豪、欣喜。

看著這樣的司徒昊，柳葉由衷地說道：「真好。」

「什麼真好？」司徒昊寵溺地看著眼前的人兒，笑著問道。

「你平安無事，真好。有這麼一批生死兄弟，真好。我們能在此相聚，真好。」柳葉看著司徒昊，眼中只有這個讓她日夜牽絆的身影。

司徒昊回望柳葉。「是啊，真好。」

「對了，妳在京中過得可好？怎麼來了這裡？」感慨完，司徒昊問起了柳葉的近況。

「我可是奉旨前來的……」柳葉把自己在京中發生的事，挑高興的跟司徒昊說了。

「這麼說，妳現在已經是有封地的縣主了？了不起啊，就是郡主，大多都還是沒有封地的虛銜呢。」司徒昊寵溺地刮了下柳葉的鼻子。

「那可是花了我四十萬兩白銀和一張壓縮餅乾的方子呢！」柳葉揉揉鼻子，瞪了司徒昊一眼。

司徒昊寵溺地摸了摸柳葉的頭。「妳說的壓縮餅乾，真有那麼神奇？小小一塊就能頂一頓的飯量？」

「回去後你親自試一下就知道了。不過你的飯量大，一塊估計不夠。」柳葉言笑晏晏。

「只要看著妳，再大的飯量也飽了。」司徒昊眼角眉梢都是滿足的笑。

柳葉杏眼一瞪，故意曲解司徒昊話中的意思。「你是說我長得醜，看著我讓你倒胃口了？」

「沒有，在我眼裡，妳是全天下最美的女子。秀色可餐，知道嗎？」司徒昊說著，竟然趁著柳葉不備，迅速地在她臉上親了下。

「啊！」柳葉驚叫一聲，拿手捂著被偷襲的臉，怒視司徒昊。「注意點形象，你的弟兄們還看著呢！」

一直偷偷注意兩人互動的一眾部下們，立刻左顧右盼起來。有個膽大的還喊了句：「嫂子，我們什麼都沒看到！」

「對對對，看到了也不會說出去的。」

司徒昊好笑地瞪了眾人一眼，也沒有再撩撥柳葉，一行人說說笑笑回了軍營。

一回到營地，司徒昊就正經了神色，變成了威嚴穩重的主帥大將軍。

趁人不注意，司徒昊握了下柳葉的手，說道：「我還有軍務要忙，讓輕風帶妳去吃點東西，好好睡一覺。等我忙完了就去找妳。」

「好。」柳葉乖巧地點點頭，跟著輕風走了。

輕風帶著柳葉和尋梅，直接來到司徒昊歇息的房間。

隨意洗漱了下，吃過輕風送上來的一碗麵，柳葉倒頭就睡。

一個多月來都是餐風露宿，又連著趕了一夜的路，要不是急著想見到司徒昊，她早就找地方躺著去了，這會兒不睡個天昏地暗，她是不會打算醒來的。

第一百三十七章　同床共枕

柳葉醒來時，天已經完全黑了。屋內，一枝蠟燭靜靜地燃燒著，給漆黑的房間帶來了點點光亮。

柳葉愣了愣神，才想起自己已經到了虎嘯城軍營，這裡是司徒昊的寢室。

她披衣起身，看到屏風後有燈火閃爍，一個人影正伏案書寫著什麼。

柳葉輕手輕腳地走過去，繞過屏風，就看到了那個令人心安的身影。

聽到動靜的司徒昊抬起頭來，看著柳葉說道：「醒了？怎麼不多睡一會兒？」

「嗯。」柳葉答應著，走到案桌邊。「現在什麼時辰了？」

司徒昊放下手中的筆，攬過柳葉，讓她坐在自己腿上，點了點柳葉的額頭。「已經丑時一刻了，妳個小懶貓，睡了那麼長時間，肚子餓不餓？我讓人熱了飯菜在爐子上。」

咕嚕咕嚕！

柳葉的肚子配合地響了起來，她不好意思地笑了笑。「餓，小懶貓早就餓成小饞貓了。」

「好，我這就讓人拿飯菜進來餵妳這隻小饞貓。」司徒昊刮了柳葉的鼻子一下。

「來人！」司徒昊一邊喊人，一邊放下柳葉，陪著她來到飯桌邊坐下。

進來的是輕風，低眉順目的，把托盤裡的兩碟小菜、一碗米飯擺在桌上，突然抬頭，朝司徒昊擠了擠眼睛，在司徒昊發作前，笑得意味深長地迅速退了出去，還貼心地關上了門。

輕風的小舉動一點也不落地落入柳葉眼中。柳葉疑惑地問道：「輕風怎麼了？怎麼怪怪的，可是有什麼事？」

「咳咳！」司徒昊輕咳一聲，掩飾著道：「沒事，他能有什麼事？來，趕緊吃飯。」

「哦。」柳葉拿起筷子，看著眼前的一碗米飯，問司徒昊。「你不吃點？」

「我吃過晚飯了。妳快吃，餓著肚子還這麼多話。」

柳葉挾了一筷子青菜，卻沒送進嘴裡，而是放到碗裡，望著司徒昊說道：「你看著我，我吃不下。」

「矯情。」司徒昊嘟囔了一句，還是站起身，說道：「妳慢慢吃，我還有點公務要處理。」說著，又走到剛才的案桌邊提筆寫了起來。

柳葉嘿嘿笑著，開始吃飯。時不時抬頭，與司徒昊四目相對。一頓飯吃了兩刻鐘才吃完。

待到柳葉放下筷子，司徒昊早就處理完手頭的事了。走到桌邊，也不嫌髒，拿起柳葉用過的筷子，動作優雅地把柳葉吃剩的飯菜吃了個精光。

柳葉一直笑咪咪地看著，直到司徒昊放下碗筷，還保持著雙手托腮的姿勢。

「小饞貓，吃飽了就再去睡會兒吧，還要兩個多時辰才會天亮呢。」司徒昊說著，動手收拾起桌上的碗筷來。

柳葉依舊保持著姿勢，笑道：「邊關三月，我們的順王殿下竟然會自己收拾碗筷了呢。」

司徒昊的手一僵，一邊低頭繼續手中的活計，一邊說道：「輕風已經去休息了。再說了，這些小事，我以前也有做過好不好？」

「嗯，我們的順王殿下那是上得廳堂、下得廚房的真丈夫。想當初，讓他打個雞蛋，摔碎了幾個碗來著？讓我想想啊……」柳葉拿以前的糗事取笑司徒昊。

司徒昊拿起筷子敲了柳葉的頭一下。「話怎麼那麼多？快去睡覺！」

柳葉嘟嘴，揉著被打的額頭，說道：「讓我去睡覺，那你要幹麼？」

「我……我還有些兵書要看。」司徒昊眼神閃爍，似是要證明自己的話似的，來到案桌邊，拿了卷書看了起來。

「我不睏，我也要看書。」柳葉緊跟著過來。

「葉兒，乖，快去睡覺。」司徒昊無奈地哄道。

「不睡，就一張床，我睡了，你睡哪兒？」

司徒昊揚了揚手中的書。「我還要看書呢。」

「你不會打算看一晚上的書吧？不睡覺，明天還怎麼處理軍務？要不……一起睡吧？反正床那麼大。」

司徒昊假裝沒聽到，眼神專注地看著手中的書卷，耳根紅紅的。

「你的書拿反了。」

「啊？喔。」司徒昊緊張地把書調過來，才發現這下子是真的拿反了。他放下手中的書，無奈地叫了聲。「葉兒。」

「幹麼，我都不怕讓你和我睡同一張床了，難道你還怕我吃了你不成？放心好了，若是真把你辦了，我會負責的……啊！」

司徒昊不等柳葉說完，一把抱起她，來到床邊。「再亂說話，小心我真辦了妳。反正聖旨已下，妳已經是我的人了。」

把柳葉放在床上，自己也順勢躺下，拉過薄被幫兩人蓋好，悶聲說道：「趕緊睡覺。」

柳葉側身，一手支起半個身子，一手放在司徒昊胸前畫圈圈。「司徒昊，你是不是很緊張？」

司徒昊一把按住柳葉那隻不安分的小手，眼神幽暗。「別玩火，妳個小妖精，小心我控制不住真做點什麼，到時候妳可別哭。」

柳葉任由司徒昊握著自己的手，定定地看著他，眼神明亮。

她也不知道自己到底怎麼了。看著這個讓她思念、讓她擔憂了快三個月的人就躺在自己身邊，欣喜、緊張、害怕，甚至有著一絲絲的期待，期待著能發生點什麼不可描述的事情。

司徒昊似是看懂了柳葉眼中的情緒，一個翻身，把她壓在身下，性感的雙唇就這麼覆在柳葉的唇上。霸道、熾熱，慢慢地變得無限溫柔。

柳葉被親得迷迷瞪瞪的，骨頭裡都透著酥軟，想著是不是真的要發生某些不可描述的事情時，身上一輕，司徒昊已經躺回了自己的位置。

來不及感覺到失落，柳葉已經被司徒昊一把攬過，頭枕著司徒昊的肩頭，腰上已經落下了一隻手。

「別多想，快睡覺。」輕輕一吻落在柳葉的額頭上，司徒昊率先閉上了眼睛。

「嗯。」柳葉扭了扭身子，找了個舒服的姿勢睡著了，手還一直放在司徒昊的胸前。

這一晚，柳葉睡得很踏實。

司徒昊卻是備受煎熬，默唸了一晚上的清心咒，到了天亮時分才迷迷糊糊地睡了一會兒。

第一百三十八章　軍營生活

隔天，柳葉是被震天的操練聲吵醒的，司徒昊早就不知去向了。揉了揉眼睛，又在床上賴了好一會兒，才不情不願地起身。

聽到動靜的問雪趕緊進來伺候，一邊幫柳葉梳洗，一邊轉述司徒昊臨走前的話。

「王爺說，姑娘既是奉命前來慰問將士的，那麼該有的姿態還是要有。王爺已經下令中午全營加餐，到時候會選些將士代表，舉辦個小型聚會，還請姑娘準時參加。」

「知道了。」柳葉任由問雪在她臉上、頭上折騰，一邊詢問一些事情。「問雪，餅乾和鞋子都已經交到後勤處了吧？」

「交上去了，後勤處的官員聽說這些物品都是姑娘私人出資捐獻的，感激得不行。尤其是那個壓縮餅乾，聽了我的介紹後，當即就拆了一小包試試，連聲稱好呢。」

「這次趕得急了，臨出來前，我已經囑託了芸姨，想法子改善餅乾的口感，也不知道進展如何？」說起這個，柳葉就想起遠在京師的柳氏和柳晟睿來。出來四十多天了，也不知道他們過得好不好？

「好了，姑娘，妳看今天這妝扮還可以嗎？」

問雪的話語打斷柳葉的思緒，藉著模糊的銅鏡隨意瞟了一眼，俐落的男裝、高高的馬尾辮，白皙的臉上未施粉黛，只塗了點護膚的霜膏。

門「吱呀」一聲打開，尋梅端了個托盤進來。「姑娘先隨意吃點東西墊墊胃，時辰不早了，一會兒就該去赴會了。」

「嗯，可以。」

軍中沒有點心，過了飯點就沒有吃食了，除非是出任務沒能趕上飯點，才會允許廚房給你開小灶。像司徒昊這樣的主將還是有特權的，只是司徒昊很少享受罷了。

柳葉現在吃的點心，是在來的路上買的，沒剩下多少了。隨意吃了些，柳葉就帶著問雪和尋梅出門。閒逛著朝聚餐地點走去。一路走來，將士們紀律嚴明，處處透著有條不紊。卻是人人都認識柳葉，有喊王妃的、有喊將軍夫人的，還交頭接耳偷偷議論著，臉上或帶著感激，或帶著好奇，都很是友善。

柳葉一一應答著，終於到了聚餐地點，沒想到一眾將領們早就到了。看到柳葉進來，一個個跟現代人看到大貓熊似的，興奮得不行，齊刷刷地站了起來，一陣嘩啦啦的甲冑聲響，震得柳葉明顯地愣了愣。

司徒昊笑著走過來，拉起柳葉的手，向眾將領介紹道：「這位就是種植番薯和南瓜，研製脫水蔬菜和壓縮餅乾的慧敏鄉君，如今已被聖上封為清河縣主，也是我司徒昊未過門的順王妃。」

「縣主好！」

「王妃好！」

「嫂子好！」

全場一片叫喊聲。唯一沒有出聲的藍老將軍，微笑地看著漸漸走近的司徒昊和柳葉兩人。

「藍老將軍安好。」走到近前，柳葉率先給藍老將軍行了個禮。於私，老將軍是司徒昊的外公，是長輩；於公，老將軍是勇武侯，是副帥。柳葉理當如此。

藍老將軍摸了摸鬍子，欣慰地點點頭。「嗯，很好。我早就知道妳這丫頭聰慧，沒想到在研製脫水蔬菜後，又發明了壓縮餅乾，耐儲存，攜帶方便，還管飽，是上好的軍糧。」

柳葉被說得挺不好意思的，連連擺手。「老將軍過譽了，我就是出了個點子，若沒有一眾能工巧匠的幫忙，我也做不出這些東西。只是這次趕得急，帶來的餅乾數量有限，口感也不好，等改善了口感和營養，我再給將士們送一批過來。」

藍老將軍卻連連擺手。「妳既已把製作方法獻給朝廷，軍糧的事自有朝廷操持。妳一介婦孺，能千里迢迢送來這麼些東西，已經做得很好了。」

「就是、就是，我們從沒想過，有人會不遠千里為我們這些邊關將士送東西。平日除了後勤的物資和朝廷的犒賞外，從沒有人給我們送過東西。我們已經很感激了。」

「是啊，我有幸分到了一雙鞋子，聽說是京中百姓自發捐獻的，我拿著那雙鞋摩挲了許久，都捨不得穿。為了這雙鞋，就是即刻死在疆場上也是值了。」

將士們紛紛表達自己的感想，一時間，聚餐會場上演了一場情感大戲。

看著眾人一個個情緒激盪，柳葉有感而發，大聲說道：「民擁軍意比泰山重，軍愛民情似東海深。將士們為了保衛國家，拋頭顱，灑熱血，百姓們都是記在心上的。軍民魚水情深，才能共建美好家園。」

「說得好！」藍老將軍一拍桌子，高聲喝道：「將士們，為了我們身後的親人，為了不辜負朝廷和百姓對我們的信任，這次，我們一定要打垮那些膽敢挑釁我天朝威嚴的歹人，打一場漂亮的大勝仗！」

「必勝、必勝！」眾將士齊聲高呼。

司徒昊微笑地看著柳葉，給了她一個獎勵的眼神，接著高聲喊人：「來人，把清河縣主說的，民擁軍意比泰山重，軍愛民情似東海深；軍民魚水情深，共建美好家園。這兩句話抄錄下來，曉喻全城！」

立刻有傳令兵下去傳達主帥的指令。一時間，在場眾人紛紛默唸著這兩句話。

到了下午操練的時辰，眾人才意猶未盡地離開，熱情地投入訓練中。

晚上，司徒昊回到寢室，卻是黑著一張臉。

「這是怎麼了？看這臉都比馬臉長了。」柳葉眨巴著眼睛看著司徒昊，突然想到一個可能，緊張地問道：「是不是戰事有了變化？」

第一百三十九章 新作物

看到柳葉緊張，司徒昊趕緊解釋。「沒有。敵軍連吃敗仗，已經退兵五十里了，這段時間一直沒有戰事，好像是兩國聯盟間出現了矛盾。」

「是嗎？可是我們進城前兩天還遭到敵軍偷襲，企圖燒毀我們的糧草。」

「那些是風赤國的主戰派派出的敢死隊。當初風赤國連著派出數支敢死隊深入我後方，我們一直派兵圍剿。也怪我疏忽，沒想到竟還有漏網之魚，險些釀成大錯。若妳有個三長兩短，我豈不是要後悔一輩子？」

司徒昊說著，伸手攬過柳葉，緊緊抱住。

「好了、好了，我這不是沒事嗎？」柳葉回抱司徒昊。「你給我的玄五、玄六、十一，三人都是武藝超群之輩。還有尋梅、問雪也是有功夫底子在身的，再怎麼樣，也能護我周全。」

兩人膩歪了一會兒，柳葉才又問起司徒昊進門時為什麼不高興的事來。

「哼，妳今天在聚餐時一時興起，在那麼多人面前唱了那麼多歌，卻從來沒有給我唱過歌。」

「啊？」柳葉眨巴著大眼睛看著司徒昊。敢情這傢伙在吃飛醋啊？

「啊什麼啊？今晚妳若不為我唱一首歌，我就吵得妳沒法睡覺。」

「呃……我唱，我一定唱，你先讓我想想唱什麼好。」柳葉滿頭黑線，在腦海中搜索起歌曲來。

思索片刻，清麗而飽含深情的聲音從柳葉嘴中傳出。

一曲〈菩薩蠻〉唱完，司徒昊還不滿足，纏著柳葉又接著唱了幾首。

這一晚，司徒昊是伴著柳葉的歌聲睡著的。

第二天，柳葉照例起晚了。司徒昊趕著軍務的空閒時間來到寢室找柳葉，跟她說起了住宿的事情。

「葉兒，我在外城給妳找了個院子，已經派人收拾好了。吃過午飯，妳就搬去那邊住吧。這軍營中都是男子，不方便，對妳的影響也不好。」

「嗯，那你要經常來看我啊。」柳葉也不矯情。司徒昊說得有理，而且找房子的事還是她先提出來的。

同來的上官杰今日一早就出發回京覆命了。好不容易來一趟，柳葉不想那麼早回去，一早就跟司徒昊商量好了在外城找房子住，她還要好好逛一逛這虎嘯城。

下午，柳葉帶著尋梅、問雪和玄十一住進外城的一個小院。玄五、玄六則繼續以暗衛的身分保護柳葉。

至於凌羽書和其他護衛，被柳葉留在了軍營。司徒昊把他們編成一隊，讓輕風帶著操練。

安頓好住處，柳葉幾人就出門逛街去了。

由於全城戒嚴沒有撤除，城門因門禁沒開，商人們出不去，虎嘯城中囤積了大量的貨物。人員不流通，市場低迷。街市上只見商人，不見遊客。

柳葉三人的到來，簡直可以用一石激起千層浪來形容。從柳葉買下第一件商品開始，那些商人就跟蒼蠅見了血似的，賣力地向柳葉推銷自己的商品，價格更是一降再降。

這倒是便宜了柳葉，低價買進了不少好東西。有虎嘯城當地的特產、有風赤國來的上好牛羊皮，還有獨產於霰雪國的雪蓮，以及番邦商人穿過大沙漠從遙遠國度帶來的波斯地毯和上等葡萄酒。

柳葉幾人徒步走在街市上，東看看、西摸摸，玄十一趕著馬車在後面搬貨，後來竟是連馬車都裝不下了。

之後的貨物，柳葉都只付了訂金，讓商家傍晚時分送到小院去，到時候再結帳。

再次買下了一堆東西後，柳葉的視線被店家小孩拿在手裡吃的零嘴所吸引。那黃燦燦的，分明就是玉米啊！

想著那香甜的口感，柳葉狠狠地嚥了嚥口水。

「小朋友，你手裡拿的是什麼？能給我看看嗎？」柳葉笑得像隻欺騙小紅帽的大灰狼。

「給。太硬了，不好吃。」大概三、四歲的娃娃，奶聲奶氣的，倒也大方。

柳葉接過來一看。是生的，還是老玉米，笑得更加開心了。

「姑娘認識這東西？」店家見柳葉笑得誇張，生怕這人對自家孩子不利，悄悄地拉過自己的娃兒，沒話找話。

「這是玉米啊，當然認識。店家可還有？賣不賣？」柳葉也不在意店家的小動作。她對小娃兒沒興趣，她想要的，是這玉米。

「原來這個叫玉米啊。名字滿好聽的，可是不好吃，硬得很。」店家見柳葉一直盯著那玉米看，也好奇起來，湊過來跟柳葉聊起來。

柳葉眨眨眼，再眨眨眼。「店家不認識這個？那這玉米是從哪裡來的？」

「不知道，戰事剛起的時候，街上亂得很，很多人趁著城門沒關的時候匆匆逃離了。這是我在店門口撿的。當時看著還以為是什麼好東西呢，就撿回來了。小娃貪嘴，偷偷地拿來吃過幾次。」

柳葉無語了。這也太好運了，一下就撿到寶了。「店家，這玉米還有多少？都賣給我吧！」

「賣什麼呀，本來就是撿來的東西，姑娘又買了我店裡那麼多商品，姑娘若喜歡，就送給姑娘吧！」

店家說著，親自去櫃檯後面提了個袋子出來。

柳葉接過來，打開看了看。大概二十斤的玉米，顆顆飽滿。她把袋子交給玄十一，千叮嚀萬囑咐地讓他保管好，千萬別弄丟，才回頭對店家說道：「不瞞店家，這玉米是一種糧食，可以煮來吃，也可以磨成粉當點心，總之，吃法有很多種，而且口感香甜。最主要的是，產量很高。店家還願意送給我嗎？若是不願，不妨開個價吧，這東西我勢在必得。」

「這……」聽了柳葉的話，店家明顯有些猶豫，考慮了許久，才說道：「我自家沒有地，留著也沒用。既然給了姑娘，我也不好再說要價的事。只希望姑娘能好好種植這玉米，若有一天我能吃到這玉米做的吃食，也不枉我費力撿了它回來。」

第一百四十章 回京

「好。我叫柳葉，是聖上親封的清河縣主。明年玉米成熟後，我必定派人給店家送來。只是不會很多，這頭幾年的玉米，還得留著做種子呢。」

「縣主萬安！」反應過來的店家趕緊給柳葉行了個禮。「勞縣主惦記，若明年真能嚐到這新糧食做的吃食，那是我老徐家全家的榮幸。」

「好，那就這麼說定了。若種植成功，明年定給你送來。我還有事，這就告辭了。」柳葉說完，帶著人出了徐氏雜貨鋪。

得了玉米的柳葉興致高昂，接連幾天都在街上晃悠，盼望著能買到些新奇的種子。可惜幸運女神不會一直眷顧著同一個人，除了一些西北特色的作物種子外，再沒有出現像玉米這樣的稀罕物。

轉眼間，柳葉已在虎嘯城逗留了半個月，期間司徒昊來看過她幾次。

柳葉很少問起戰事，司徒昊也是揀些喜事跟她說笑。到目前為止，柳葉只知道，霰雪國女主當政，年過四十終是有孕。霰雪國全國上下一心期盼著儲君降生，無心戀戰，已經偷偷派了使者來接觸司徒昊了。

而風赤國本就是個馬上民族，想讓他們退兵，除非是把他們打趴了。這段時間時不時來騷擾虎嘯城周邊的，就是風赤國的騎兵隊伍。

柳葉不免有些擔心，司徒昊確是邪邪一笑。「有時候，打仗不一定要血流成河，有一種計策，叫離間計。」

「什麼意思？你做了什麼？」因為司徒昊的話，柳葉的好奇心被徹底勾了起來。

司徒昊卻是神秘地笑了笑，不肯多言。「再過些時候，或許不用等到冬天來臨，就會見分曉了。」

知道涉及機密，柳葉也沒有任性地一定要知道個所以然。撒了一會兒嬌，提了一堆無傷大雅的小要求後，才算是放過了司徒昊。

九月初，司徒昊興高采烈地告訴柳葉，離間計成功了大半。風赤國內部出現分歧，鎮國大將軍受到國君猜忌，連召他回朝，目前風赤軍中由副帥耶律令暫掌帥印。

耶律令年輕氣盛，靠著家族關係才當上副帥，因此風赤軍中不服他者眾多。

如今的風赤軍群龍無首，正是一舉攻破的好時機。

大戰在即，司徒昊卻在這時候催促柳葉離開虎嘯城，返回京城。柳葉自然不肯。

「葉兒，聽話，打仗不是兒戲。乖乖回京，別讓我擔心。」

「可我擔心你。刀劍無眼，萬一你受傷了怎麼辦？我要留下來，守著你。」柳葉堅決不妥協。

司徒昊不耐煩地一甩袖子，滿臉寒霜。「妳留下來能做什麼？妳是懂戰事還是懂醫術？我要是受傷了，自有隨軍大夫醫治，用不到妳。妳在這裡，只會讓我分心，只會成為拖累！」

「我……你……」柳葉語塞，淚眼婆娑。

「收拾東西，明日一早就給我回京！」司徒昊說完，也不看柳葉一眼，甩著袖子就回了軍營。

柳葉狠狠地跺腳，大聲喊自己的兩個丫鬟。「尋梅、問雪，收拾東西，我們這就回家！哼，誰樂意留在這破地方，要吃的沒吃的、要玩的沒玩的，才九月初就冷得凍手，要不是因為他，誰願意來這破地方？竟然還敢凶我？好，我這就走，管你是死是活！」

說著說著，柳葉的眼淚就不爭氣地流了下來。

「姑娘，王爺也是為了姑娘好，怕打起仗來照顧不到姑娘，擔心姑娘出事，不想姑娘陷入危險，才讓姑娘離開的。」問雪拿了熱帕子給柳葉擦臉。

「哼，不需要妳幫他說好話。」柳葉胡亂擦了把臉，也幫忙收拾起行李。

第二天一早，柳葉也不跟司徒昊道別，把暗衛都叫出來充當車夫，三輛馬車悄悄地駛出了東城門。

才出城門，馬車就停了下來。

柳葉還沒弄清楚發生了什麼事，司徒昊已經掀開車簾鑽了進來。尋梅、問雪兩人趕緊起身，到馬車外去等著了。

「唉，葉兒，妳這是存心氣我，讓我擔心嗎？」司徒昊在柳葉身邊坐下，無奈地看著她。

柳葉身子一扭，轉過頭去。「到底是誰氣誰？昨天是誰衝我凶來著？是誰袖子一甩就走的？」

「葉兒，我的心意，難道妳真的不明白？我不是故意要凶妳，大戰在即，我只希望妳能平安地離開這是非之地。若是當初知道妳要來邊關，我肯定會想盡一切辦法阻止。邊關戰事未定，我不希望妳有一點點危險。」

「我知道你是為我好，可是，我也擔心你，越是這種時候，我越是想跟你在一起，我不放心你。」柳葉說著，眼淚又一次流了下來。

「好葉兒，我都知道。」司徒昊伸手摟過柳葉，替她擦去眼淚。「我不會有事的，風赤軍只有區區八萬的兵力，不足為懼。乖乖回家去等我，等我凱旋回朝之日，就是妳我大婚之時。到時候，我一定給妳一個讓全天宇朝女子都羨慕、嫉妒的盛大婚禮。」

柳葉把頭靠在司徒昊懷裡，帶著鼻音說道：「說話算話，你一定要平安回來，我還等著做你的新娘呢。」

「一定。我的葉兒，一定是全天下最美的新娘。」

待柳葉心緒平靜下來，臉上也看不出哭過的痕跡，司徒昊才又開口：「妳個壞丫頭，竟然敢一個人就這麼走了，連護衛都不帶，是要擔心死我嗎？還是想讓我擅離職守，追著妳去京城？」

柳葉吐了吐舌頭，不敢看司徒昊。這件事，是她任性了。

「好了，跟我下去，去跟妳義兄和眾護衛們打個招呼吧！」司徒昊點了柳葉的額頭一下，帶著她下了馬車。

「妹子，妳這是不要為兄了嗎？」才下馬車，凌羽書就撲了過來，被司徒昊抬手攔住，才沒撲到柳葉身上。

凌羽書哀怨地看了司徒昊一眼，嘟囔了一句。「小氣鬼。」

第一百四十一章　夏新柔懷孕

柳葉尷尬地笑了笑。「我以為，大哥要在這邊關建功立業呢。」

「啥，建功立業？」凌羽書一臉不可置信地望著柳葉。「我家已經是與國同休的國公，我若是真有了什麼不世之功，妳讓皇帝陛下拿什麼賞我？這不是招人恨嗎？我啊，還是老老實實的，平平順順地過完這一生的好。」

「……」這一刻，柳葉似乎理解了自己這位義兄這不著調的性子是因何而來。

「好了，天色不早了，早點上路吧，也能早點到達下個驛站，別走夜路。」司徒昊推了推柳葉，催促她上馬車出發。

「那我走了，你多保重，一定要平安回來。」柳葉不捨地看了看司徒昊，上了馬車。尋梅、問雪兩人也緊跟著鑽進馬車。

司徒昊拍了拍凌羽書的肩。「葉兒就交給你了，一定要護著她平安回到京師。」

「嗯，我可只有這麼一個妹子，一定會護她周全的。」凌羽書反手拍了拍司徒昊的肩膀。「倒是你，可別受什麼傷，讓我瞧不起你。」

司徒昊笑了笑。「我不會給你這個機會的。」

「走了，保重。」

「一路順風。」

凌羽書翻身上馬，一揮手，領著眾護衛護在馬車周圍，揚長而去。

皇城，啟祥宮。

麗嬪夏新柔遣退了身邊伺候的人，只留下一個心腹宮女在旁伺候。她在等一位特殊的客人。沒一會兒，門簾輕動，進來一人。來人低著頭，身上穿著的是皇城中隨處可見的二等嬤嬤的服飾。

看見來人，夏新柔霍地站起，因為激動，袖子不小心碰倒了桌上的茶杯。心腹宮女紫竹趕緊上前收拾，然後悄悄地退了出去，守在門口。

那嬤嬤卻似不知道發生了什麼似的，恭恭敬敬地下跪行禮。「參見麗嬪娘娘。」

人還沒蹲下，夏新柔已經一把扶住了她，語帶哭腔地喊了一聲。「娘！」

嬤嬤抬起頭來，赫然是夏新柔的親娘姜氏。

姜氏一把抱住自己的女兒，哽咽著說道：「柔兒，別哭，小心招了人來。」

她這次進宮是買通了關係，偷偷進來的。為的就是見見這個自從進了珞王府就再也沒見過面的女兒。若是被人發現，不但她性命不保，就是女兒也會遭殃。

母女倆無聲地抹了一會兒眼淚，姜氏才說起正事來。

「家裡遭難，夏家三代不准參加科考，妳弟弟是指望不上了。現在就只有靠妳了。」

「我知道，娘，您放心，我一定會讓柳葉那個賤人不得好死的。」想起自己和夏家的遭遇，夏新柔咬牙切齒。若不是她，自己怎麼會進珞王府成了侍妾？若不是她，憑著自己的美貌，又怎麼會進府兩年多都不曾侍寢，備受冷落，受盡欺辱？

「柔兒，」姜氏語氣嚴厲。「報仇的事需從長計議。妳現在要做的，是爭寵。只有得到聖上的寵愛，妳才能出人頭地，夏家才能光耀門楣，到時候，妳想怎麼報仇都行。」

「知道了，娘。」

「上次託人帶給妳的信，妳可收到了？妳……有沒有侍寢？聖上對妳如何？」

「已經侍寢了，這個月陛下來了我宮裡三次。」說起這個，夏新柔羞澀地低下了頭。

「這就好。不過還不夠，妳也算是新寵上位，一個月三次怎麼夠？柔兒，妳還要努力，娘教了妳那麼多年，可別辜負了娘的一片心意啊！」

「娘，我會努力的。邊關戰事未定，陛下進後宮的次數本就少。」

「就因為司徒昊和柳葉都不在京中，妳才更要把握住機會固寵才是。最好能有了身孕，這樣就算陛下再顧忌那兩人，於妳也是無礙了。」

「這……哪能說懷孕就能懷上的？」夏新柔也有些懊惱。

「運氣要有，但人為也不能少。」姜氏說著，從懷裡掏出一個小匣子。「這是我費盡心思才求來的坐胎藥。等下次陛下再來，妳就吃上一顆。我們柔兒是天生的貴命，定能一舉得男。」夏新柔接過盒子打開，裡面躺著三顆藥丸。

「柔兒，我要走了，記住為娘跟妳說的話。暫時拋棄一切雜念，專心固寵，有了子嗣，才有了立足之本，記住了嗎？」

「記住了。娘，您什麼時候再來看我？」夏新柔淚眼婆娑，戀戀不捨。

「等妳懷孕八個月後，為娘就能光明正大地進宮陪妳待產。柔兒，妳要加油。」姜氏說著，又一次抱了抱這個自己寄予厚望的女兒，抹了把淚，出了房門。

夏新柔低聲嗚咽著，握緊了手中的匣子。

也不知是坐胎藥真有奇效，還是其他原因，在柳葉到達京城前半個月，啟祥宮傳出了夏新柔懷有身孕的消息。作為皇帝登基後第一個有孕的妃嬪，夏新柔的恩寵一時獨一無二。

麗嬪有孕，影響的是皇宮中人。而京中如今最津津樂道的，還是今年的恩科。八月舉行的鄉試，出了個天宇朝有史以來最年輕的解元，年僅十三歲的柳晟睿高中鄉試第一名。

一時間，柳府的門檻差點被踏平。眾人恭賀之餘，旁敲側擊地打聽起柳晟睿的婚事來。

在得知柳家少爺尚未婚配後，眾位夫人、娘子們開始頻頻接觸柳氏。今兒上門拜訪、明兒相邀一起上香、後兒請柳氏赴宴……不出意外的，每位夫人、娘子身邊都帶著適齡的美貌少女。或明豔、或溫柔、或端莊、或純真……看得柳氏眼花撩亂。

柳氏知道眾位夫人、娘子的心思，自家兒子的年紀，也到了該考慮這些的時候了。所以，即使再不喜拋頭露面，也沒有胡亂拒絕別人的邀約，只想著多看看、多接觸，等女兒從邊關回來，自己也好找女兒一起參謀。

第一百四十二章　清河瑣事

十月中旬，柳葉一行人回到京城。

柳氏拉著女兒上下打量了好幾遍，確認女兒安然無恙，才算是鬆了口氣。重重一下拍在女兒的背上，帶著哭腔道：「妳個沒良心的，一走就是幾個月，連封信都沒有，妳就不想想家裡還有人在擔心妳嗎？」

「哎呀，娘，別打、別打。我錯了，我錯了還不行嘛！」柳葉也不躲，只是一個勁兒地出聲討饒。「我這不是沒想到會拖那麼久嘛！不然，我哪能不給家裡來信啊？」

柳葉汗顏，她是真的沒想到應該給家裡捎封信報個平安的。可是關於這一點，是絕對不能讓柳氏知道的，不然柳氏還不得傷心啊，一不小心真的會動家法的。

柳晟睿上前拉住柳氏，勸道：「娘，別打了，姊趕了那麼久的路，您趕緊讓姊去梳洗梳洗，休息一下。有什麼話，晚些時候再說也來得及。」

「對對對。」經柳晟睿一提醒，柳氏轉移了注意力，催著柳葉去梳洗、歇息。「妳的院子已經燒好地龍了，熱水也準備好了，趕緊去洗洗。我去廚房看看吃食準備得如何了。洗完澡，吃點東西就去歇息。」

柳氏說著，急急地往廚房去了。

柳葉偷偷朝柳晟睿豎了豎大拇指。「還是我家弟弟好，知道心疼姊姊。」

柳晟睿送了個大白眼給柳葉，轉身就走。

「哎，這小孩，生什麼氣呢？」柳葉討了個沒趣，摸摸鼻子，帶著丫鬟們回了引嫣閣。

晚上，美美地睡了一覺的柳葉，帶著給柳氏和柳晟睿的禮物來到蘅芙苑，再次接受了柳氏和柳晟睿的雙重說教。

柳葉一再保證，下次若再出遠門，必定三天一封家書，絕不敢不傳消息回家。鑑於柳葉認錯態度良好，又在一大批糖衣炮彈的攻克下，柳氏和柳晟睿才算是原諒了柳葉。

母子三人說起離別後發生的事情。柳葉當然只揀好的說，至於被敵軍偷襲的事，那是一個字都不敢透露。同行的護衛也早就被她下了封口令。

柳氏和柳晟睿說了說這段時間京中發生的大事。在得知柳晟睿鄉試考中後，柳葉開心得不行，拉過柳晟睿看了又看。「不錯，小子，竟然得了個第一，給我們老柳家長臉了。」

「是啊，睿哥兒這次著實是長了臉了。如今京中的貴婦、小姐們都盯著我們家睿哥兒，想跟我們家結親呢。」柳氏看著一雙兒女，臉上全是滿足的笑意。

「哦？我們睿哥兒長大了，人長得俊，讀書又好，是個香餑餑了。不知道迷死了多少閨閣小姐，成了她們的夢中情人啊？」柳葉笑看著眼前的小弟。不知道什麼時候，臭小子竟然長得比她還高了，一種吾家有子初長成的自豪感油然而生。

「姊……」被自家大姊調戲，柳晟睿有些不好意思。「姊，妳勸勸娘，我還小呢，不想這麼早成親，讓她別去相看人家閨女了。」

「怎麼回事？娘，您給睿哥兒相看好人家了？」柳葉驚愕地看向柳氏。

柳氏連忙否認。「沒有、沒有，只是接觸了幾家。這是大事，沒跟你們商量過，我可不敢答應別人什麼。」

柳葉鬆了口氣，道：「娘，睿哥兒還小呢，這事不急。再說了，婚姻大事，雖說父母之命，媒妁之言，但將來在一起過日子的是他們小倆口，我覺得還是讓睿哥兒自己決定的好。您現在急匆匆地幫他定下親事，萬一以後睿哥兒遇到了他喜歡的人，您讓他如何自處？」

「讓他自己作主？難道要像妳一樣，快二十歲了，還沒把自己嫁出去？」柳氏嗔怪地瞪了柳葉一眼。「我要什麼時候才能抱上外孫和孫子？」

柳葉尷尬地笑了笑。「娘，您這話說的，養了十幾年的大白菜，您就這麼急著想讓她被豬拱了啊？」

「拱不拱的都一樣，女大不中留，這心啊，早就被人拐走了，不在這個家裡了。出去一趟幾個月，連封信都不捎回來。」一想起這個，柳氏就來氣。好不容易盼來了賜婚聖旨，這才下聘，司徒昊又遠赴邊關打仗去了。去就去吧，自家這傻閨女竟還巴巴地追了去，一去幾個月，連封家書都沒有。

「娘，這討論睿哥兒的事呢，怎麼又說到我身上了？我保證，二十歲的時候一定把自己嫁了還不行嗎？」柳葉嘟著嘴，跟柳氏撒嬌。

「唉，我也是擔心妳啊！」柳氏拉過女兒的手，心疼地道：「前幾天收到妳大姨的信，說是妳姥爺過得不如意，在妳大舅家受了不少氣，身體是越來越差了，今年一年，湯藥就沒停過。我是怕萬一妳姥爺突然去了，妳又得耽誤一年半載的，到時候可就真的成老姑娘了。」

柳葉問道：「大舅家又出什麼事了？姥爺既然過得不舒心，小舅不是在清河嗎？也沒管管？大姨信上還說什麼了？」

「妳小舅家早幾年就搬去青州府了。妳大姨信上也沒細說，只說是妳小舅提出讓老爺子住到青州府他家去調養身子，妳大舅不同意。當初分家的時候說定了，老爺子跟著大房住，妳小舅也沒辦法強行把人帶走。只得三不五時地送些銀錢、補品給妳姥爺。就是妳大姨，也送了幾百兩的銀子、補品過去了。」

「這……為什麼我們竟是一點消息都沒得到？清河離京城雖遠，卻也沒到不通書信的地步。再說了，我們在清河還有產業在呢，若是姥爺真的病得不輕，莊子和鋪子裡的管事不可能不給家裡帶信啊？」柳葉越聽越疑惑。

「就是，八成又是大舅家那幾口人又出什麼么蛾子呢！」柳晟睿插嘴道：「大舅和承宗表哥是什麼樣的人，我們都是見識過的。這幾年，家底都讓他們敗光了。鋪子是早就賣了的，那幾十畝田地也不知道還剩下多少。我看啊，他們是把姥爺當搖錢樹了，巴著姥爺，讓大姨和小舅出錢養活他們全家呢。什麼病，幾百上千兩銀子花下去還沒好的？」

第一百四十三章　瑣事煩擾

柳氏被兒子的話嚇了一跳。「不會吧？妳姥爺不會允許他們這麼做的。再說了，如果真是為了要錢，為什麼不給我們家送信？不管怎麼樣，幾家裡面，我們家的條件最好。」

「他們不敢。」柳晟睿繼續分析道：「自從大姊掌家後，大舅他們可有在我們家撈過什麼好處？姥爺生病，他們要是要少了，會被疑是不孝父親，那麼點醫藥費還要找兄弟姊妹分攤，得不償失；要是要多了，以娘您的孝順，很有可能直接就去清河把姥爺接回京了，到時候讓大舅一家怎麼辦？怎麼解釋？再說了，姊是多麼精的人，大舅一家若真有什麼壞心，第一個要瞞的就是我們家。」

「這……」看兒子說得頭頭是道，柳氏一時也想不明白到底是怎麼回事，也開始懷疑起柳懷孝一家的用意來。

柳葉想了想，道：「別想那麼多了，直接把姥爺接回京城，不就什麼都知道了？若真如睿哥兒所言，大舅一家……哼哼，我雖然也不怎麼喜歡姥爺，可他畢竟是長輩，若是連基本的孝順都做不到，那還配為人子女嗎？」

「接過來也好，也是一年多沒見了，也該好好孝順孝順他老人家了。妳姥姥走得早，那時候我們生活困難，都沒能好好孝順她。」柳氏說著，心情就有些低落下來。

柳葉接口道：「就說是我的婚事已定，請姥爺來京參加婚宴。不如就直接派管事去，一起邀請那邊的親朋好友，正好大家也藉此聚一聚。」

「這……順王殿下還在邊關，也不知道什麼能回來，現在就邀請親朋，是不是早了些？」柳氏有些猶豫。

「娘，司徒昊很快就會凱旋歸來。現在派管事去，京城與清河來回得兩個多月，再加上中間的耽擱，起碼也要三個月。現在已經十月中旬，若清河那邊拖到年後再啟程……」

「怕是趕不上姊的婚期了。」柳晟睿開口調侃柳葉。

「臭小子，瞎說什麼呢！」柳葉抬手就朝柳晟睿打去，卻被他靈巧地躲過了。

柳氏想了想，道：「這樣也行，這幾天我先去跟媒人通個氣，等確定了大致日期再給清河去信。」

「娘，司徒昊的婚事是由禮部操辦的，媒人只是個擺設。再說，現在司徒昊也不在京城，您去哪裡問具體日期？」柳葉抹額。

「那怎麼辦？」柳氏有些不知所措了。

「娘，誰大老遠地跑來，只為參加一場婚禮啊？您就說，想藉著我姊成親這事，請他們來京城住一段時間，兄弟姊妹們好好聚聚。」柳晟睿替柳氏出主意。

「行，那就這麼說。回頭睿哥兒幫我寫信。」柳氏拉了柳晟睿當苦力。

之後三人又談了些京中的事情。在談到夏新柔懷孕的事時，柳氏善心大發，跟柳葉說道：「新柔這孩子也挺不容易的。小時候的事，那是她年紀小不懂事，被大人挑唆著欺負妳。至於其他的，都是夏玉郎和姜氏他們造的孽，大人的事，還是別牽扯到小輩的好。葉兒，就當她是個陌生人，別跟她計較吧？」

「娘，我從來都不想跟夏家人有什麼瓜葛。只要夏新柔不來招惹我，我絕對會當她不存在，不會去招惹她的。」

柳氏嘆了口氣，道：「如此就好。她現在新寵上位，還是不要招惹的好。夏玉郎已經死了，大家就當彼此不認識，平平安安地過自己的日子就好。」

柳葉沒說什麼，抬起頭，跟柳晟睿交換了個眼神。姊弟倆心知肚明，就是因為夏玉郎已經死了，夏家才會更加怨恨柳家。夏家現在的蟄伏，只不過是夏新柔地位不穩，急著往上爬，沒騰出手來罷了。

可是當初的情形，即便再來一次，柳葉也會想法子把夏玉郎擊斃在府外。誰讓他領了叛軍來襲擊柳府，威脅到柳府上下人的性命？看樣子等司徒昊回來後，得讓他想法子盯著夏新柔才行。

接下來幾天，柳葉先是進宮跟皇帝、皇后談了談邊關的見聞，接著又拜訪了幾家相熟的人家，把自己帶來的禮物一一送上。

莫欣雨卻在柳葉回京後的第五天找上門來，柳葉在引嫣閣接待了她。

柳葉一邊吩咐下人上茶，一邊問：「怎麼了？急匆匆過來，可是有什麼事？」

「什麼事？」莫欣雨把手裡厚厚的冊子往桌上一放，道：「妳把我誆來籌建百貨鋪子，自己卻當了甩手掌櫃，一聲不吭就去了邊關，一去幾個月。妳說，我找妳有什麼事？」

柳葉不自在地笑了笑，道：「妳今兒來，不會是來興師問罪的吧？這可不是妳莫三小姐的作風啊，有損妳莫三小姐的名聲。」

「去，別淨說些有的沒的，誰有空跟妳扯這些。」莫欣雨沒好氣地瞪了柳葉一眼。「這段時間，我調查了京中一些著名的店鋪、商號，大致了解了他們的銷售能力和信譽口碑。另外也調查了各類商品的價格、進貨管道和成本。這些是我整理的一些資料，妳看看有沒有用。」說著，莫欣雨把其中兩本冊子遞給柳葉。

柳葉接過，隨意翻了幾頁，道：「不錯啊，竟然知道做市場調查了，還記錄得這麼詳細，辛苦妳了，這些資料我一定好好研究，絕不辜負妳的一番辛勞。」

莫欣雨笑了笑，又遞過一本冊子。「我接觸其中幾家，跟他們說了我們百貨鋪子想請他們品牌入駐的意向。這冊子裡記錄的是有合作意願的商戶名單，以及他們的要求。」

柳葉接過，翻了翻，跟剛才的兩本冊子放在一起，問道：「店鋪選址的事，做得怎麼樣了？」

「我正為這個問題發愁呢。按照妳的計劃，還真找不到這麼大的地方來。若是分別問幾家購買，這成本就不好控制，畢竟到目前為止，有意願入股的人不多，能出的銀子更是少。」

第一百四十四章 意外之喜

柳葉皺眉。「這事急也沒有用，妳讓我再考慮考慮。」

之後兩人又說了許久的話，莫欣雨才告辭。

一直到了晚上躺在床上，柳葉還在想著店鋪的事。雖然她跟莫欣雨她們說的是百貨鋪子，可她想開的，從來都不是簡單的一間鋪子。她要建的是超級購物中心，除了購物，還要有遊樂場、美食街。她的計劃裡，甚至還有健身房和美容院。只是這兩項想要實現有些困難，人才難求啊！

可是現在自己卻連購置店鋪的本錢都沒有。大家似乎都不看好，到目前為止，除了皇后娘娘有言在先會參股之外，也就勇武侯、靖國公府、藍若嵐、瑞瑤郡主有意願入股。最重要的是，這些參股的資金都還沒到位。柳葉也因為捐助軍費，所剩的銀兩已經不多了。煩躁地撓了撓頭，柳葉又一次為了銀子睡不著覺。千兩銀子一瓶的香水，暫時不能再多了，物以稀為貴，不能做殺雞取卵的事。那麼該怎麼快速賺錢呢？柳葉腦中靈光一閃，想起許久不曾關心的玻璃來，也不知道過去這麼久了，成績如何？看樣子得抽個時間去看看。

當初聽了司徒昊的建議，玻璃窯場是全封閉式管理的，除非有司徒昊和柳葉的令牌，窯場裡的人不能外出。當然，外面的人想要進去打探消息也是不可能的。結果後來柳葉受傷，司徒昊忙著助珞王奪嫡，緊接著兩人先後去了邊關，玻璃窯場就徹底成了與世隔絕的地方。

思及此，柳葉心中生出些許期盼來。或許玻璃窯場會有好消息呢！

兩天後，柳葉帶著問雪和玄十一來到了玻璃窯場。

窯場管事杜若一見主子來了，欣喜異常。這麼久了，若不是日常供給沒少，他都要懷疑他們這些人是不是已經被拋棄了？

「姑娘總算來了！順王殿下呢？沒有一起來嗎？」

對上杜若那殷切的目光，柳葉汗顏，輕咳一聲，才道：「西北有戰事，王爺領兵去了邊關，已經走了幾個月了，我也才剛從邊關回來。怎麼樣？這段時間，窯場裡沒出什麼事吧？」

「原來是這樣啊！」聽到是因為邊關打仗，兩位主子才沒能來窯場，杜若心中的那一點點彷徨也煙消雲散了。「主子們的正事要緊，我們這兒沒出什麼事。就是許久沒見到兩位主子了，窯場的一些近況需要向姑娘匯報一下。」

柳葉點點頭。「嗯，邊走邊說吧，許久沒來了，帶我在窯場裡轉轉。」

「是。」杜若一邊在前面帶路，一邊講述著這幾個月來窯場的情況。

「姑娘上次來的時候，我們就已經能燒製出玻璃了，只是雜質較多。後來經過改進，如今的玻璃品質，不是我老杜吹噓，那絕對是沒話說。」

幾人先到了存放玻璃製品的倉庫，杜若一邊開門，一邊誇耀著窯場的成績。

大門推開，幾人就被滿屋子的玻璃製品給晃花了眼。一排排貨架上，整齊地陳列著各式各樣的玻璃製品。從最普通的玻璃片到玻璃餐具，再到各種造型的工藝品，在陽光的折射下，似是進入一個閃亮的新世界。

柳葉一個個貨架看過去，還不時拿起其中的玻璃製品看看，越看越是驚喜。她拿起一只玻璃做的兔子，問道：「這些都是誰做的？」

「這些造型都是小徐想出來的，小伙子手巧，腦子也轉得快，也不知從哪裡得知番邦的一只玻璃小瓶要賣五十兩銀子，硬是求我讓他試試，這一試還真試出名堂來了，大大小小的，做了這麼多。」

「嗯，不錯。這些玻璃製品都能量產嗎？」柳葉問出了最關心的問題。

「能。不管是杯子、盤子還是小貓、小狗，都是雕刻了模具的，只要模具夠多，量產不是問題。」

「刻模具的法子，也是那個小徐想出來的？」

「是。小徐先是做了一批盤子，我看效果不錯，就鼓勵全場的人一起出主意，前前後後做了這麼一倉庫。」

「問雪，妳記下來，一會兒賞小徐一百兩銀子。」

柳葉話語一出，杜若眼睛都亮了，暗想這小徐還真是好運，別人辛辛苦苦燒製玻璃沒有獎賞，他隨便出了個主意就入了姑娘的眼，得到大筆的賞銀。

看著杜若神情變幻，柳葉微微一笑，道：「玻璃燒製如此成功，全窯場上下都要論功行賞，人人有賞。」

「是，謝姑娘賞。」杜若一聽人人有賞，整個人都飛揚起來，介紹起來也更賣力了，帶著柳葉滿窯場地轉。

在經過水井的時候，柳葉被井邊的一塊石頭給吸引了目光，若沒有看錯，這是一塊凝固了的水泥板？

帶著疑惑，柳葉命玄十一把那塊石頭搬起來仔細打量。雖然凹凸不平，可柳葉敢斷定，這就是一塊凝固的水泥。「這東西是哪裡來的？」

看到柳葉打量那塊廢料的時候，杜若就有些心虛。這是前段時間，有人消極怠工，不知道瞎混了些什麼材料丟進窯裡燒出來的。一開始誰也沒注意，以為就是燒壞的廢料罷了。誰知那天夜裡下了雨，沒來得及搬離的廢料堆裡竟出現這麼個東西，堅固得很，不知什麼時候竟被人搬到這井邊當了墊腳石，剛巧還被姑娘發現了。

「這……」杜若結結巴巴地把事情原委說了一遍，一邊還觀察著柳葉的神色，生怕柳葉怪罪他管理無方。

哪知柳葉根本沒在意他的這些小心思，這會兒全身心都沈浸在燒製出水泥的興奮中。

「這是怎麼燒出來的？當時放了哪些原料？誰燒的？把他叫來，我要仔細問問。」

第一百四十五章　凱旋

杜若仔細觀察柳葉的神色，確定她沒有生氣，才鬆了口氣，把陳栓叫來，當面與柳葉詳談。

從玻璃窯場回來的柳葉很興奮。水泥啊，這可真是意外之喜！雖然陳栓也說不清到底為什麼會燒出水泥來，但好歹還記得當時放了什麼材料進去。

因為是第一次燒出這樣的東西，又因為是自己的錯誤才引起的，事後陳栓仔細回憶了一遍燒製的全部過程，才能在柳葉問起時不至於一問三不知。

雖然沒有具體的水泥配方，柳葉卻不氣餒。當初的玻璃不也只是知道個大概？現在不也燒製成功了？柳葉相信，水泥也一定能燒製成功的。

等有了水泥這一利器，在這個以土木結構為主的世界，還不是想怎麼闖就怎麼闖？

轉瞬間，已經到了臘月初十。自從得知司徒昊大勝風赤國，風赤、霰雪兩國遞國書和談後，柳葉就一天天地數著指頭，算著司徒昊凱旋歸來的日子。

今日，總算到了相聚的時候。司徒昊班師回朝，當今聖上親自出迎，在安化門城牆上歡迎凱旋歸來的將士，犒賞三軍。

一大早，柳葉就穿戴一新，帶著尋梅、問雪趕到了安化門。城門四周，金吾衛和御林軍的官兵們如雕塑般站立，在人山人海的民眾中間，愣是隔出了一片空地。

巳時一刻，清道的鑼鼓聲響起，緊接著又是一批御林軍入場，把原本就已經隔離出來的地帶圍了個水洩不通。

在百官的擁護下，皇帝出現在眾人的視線中。

「萬歲萬歲萬萬歲！」道路兩旁的民眾齊齊跪倒在地，三呼萬歲。直到皇帝走上城牆，消失在眾人的視線中，大家才敢起身，繼續翹首以盼凱旋歸來的將士們。

柳葉擠在人群中，馬車早在兩條街道外就進不來了。幸虧有尋梅、問雪兩人護著，前面又有玄十一和另一個護衛開道，柳葉才能擠到城門口，還占了個最前排的位置。

看不到城外的情形，只聽得整齊劃一的腳步聲響起，應該是凱旋的將士們回來了。鼓樂響起，接著是皇帝訓話，也不知用了什麼手段，皇帝的聲音竟是傳出去老遠。字正腔圓，中氣十足，讚揚了三軍的勇猛忠義，似乎還敬了酒。

柳葉只聽得城外軍士們山呼「吾皇萬歲，天宇萬歲」，那氣勢，豪氣干雲，地動山搖。三碗酒盡，皇帝回宮。將士們就地紮營，等待最終的封賞。

城門大開，司徒昊帶領著將士代表緩緩地從安化門進城，接受民眾的歡迎。

黃金鎧甲在陽光下閃著光芒，給馬上的人染上一層金色光暈。劍眉星目，意氣煥發，如天神降臨，不容褻瀆。

看著城門口出現的熟悉身影，柳葉扶著尋梅、問雪的雙手不由得緊了緊。他終於平安回來了，沒缺胳膊、斷腿的，完完整整地回來了！

隨著軍隊入城，道路兩旁的民眾們沸騰了。鮮花、手絹、香囊……雨點般地往道路中間行進的眾將士們抛下。

兩旁維護秩序的金吾衛差點沒能控制住興奮得想要往前衝的人群。被人群一推搡，尋梅、問雪也沒能護住柳葉，柳葉身子猛地往前傾，眼看著就要摔個狗吃屎。

一條手臂伸出，柳葉結結實實地跌進一個懷抱中。她驚魂未定地抬起頭，映入眼簾的是那張朝思暮想的笑臉，頓時，冰冷的鎧甲也變得溫暖。

「這麼冷的天，妳出來做什麼？」司徒昊的語氣中帶著些責備、帶著些心疼。

「想早一點看到你啊！」柳葉貪婪地看著眼前的人，露出一個燦爛的笑容。

看著這樣的笑容，司徒昊再也說不出責備的話來。緊了緊柳葉身上的披風，一把將她抱上馬，兩人同乘一騎，遊行隊伍又緩緩前行。

柳葉靠在司徒昊懷裡，這時的她只覺得天是那麼藍，冷風也變得溫柔，一切都是那麼美好、那麼滿足。

司徒昊進宮面聖，柳葉本想在宮門口等他，被司徒昊硬逼著回了府。又在柳氏的督促下，泡了熱水澡，喝了一大碗薑湯，才心滿意足地待在引嫣閣等待司徒昊到來。

一等等到了夜色降臨，也不見司徒昊的人影。倒是輕風匆匆趕來，帶了口信，說是皇帝陛下賜宴，今日怕是出不了宮，讓柳葉不必等他，早點休息。

柳葉嘟著嘴生悶氣，卻也知道這不能怪司徒昊。皇命難違，身不由己，說的就是司徒昊現在的情形吧？

柳葉想了想，反正也睡不著，便讓問雪準備工具，她要把司徒昊今天威風凜凜的形象畫下來，永久保存。

「在畫什麼呢？這麼晚了還不睡。」

溫柔的聲音從身後傳來，柳葉不回頭，也知道是誰。手中畫筆不停，說道：「我在畫你啊，我要把你今天的形象永遠地記錄下來。宮宴結束了？」

「嗯，皇上留我在宮中過夜，被我拒絕了。想著妳或許還在等我，就想來看看妳。果然妳還沒睡。」司徒昊走近，在柳葉臉上落下輕輕一吻，就不再打擾她畫畫，拿起一邊的畫稿看了起來。「夜晚光線不好，畫完這張就別畫了，傷眼睛。」

「嗯。」

久別重逢，兩人好似一直都沒分開過一般，親暱地聊著家常。

第一百四十六章　深夜旖旎

兩人有一搭沒一搭地聊著，說到玻璃窯場的時候，柳葉把水泥的事著重說了。司徒昊聽得很仔細，想了想，說道：「此事先讓他們研究著，先不要聲張出去，等燒出了妳說的水泥，驗證功效後再說，這個生意，估計皇家會插手，妳能不能做這個生意，還得看陛下的意思。」

「這話怎麼說？不就是個建築材料嗎？皇家的手伸得也太長了吧，還讓不讓人活了，我現在可是缺錢缺瘋了。」柳葉嘟嘴。她本想跟司徒昊分享發現水泥的喜悅，結果卻聽到這麼一番話。

「傻丫頭，妳沒錢了可以跟我說，哪裡需要妳去辛苦賺錢了？再說了，這水泥若真有妳說的功效，陛下肯定會想辦法控制產出，優先用在軍事防務上，絕不會任由民間隨意使用，萬一流到了敵國手裡，不是增加他們的防禦力量嗎？」

「……好吧，誰讓我認定了你，要做你司徒家的媳婦呢，這輩子注定要為皇家做牛做馬了。等水泥研究出來了，陛下想怎麼樣就怎麼樣吧！不過，你可別多嘴，先跟你皇帝兄長透露口風啊，我還要拿水泥向陛下討東西呢！」

柳葉想了想，也挺無奈的。不過她也不會做虧本生意，既然斷了她這一條財路，那麼就用另一條財路來換吧！

「妳呀，既然是我司徒昊的妻子，那妳也是皇家人，享受皇家待遇前，自然要為皇家付出。」司徒昊寵溺地點了下柳葉的額頭。「去跟陛下講條件可以，但是別太過了。身外之物罷了，別太計較，我們要的，是一生一世、平平順順地過日子。」

「我知道分寸的。」柳葉撇撇嘴，送給司徒昊一個白眼。

司徒昊無奈地搖搖頭，繼續看柳葉的畫作。直到柳葉畫完手中的畫，收拾畫具，司徒昊才又開口道：「明日我還要回軍營，處理交接之事，後天我就去禮部，要是時間充裕，就帶人來跟妳母親商量我們的婚事。」

「你安排就是了，都聽你的。」柳葉耳根紅紅的，難得地有些難為情。

司徒昊看得心裡癢癢的，輕輕拉過柳葉，在她額頭上印下一吻，柔聲說道：「那我這就回去了，後日再見。」

「那麼晚了，外面還那麼冷，就別回去了，在這裡歇下吧。」柳葉臉紅紅的，不知道是因為屋裡的火盆，還是在為自己說的話而感到害羞。

司徒昊悶聲輕笑，戲謔地道：「妳這是在邀請我與妳同枕共眠嗎？萬一我把持不住做了什麼，弄出聲響來，吵醒外間的丫鬟，可如何是好？」

柳葉瞪他一眼。「想什麼呢？你睡床，我歇在貴妃榻上就可以了。」

「那不行，除非妳陪我一起睡，不然我才不留下來呢。」

「那你走吧，還學會得寸進尺，凍死你算了。」柳葉說著，還伸手推了推司徒昊。

「現在可不是妳說了算了。」司徒昊一把抓住柳葉推過來的手，順勢一拉，柳葉就落進司徒昊的懷裡，再一個公主抱，把她抱了起來，往床邊走去。

「啊！」柳葉驚叫出聲。

司徒昊一低頭，用嘴堵住了柳葉的驚叫聲。深深一吻後，才邪邪地笑道：「小聲點，若是妳的丫鬟聽到動靜闖進來，看妳怎麼解釋。」

柳葉氣極，小手使勁地朝司徒昊的胸口推去。

「小丫頭，妳這樣的力道，是在挑逗我嗎？」司徒昊眼眸漸漸變得幽深，眼底有慾望在跳動。

「司徒昊，你個無賴。」柳葉咬牙切齒，狠狠地瞪了他一眼，卻不再反抗，老實地讓他抱。

「我只對妳一個人耍無賴。」司徒昊聲音低沈，在柳葉耳邊輕聲道。熱氣吹在柳葉耳邊，吹得她整個人都酥酥癢癢的。

柳葉只得把頭埋在司徒昊的懷裡，掩飾自己的尷尬。

司徒昊輕輕地把柳葉放在床上，蹲下身子，幫她把鞋子脫下，抬頭看到柳葉定定地望著他，嘴角一翹。「丫頭，愣著幹麼，是不是想讓我幫妳脫衣服？」

「啊，不要！」柳葉一把抓緊自己的衣領，腳一縮，整個人挪到床角，背過身去，迅速地脫掉外套、拉過被子，埋頭鑽了進去。

司徒昊的悶笑聲傳來，隨即一雙手伸來，扯過被柳葉拉住的被角，讓她的臉露在外面。

「蓋得這麼嚴實，是想把自己悶死嗎？妳可是我的人，沒我的允許，不准自裁。」

「司徒昊，幾個月不見，我發現你越來越壞了。」

「是嗎？我怎麼不覺得？我要是個壞的，早就把妳這小妖精就地正法了，哪裡還需要忍到現在？」

司徒昊伸手輕輕地彈在柳葉頭上，幫她掖好被子，聲音沙啞道：「乖乖睡覺，後天我再來看妳。」

說完在她額頭上親了一下，一個轉身就從窗戶出去了。

房間裡已經沒有了司徒昊的身影，只有淡淡的伽南香昭示著這個人曾經出現在這個房間中。

離開柳府的司徒昊站在某處房屋的屋頂上，寒風一吹，心頭的熾熱才漸漸平息。遙望一眼引嫣閣的方向，暗嘆一聲，自己的克制力真是越來越差了，剛才差點就沒能堅持住，只得落荒而逃。看樣子得盡快把那磨人的小妖精娶回家，不然一直這麼忍耐，他遲早會發瘋。

第一百四十七章　婚前

第二天早上，尋梅、問雪來伺候柳葉起床。穿戴整齊後，問雪在梳妝鏡前幫柳葉描眉，尋梅開了窗戶透氣。可是有一扇窗戶沒鎖，卻是推了半天也推不開。

「奇怪，這窗戶明明沒鎖，怎麼就推不開呢？」尋梅嘟囔著，又使勁地推了幾下。

「喀嚓」一聲輕響，窗戶應聲而開。尋梅也因為慣性，整個身體往前傾，上身撲到窗沿上，正好看到一段樹枝掉落，埋進一樓地上的積雪裡不見了。

「這誰啊，竟然在外面拿樹枝卡住了窗戶？」

柳葉的面色明顯一僵，心中暗罵，司徒昊這個大笨蛋。嘴上卻只是淡淡地說了句。「或許是誰惡作劇吧，沒什麼，別大驚小怪了。」

「這可是姑娘的的閨房，誰那麼大膽？萬一是採花賊怎麼辦？不行，這事一定不能就這麼算了，一定要查清楚，還要告訴侍衛處，加強府裡的防衛。」尋梅不認同柳葉的看法，繼續憤慨著，揚言要查明真相。

採花賊？昨晚進來的還真是個採花賊，還是個沒膽的採花賊，只敢調戲不敢動真格的膽小鬼。柳葉的臉不自覺地紅了紅。

問雪看自家姑娘面色有異，想到昨晚為了等順王爺，自家姑娘一直在畫畫。本來是她守夜的，可她竟不知不覺睡著了，連自家姑娘什麼時候睡下的都沒聽到。

難道昨天晚上王爺來過了？想到這種可能，問雪的臉也一紅，再看到還在跳腳的尋梅，問雪沒好氣地瞪她一眼。「就妳清閒，什麼事都要管，有姑娘在呢，妳瞎操什麼心？」

「我……」

「好了，姑娘還餓著，妳趕緊去看看早飯準備好沒？趕緊端上來。」問雪打斷尋梅的話，打發她去做事。早上的插曲，就這麼被糊弄過去了。

第三天下午，禮部果然來了人，與柳氏商談司徒昊和柳葉的婚事。挑了幾個欽天監算出來的日子讓柳氏挑選。來回商量了幾次，最後柳氏把婚期定在明年的三月初。

為了這個日子，司徒昊又一次夜闖柳葉的閨房，問她為何選了這麼久的日子，十二月底不是也有個好日子嗎？

「我大婚，老家的親眷總要來送一送吧？前段時間我娘就已經給清河去信了，那邊回信說過了年就啟程。你總不能讓人白跑一趟吧？再說了，水泥的事還沒搞定呢，這要是跟你成了親，我還怎麼跟皇帝陛下提要求啊？」

聽了柳葉的話，司徒昊一臉傷心模樣，委屈地道：「那我怎麼辦？還要再等三個月，妳就忍心讓我再獨守空房三個月啊？」

「不就三個月嗎？正好可以多準備準備。怎麼，你是不願意等了？等不及就不娶唄！我等了你那麼多年，我都沒說什麼呢。」

「誰說的，不就三個月嘛，就算是三年、三十年，我也只等妳一個，這輩子非妳不娶。」司徒昊趕緊表忠心。

「這還差不多。」柳葉斜了司徒昊一眼，算是揭過了這一篇。

接下來的日子，就是婚禮的籌備工作了。

順王府榮華苑要全面整修，以便迎接女主人的到來。家具、擺設要一一置辦；請帖、宴席、婚禮上要用到的一應物件都要提前準備好。

因為當初柳葉把聘禮和嫁妝的四萬兩黃金全數捐給了朝廷。一時間，順王府和柳府都拿不出銀子來填補這一空缺。為了這事，司徒昊還特地進宮一趟，雖然沒能討到些銀子，卻為柳葉討要了帝后賜的幾樣嫁妝──金玉良緣如意一對、紅藍寶石頭面兩套。

二月初，禮部送來了嫁衣。試穿合身後，柳葉象徵性地在嫁衣的裙襬處繡了幾針。

柳氏撫摸著柔軟的嫁衣，感慨道：「早知道妳的嫁衣是禮部依照儀制準備的，我就不替妳準備什麼嫁衣了，辛辛苦苦地繡好了，也沒機會穿。」

「怎麼會沒機會穿？我可以回門的時候穿啊。」柳葉拉著柳氏的衣袖說道：「娘，您快把衣服拿來，我要看。」

柳氏笑著拉了她的手。「還沒繡好呢，一定在妳婚禮前給妳繡好了，讓妳帶到夫家去。我的葉兒，終於要出嫁了。」柳氏的眼睛有些濕潤，眼淚汪汪的，又是欣慰又是不捨。

「娘……」柳葉一頭埋進柳氏懷裡撒嬌。

二月二十，柳老爺、柳元娘一家、柳懷仁一家、春花一家都來了。柳懷孝一家只來了個四歲不到的小哥兒作代表，大人竟是一個都沒來。

哥兒叫柳繼祖，是那個被柳承宗收了房的丫鬟所生的，也是柳家大房唯一的孫輩子嗣。柳承宗到現在也沒正經娶妻，似乎打算就這麼跟那丫鬟過一輩子了。

柳葉沒那麼多精力去關心柳承宗的破事。安頓好眾人，又跟大家敘了舊，才又單獨去見了柳元娘，問起柳老爺生病的事來。

一說起這個，柳元娘就是一肚子的火沒處發，直罵柳懷孝不是人。

「我收到妳娘的信，就直接去信問了妳大舅家的打算，可妳大舅遲遲沒有回信。後來，我又收到妳的信，想到妳信中提到的那種可能性，我是一刻都坐不住了，匆匆趕到青州府跟妳小舅商量。我們兩人沒打招呼就衝去了清河。妳猜我們看到了什麼？妳姥爺好端端的，正在屋裡教繼祖認字呢。妳大舅、大舅母都不在家，只有那個被承宗收房的丫鬟在。我跟妳小舅威逼利誘，那丫鬟才透露了些實情。老爺子身體不好是事實，年紀大了，腿腳不索利了，一到下雨天腿關節就疼痛。可這病沒法治，請了大夫也只說休養，花不了那麼多錢。我家給得少些，前後加起來也就四、五百兩，妳小舅家給出去的，都有千兩了。住得遠，平時回清河的次數少，就這麼讓柳懷孝那畜生鑽了空子，以給老爹治病的名義騙自家兄弟的錢，真是連畜牲都不如，老柳家怎麼就出了這麼個敗類！」

第一百四十八章　大婚（一）

「啊？那這次姥爺是怎麼過來的？大舅他們怎麼都沒來？」看著柳元娘憤憤不平的樣子，柳葉也不知道該說些什麼，誰家出了這樣的事不得鬧心死？

「唉，怪我當時氣不過，說要告到官府，張氏這喪心病狂的，竟在我們離開後偷偷給老爺子下藥，想要坐實老爺子病重的事實。是繼祖無意中發現，這才救了老爺子一命。」

「啊！」柳葉以手捂嘴，怎麼也沒想到，張氏竟然敢下藥。在她的印象裡，這個大舅母不過是刻薄了一些、自私了一些，是什麼讓人變得如此惡毒，面目可憎？

「事情被揭露出來，妳小舅要報官，妳姥爺竟然還想瞞著。鬧到最後，也只是把妳大舅一家從柳家族譜上除名而已，老柳家的那點家私還全都歸了妳大舅。妳姥爺帶著繼祖祖孫兩個單獨過活。」

「這……那姥爺該如何生活？」

「還能如何？由我們這幾個子女供養著唄！妳姥爺偏心偏了一輩子，出了這樣的事，他都能和稀泥般地翻過去，要不是有孝道壓著，真是……」柳元娘的話沒有說完，但話裡的意思已經很明瞭了，她這是寒了心，若不是那個人是自己的老爹，只怕早就不再來往了。

柳葉也是無語。以後這家子的事還是少沾為妙，娘親那邊也要跟她說，除了應該給老爺子的供養，其他事情不要管、不要問，不是怕麻煩，實在是不想鬧心。

三月初六，一大早，柳氏就提了個大食盒來了引嫣閣，把食盒裡的東西一一拿出來擺開，分別是包子、蚶子、肘子、栗子、蓮子五樣吃食。

「還有三天就要出嫁了。來，每樣都吃一點，五子登科，討個好彩頭。」柳氏親自取過筷子遞給柳葉。

柳葉知道，這是清河那邊的習俗，待嫁子女要吃父母親自做的五子登科飯。她乖巧地接過筷子，每樣吃食都吃了不少。這是娘親的一番心意，不能浪費了。

中午時分，順王府送來了男方的「轎前擔」，鵝兩隻、肉一方、魚兩尾、酒兩罈。東西不多，卻是司徒昊的一番心意。其實京城這邊是沒有「轎前擔」的習俗，司徒昊是打聽了青州府的婚嫁習俗，特意備下的。

三月初八，婚禮前夕，柳府早就披紅挂綵，裝扮一新。今天是抬嫁妝的日子，柳氏早就命人把柳葉的嫁妝一一擺放在廳前，供人觀看，俗稱「看嫁資」。每件器物都披掛著紅色彩線；衣服、鞋襪熏以檀香；每只箱底都放著幾兩銀子，俗稱「壓箱錢」。為了這些活計，昨日柳氏帶著一眾丫鬟忙了整整一天，到子時才歇下。

院子裡站滿了前來恭賀的親朋好友，對柳葉的嫁妝嘖嘖稱奇。尤其是帝后賞下的幾樣東西，更是被人欣賞了許久。東西本就貴重，加上又是皇帝、皇后賞賜的，這份榮寵更是難得。

午時一過，順王府搬嫁妝的隊伍就到了。

嫁妝搬到順王府，也要陳列於廳堂供人觀看。本來這邊還有個環節是由阿婆取女方鑰匙包，取鑰開箱，俗稱「掏箱」。可是，司徒昊的生母早逝，嫡母是當今太后，在禮部的章程裡，這一步便省去了。

卻不想第一抬嫁妝才剛跨進王府大門，街道的另一頭，大隊人馬出現，竟是太后親臨。司徒昊帶著人趕緊迎了出來。

待眾人見禮完畢，太后扶著司徒昊的手，說道：「我們的小十六終於要成家了。嫻妹妹天上有靈，也該是欣慰歡喜的。今日是抬嫁妝的好日子，該有的禮數不能少，免得怠慢了我們的順王妃。」

「勞太后辛苦，兒臣不勝感激。」司徒昊又深深地行了個禮。

「好孩子，你是嫻妹妹的孩子，也是哀家與先帝的孩子，該為你操辦的，哀家自當為你考慮周全了。」

安床的「全福婦人」，是司徒昊的一位族嬸，也是一位親王妃。「坐床」的童子有好幾個，其中竟然有皇后的嫡幼子、年僅五歲的小皇子司徒澤言。柳葉還未進門，風頭已經蓋過了所有的妯娌。

三月初九，五更時辰，順王府以五牲福禮及果品，在廳堂供祭「天地君親師」，俗稱

「享先」。吃罷「享先湯果」，花轎出門，以淨茶、四色糕點供「轎神」。放銃、放炮仗，大紅燈籠開路，一路上吹吹打打地向柳府出發。

柳葉這邊，五更天就被人從被窩裡拉了出來。沐浴、更衣，直到坐在梳妝檯前，柳葉還是瞇著眼睛打瞌睡。喜娘用五色棉紗線為柳葉絞去臉上汗毛，就是所謂的「開面」。

柳葉被那一下痛得睡意全無，眼淚汪汪。春花還在一邊取笑她。「別那麼心急，哭嫁的時辰還沒到呢。」

柳葉不敢亂動，只得咬牙切齒地瞪了春花一眼，又可憐巴巴地望著喜娘，希望她下手輕一點。

喜娘笑著，手下動作不停。「很快就好了。新娘子的皮膚可真好啊，老婆子我還是頭一回見到這麼細膩滑潤的肌膚呢！」

終於熬過了「開面」，喜娘開始在柳葉臉上塗脂抹粉、化新娘妝。柳葉一看，這哪裡是化妝，分明就是白灰抹牆！這妝容已經不是濃豔，只能用厚重來形容。

她指了指自己的臉龐，弱弱地開口道：「這樣真的好嗎？」

「好，好看得緊。回頭蓋頭一掀，保證讓新郎官看直了眼去。」喜娘眉開眼笑的，化完了妝，已經開始折騰柳葉的頭髮了。

到時候司徒昊確實會看直了眼，不過不是驚喜，而是驚嚇。柳葉暗自腹誹，卻也不敢多嘴反駁什麼。

第一百四十九章　大婚（二）

喜娘一邊唱著祝福詞，一邊梳理著柳葉的長髮。

隨著喜娘的唱詞，柳葉的臉上綻開了幸福的笑容。彷彿已經看到她與司徒昊舉案齊眉、白頭到老。

女家中午為正席酒，俗稱「開面酒」，亦叫「起嫁酒」。這會兒前院已經開席，柳葉房中也擺了一桌，由喜娘、春花、藍若嵐、瑞瑤郡主等一眾閨中好友作陪。

沒一會兒，順王府的花轎臨門。柳府門口鞭炮齊鳴，旋即一眾女方親眷攔在大門口討要紅包。

司徒昊的伴郎群裡立刻有人出列，掏出一大把紅包，邊分邊喊：「拿了開門紅包，可得讓新郎官進門啊，不然新娘子可要等急了！」

「不急、不急。」眾人笑嘻嘻地接過紅包，卻都沒有讓路。南宮杰上前一步道：「素聞順王殿下文武雙全，今日大喜，還請作詩一首以催妝。」

「對、對，作詩，催妝詩！」眾人起鬨。

司徒昊早有準備，緩緩開口道：「昔年將去玉京遊，第一仙人許狀頭。今日幸為秦晉會，早教鸞鳳下妝樓。」

「好！」南宮杰一說，已經讓出了位置，請司徒昊進門。

「等等！」凌羽書一步踏出，攔在司徒昊面前。「既是文武雙全，這文試過了，武試自然也要過上一過。順王殿下，咱倆先過兩招。」說著，凌羽書擺了個螳螂拳的起手式，衝著司徒昊挑了挑眉。

「大喜的日子，過什麼武試啊？改天、改天！」分紅包的那位伴郎趕緊上前，親熱地抱住凌羽書，順手塞了兩個紅包給他。

「不行，我妹子非文武全才不嫁。今日這武試，必須得過。」凌羽書紅包照收，路卻是不讓。

「我庫裡那桿雁翎槍送你了，明日就派人送到你府上去。」

司徒昊此話一出，凌羽書立刻變了臉，熱情地拉著司徒昊的手就往府裡進。「我家妹子眼光不錯，妹夫就是大方！走走走，屋裡請，咱倆喝兩杯去！」

柳葉聽說了此事，嬌嗔著對靖國公夫人說道：「母親您看，兄長為了一桿槍，把他妹子都給賣了。」

靖國公夫人笑道：「就妳難伺候。若他們真的來一場武鬥，看不急死妳？」

「娘～～」見義母不買她的帳，柳葉轉頭向柳氏撒嬌。

「好了，乖乖坐好，該吃上轎飯了。」柳氏聲音有些啞，坐在床鋪上招呼柳葉過來坐好。

柳葉走過去，輕輕地坐在柳氏的膝蓋上。

靖國公夫人招呼丫鬟們端來「上轎飯」。飯菜很豐富，一條紅燒鯽魚、一碗紅燒肉、一盤炒蛋，還有一碗白米飯，飯裡還拌了花生、紅棗。

見柳葉坐定，靖國公夫人開始給新娘餵飯。吃一口飯，挾一筷紅燒魚，再來一口飯、肉，最後吃蛋。

喜娘在一邊唱道：「先吃魚，後吃肉，跳出龍門萬丈高，生出兒子考狀元，生出女兒戴鳳冠。夫妻恩愛，早生貴子！」

當吃到最後一口時，柳葉把飯吃進嘴裡，嚼了幾下又吐出來了。喜娘趕緊唱道：「新娘不忘父母養育之恩。」

「上轎飯」吃完，柳氏已經淚眼汪汪，趕緊拿了帕子擦拭。「葉兒，順王府不比普通百姓家，妳上頭雖沒有公婆管束，但妳更要知進退、懂規矩，服侍夫君、教養子女，莫要落了我柳氏女子的名聲。」說著說著，柳氏已經泣不成聲。「到了夫家，一定要好好的，莫被人欺了。」

「娘……」母女倆抱頭痛哭。

好一會兒後，眾人才上前勸說。喜娘也乘機道：「吉時已到，快請新娘上轎吧！」

母女倆這才止了哭。喜娘趕緊給柳葉補妝、整理衣衫，然後對著門外喊道：「吉時到，新娘上轎！」

柳晟睿低著頭進來，眼睛紅紅的，深深地看了柳葉一眼，輕聲對柳葉說道：「姊，他若敢欺負妳，我定為妳報仇。」

「好。」柳葉看著自家弟弟，鄭重地點頭。「不過你放心，你姊我厲害著呢，不會讓人欺負了去的。」

喜娘幫柳葉蓋上繡著龍鳳呈祥的大紅蓋頭。柳晟睿蹲下身，揹起柳葉就往外走。

等到柳葉進轎坐定後，轎簾一掀，柳葉只覺得轎中光線變幻，手中已經多了一個大紅蘋果。

接著鞭炮聲與鑼鼓聲響起，隨著喜娘高唱一聲「起轎」，八人抬的大花轎穩穩抬起。

鞭炮聲漸遠，柳葉知道，自己離柳府越來越遠了，以後再回來，自己就是出嫁的姑奶奶，是這個家的客人了。

思及此，柳葉的眼眶濕了。趕緊抬頭，睜大了眼，把眼淚忍回去。若是哭花了妝，可就不吉利了。

又是一陣震耳欲聾的鞭炮聲響起，轎子穩穩停住，這是到了順王府了。

司徒昊彎弓搭箭，一枝特製的箭矢敲擊在轎門上。緊接著，轎簾被掀開，一名五、六歲的盛妝幼女來到轎前，用手微拉柳葉的衣袖，請她下轎。

在喜娘的攙扶下，柳葉先是跨過一只朱紅漆的木製「馬鞍子」。

「新娘跨馬鞍，平平又安安——」喜娘的唱詞隨即響起。

接著是跨火盆，喜娘依舊唱道：「新娘過火盆，紅紅又紅紅——」

之後，走過長長的紅氈，由喜娘相扶著站在喜堂右側位置，司徒昊緊挨著她站在左側。

正前方長輩主座上坐著皇太后，面目慈祥，正微笑地看著眼前的一對新人。

柳葉蓋著蓋頭，並不知道太后親臨，只是豎耳聽著贊禮者的唱詞，好依令行事。

只聽贊禮者喊：「行廟見禮，奏樂！」

音樂聲隨之響起。

接著贊禮者唱道：「一拜天地，二拜高堂，夫妻對拜！」

柳葉依言，在喜娘的幫助下行完了拜堂禮。

最後贊禮者唱：「禮畢，退班，送入洞房！」

柳葉的手中就被塞入一段紅綢，隨著紅綢的牽引，一步步向前走著，步履穩健，毫不猶疑。因為她知道，紅綢的另一端，牽著的是她自己相中此生的命定之人。

第一百五十章 洞房花燭

「新娘、新郎入洞房，今日魚水得相逢，明年天上送貴子，富貴長壽福滿堂！」

喜娘那天生帶著喜氣的唱和聲剛落下，耳邊就傳來司徒昊的輕聲提醒。「小心門檻。」

藉著蓋頭底下那方寸可視之地，柳葉抬腳，穩穩地跨過門檻，進入新房。在喜娘的攙扶下坐到了床上，手中的紅綢已經被人拿走了，柳葉雙手藏在寬大的衣袖中，緊緊握住，既緊張又興奮。

喜娘把掛著紅色彩線的秤桿交到司徒昊手中，嘴裡唱和道：「秤桿子上頭滑如油，一路星子頂到頭。二十八宿來保佑，稱過元寶挑蓋頭。」

司徒昊拿著那秤桿子，因為激動，手微微有點抖，深吸口氣，穩穩地一挑，大紅蓋頭挑落。柳葉只覺得眼前一亮，不適應地閉了眼，再睜眼時，入眼的是一身大紅喜服的司徒昊，眉眼彎彎，正對著她笑。

「新郎、新娘飲合巹酒！」喜娘說著，奉上一只托盤。托盤上是兩只用紅繩連在一起的小巧銀杯，杯中盛著醇香的酒液。

「一敬長命富貴，二敬金玉滿堂，三敬狀元及第，四敬事事如意，五敬五子登科，六敬福祿雙全，七敬七子團圓，八敬八仙上壽，九敬九連環，十敬全家福。萬代富貴，恭喜、恭喜！」

在喜娘的祝詞聲中，司徒昊和柳葉手臂交叉，喝下這杯象徵夫婦以結永好的交杯酒。

此時，新房內的眾婦人手捧同心金錢、五色彩果，向床帳內撒去，棗子、花生、桂圓、蓮子等果子落了司徒昊和柳葉滿身，伴隨著喜娘的祝唱詞。

撒帳完畢，新房內的儀式暫告段落，接下來就是新娘換裝、新郎待客的時間。

「天生佳偶是知音，共苦同甘不變心；花燭洞房親結吻，春宵一刻勝千金！」

隨著喜娘的唱和聲，眾人齊齊退了出去，房門「吱呀」一聲關上，留下一點時間讓小倆口說說私密話。

兩人對視良久，司徒昊才欣喜地開口：「葉兒，我們終於成親了。」

柳葉臉頰發燙，輕輕地「嗯」了一聲。

司徒昊伸手拉過柳葉的柔荑，在手背上輕輕落下一吻。「妳先梳洗梳洗，吃點東西。我還要去外院招待賓客，一會兒就回來。」

「嗯，少喝點酒。」

司徒昊笑道：「放心，不會耽誤了今晚洞房花燭夜的。」

柳葉被鬧了個大紅臉，輕推了司徒昊一下。「快走、快走，我要梳洗了。」

司徒昊心情極好地出了房門。

尋梅、問雪聽到動靜，趕緊進來伺候。「姑娘。」兩人都穿著喜慶的衣衫，面容帶笑。

「快先幫我把頭上的鳳冠摘了，重死我了。」見到兩個貼身侍女，柳葉放鬆下來，趕緊叫兩人幫她梳洗換裝。

除去鳳冠霞帔，換上柳氏為她準備的嫁衣。這件嫁衣款式簡潔，用的卻是布料界四大奇珍之一的鳳凰錦，是司徒昊送來聘禮中的其中一疋料子。鳳凰錦看起來並不顯眼，但是當它出現在光亮中時，就會浮現出栩栩如生的鳳凰圖案。柳氏依據布料本身的紋理，在鳳凰錦上繡上牡丹爭豔的圖案，在大紅喜燭的照耀下，精緻的鳳穿牡丹讓人驚嘆不已。

除去一身負重，又狼吞虎嚥地吃了幾塊點心，柳葉才有了閒情打量起新房來。

洞房內金玉珍寶，富麗堂皇。東暖閣為敞兩間，東面靠北牆是一座大炕，炕几上有瓷瓶、寶器等陳設，炕前左邊長几上陳設一對龍鳳喜燭。東暖閣內西北角安放著一架拔步床，掛簷及橫眉部分均鏤刻透雕，表現古代人物故事；前門圍欄及周圍檔板刻有麒麟、鳳凰、牡丹等紋樣，刀法圓熟，工藝高超。喜床上鋪著厚實的龍鳳雙喜字大紅喜被，床前掛百子帳，一百個神態各異的童子或喜或嗔，嬉戲玩耍。

司徒昊進來時，看到一清麗嬌豔的女子俏生生地立在屋中，烏黑的秀髮綰成一個優雅的髻，寶石點綴的流蘇步搖在在燭光下輕輕搖曳著，讓端莊貴氣的大紅嫁衣平添一分嫵媚，大氣尊貴的鳳凰隨著光線流動，在精緻的牡丹中若隱若現。

看著如仙女下凡般美麗的柳葉，司徒昊差點就沒認出來。「葉兒，妳可真美。」司徒昊由衷地讚嘆。

柳葉俏臉一紅，今天的她似乎特別容易害羞。

兩人相扶著在床上坐定，司徒昊從懷中掏出兩個荷包，又從桌上取過一把綁著紅線的剪刀，側頭捋過一縷頭髮，輕輕剪下，分成兩份，分別放進兩個荷包中，深情地道：「結髮為夫婦，恩愛兩不疑。」

柳葉依樣畫葫蘆，剪下兩縷頭髮，用紅線和司徒昊的頭髮編在一起，放進荷包中，貼身收好，嘴裡輕輕哼唱。「我能想到最浪漫的事，就是和你一起慢慢變老，一路上收藏點點滴滴的歡笑，留到以後坐著搖椅慢慢聊。我能想到最浪漫的事，就是和你一起慢慢變老，直到我們老得哪兒也去不了，你還依然把我當成手心裡的寶。」

「傻丫頭，妳的夢，亦是我畢生所求。」司徒昊輕聲說出誓言。

兩人額頭抵著額頭，柳葉輕聲喚道：「司徒昊。」

「嗯。」

「司徒昊。」

「我在呢。」

司徒昊微笑著取下柳葉頭上的步搖，長手一撩，幔帳垂下。「時辰不早，娘子早些隨夫君一起歇息吧。」

紅燭搖曳，百子帳內，人影晃動，低低的呻吟聲響起，如泣如訴，又欣喜異常。滿床春色，一室旖旎。

第一百五十一章　進宮謝恩

新婚第二天，由於要進宮謝恩，雖然很累，柳葉還是不敢睡懶覺，早早地就起床梳洗打扮。

早晨的陽光透過窗戶照進新房，尋梅、問雪在整理柳葉進宮時要穿戴的衣物。柳葉坐在梳妝檯前，細細地畫著眉。玻璃鏡中，美嬌娘粉面含春，媚眼如絲。

喜嬤嬤已經收走了昨夜鋪在床上的喜帕，床鋪也已經重新收拾過了。一想起昨夜的放蕩孟浪，柳葉的心怦怦直跳，面頰紅豔欲滴。

司徒昊斜靠在床上，看著新婚妻子對鏡貼花黃，一時興起，走到柳葉身邊，取過她手中的眉黛，親手幫她畫起眉來。

「不須面上渾妝卻，留著雙眉待畫人。為夫竟是忘了，娘子的眉，該由為夫來畫才是。」

「少貧嘴了，你會畫眉嗎？若是畫得不好看，我就在你臉上畫烏龜。」柳葉微揚著頭，配合著讓司徒昊替她畫眉。

尋梅、問雪見此，偷笑著迅速退了出去。

一副眉毛畫了擦、擦了畫，足足耗去半個時辰才算畫完。坐在進宮的馬車上，柳葉怒瞪司徒昊。「都怪你，差點就誤了進宮的時辰。」

「嘿嘿，是為夫手拙，日後多練練，定能畫出娘子的絕世嬌顏來。」

「司徒昊，你能不能好好說話了？」柳葉抹額。從昨日起，這傢伙就一口一個為夫、娘子的，聽得柳葉很是彆扭。

司徒昊一把攬過柳葉，笑道：「傻丫頭，我們已經成親了，我是妳的夫君，妳是我的娘子。為夫沒有喊錯啊。」

柳葉趕緊掙扎開來，一邊拿手撫平身上的王妃朝服，一邊埋怨道：「司徒昊，你故意的是不是？一會兒還要進宮面聖呢，衣服皺巴巴的，失禮於君前是要打板子的。」

「哈哈哈哈，丫頭，妳在緊張什麼？皇上是我兄長，當初見我父皇都不緊張，怎麼這會兒倒是害怕了？」司徒昊饒有興趣地看著柳葉。

柳葉瞪了司徒昊一眼。「那怎麼能一樣？當初我是臣女，現在我是你的王妃，身分不同。」

「別怕，醜媳婦總要見人的，再說我家丫頭那麼美，一點都不醜。」司徒昊說著又想欺近身去，被柳葉狠狠一瞪眼，沒敢再有動作，一路老實地到了宮門前。

兩人一前一後下了馬車，早有引路太監等候在側。

「奴才見過順王殿下、順王妃。皇上還在御書房與大臣們商議國事，囑咐奴才在此等候二位。皇上說了，順王殿下與順王妃可先去後宮見過太后，待皇上國事忙完，自會傳召二位。」

「知道了，有勞公公前頭帶路。」

兩人隨著引路太監來到太后所居的慈寧宮。一進殿堂，滿屋的後宮妃嬪，正齊刷刷地扭頭看著他倆。

司徒昊神色不變，泰然自若，領著柳葉雙雙跪倒在蒲團上，向上首的太后行了大禮。

「起來、起來。」太后笑呵呵地喊起，又對身邊的宮女道：「快，把哀家給新娘子的見面禮拿上來。」

「是。」宮女應聲而去，沒一會兒，端了個托盤上來，大紅的錦緞上靜靜地躺著一只赤金鑲八寶手鐲。

「這只手鐲是先帝所賜，原本是一對的，一只給了十六的母妃，一只給了哀家。嫻妹妹的那只隨著她陪葬了。如今我把這只賜給妳，權當留個念想。望你倆夫妻恩愛，白首偕老，也好讓我那早去的嫻妹妹安心。」

「謝太后賞賜。日後我定當好生伺候夫君，與王爺相親相愛，互相扶持。」柳葉再次跪下謝恩。

「起來、起來。妳這孩子，新婚三日無大小，不用那麼多禮。」太后笑著示意身邊的宮女上前扶起柳葉。

柳葉卻沒起身，反而再次下拜。「清河謝太后不辭辛勞，親臨順王府主持婚禮，太后之恩，清河銘記。」

聽了柳葉的話，太后心中更是熨貼。「好孩子，這是哀家應當做的，看著你倆金童玉女一般，哀家也是高興。」

「順王妃向來就是個懂事孝順的。」坐在太后旁邊，略低於太后寶座的皇后笑著說道：「既然在此遇上了，那麼，我這個當大嫂的見面禮也一併給了，也免得你倆還要多跑一趟。」說著，示意身邊的宮女送上一個赤金瓔珞項圈。「這是我的陪嫁，不算貴重，一番心意，祝你倆百年好合，永結同心。」

柳葉對著皇后施了一禮，笑道：「謝皇后娘娘。皇后娘娘當日賜下的嫁妝就已是十分貴重，如今又送了這瓔珞項圈，清河真是有福，得了個如此大方的嫂子。」

「哈哈，妳這張嘴啊！看樣子為了這大方的名頭，日後我還得多多送妳禮物才行。」皇后笑著伸手指了指柳葉，側頭對太后說道：「母后，您看我們的順王妃，兒臣怕是要被這個弟媳狠狠搜刮一番了。」

太后明顯心情不錯，打趣道：「清河啊，妳這個皇嫂庫裡的好東西不少，妳啊，就可勁地問她要吧！她若是不肯，妳告訴哀家，哀家幫妳要。」

「是，謝太后，謝皇后娘娘。」柳葉笑著應聲，卻沒真把她們的話當真。

「順王妃恩寵無限，我等可是嫉妒得眼都要紅了。」

一個嬌嬌弱弱的聲音響起，柳葉循聲望去，卻是夏新柔。她挺著個大肚子靠坐在椅子上，衣衫寬大，或許是懷孕的緣故，臉上明顯比印象中圓潤不少。

「麗嬪娘娘言重了。京中誰人不知，娘娘身懷龍裔，乃聖上登基後的第一子，身分貴重。待到娘娘誕下麟兒，恩寵自是不會少。想必不久之後，我等就該改口稱一聲麗妃娘娘了。」

夏新柔也不推辭，嘴角一扯，笑了笑道：「如此，便承順王妃的吉言了。若他日真能封妃，本宮必當牢記順王妃的恩情。」夏新柔眼中戾色一閃而過，把「恩情」兩字咬得格外重。

柳葉也不示弱，看著夏新柔道：「麗嬪娘娘說笑了。麗嬪娘娘的恩寵，都是皇上、皇后給的，與我這個小小的順王妃何干？」

第一百五十二章　做個交易

從慈寧宮出來，夏新柔經過柳葉身邊時，停了下來，看著柳葉，輕聲說道：「來日方長，咱們走著瞧。」

柳葉嘴角微翹，微笑道：「麗嬪娘娘火氣不要那麼大，對胎兒不好。」

「妳！」夏新柔上前，正要有所動作，突然渾身一寒，接觸到司徒昊的目光，僵硬地改了表情，笑道：「多謝順王妃提醒，本宮自會保重，為陛下生下一個健康活潑的皇子。」

此時，皇帝身邊的李公公來到眾人面前，俯身行禮。「奴才見過順王、順王妃、麗嬪娘娘。皇上有請順王、順王妃御書房見駕。」

「有勞李公公了，我們這就過去。」司徒昊禮貌地朝李公公點點頭，帶著柳葉去了御書房。

皇帝正伏案處理政務，李公公進來稟報道：「陛下，順王攜順王妃前來覲見。」

「宣他們進來吧！」皇帝頭也不抬，繼續伏案疾書。

司徒昊和柳葉進來，雙雙大禮參拜。「參見陛下，吾皇萬歲萬歲萬萬歲！」

「快起來，賜座，上茶。」皇帝擱下手中的筆，笑道：「十六弟昨日大婚，今日該好生歇息的，巴巴地跑進宮來，也不怕累壞了我們的小弟媳，小心她不讓你進房。」

司徒昊攜著柳葉在旁邊的座位上坐下，聽到皇帝如此說，也笑著開口道：「皇兄今日心情不錯，可是有什麼好事？」

「十六弟大婚，難道不是最該高興的事嗎？」

「皇兄見笑了。若無皇兄賜婚，臣弟的終身大事還不知要拖到什麼時候呢。」兄弟倆你來我往地說笑著。柳葉雙手放在腿上，規規矩矩地坐在下首，一言不發。

「十六弟妹，今日為何如此安靜？」皇帝望向柳葉，笑道：「可是見過皇后了？妳皇后嫂子送了妳什麼當作見面禮？朕這裡也有一份見面禮，也不知妳喜不喜歡。」

皇帝說完，示意身邊的太監從後面端上一個托盤，盤子裡整整齊齊擺放著幾塊玉石籽料。

「朕知妳喜作畫，這幾塊玉石都是難得的籽料，妳拿回去，刻幾枚印章把玩。」

「謝皇上賞賜。」柳葉趕緊謝恩。「既得了皇上的見面禮，我也有東西想賣於皇上。」

「哦？是賣，不是送？」皇帝饒有興趣地看著柳葉，好奇地問道。不管是以前，還是當了皇帝後，還從來沒有人說要賣東西給他。

「嘿嘿，這不是想開一間超級大的百貨鋪子，手裡沒錢，正好我手上有樣東西，想來陛下會感興趣，就想跟陛下您做個買賣，好得些銀錢開鋪子。哦，我那間百貨鋪子，皇后娘娘也是知道的，還參了股的。」柳葉笑道。

皇帝指指柳葉，說道：「快說說妳要賣給朕什麼東西？朕醜話說在前頭，不夠稀罕的東西，朕可不要。」

「稀罕，絕對稀罕。」柳葉忙道：「這東西叫水泥，是一種膠凝材料，加水攪拌後成漿體，能在空氣或水中硬化，並能把砂、石等材料牢固地膠結在一起。可用於建造房屋、建築橋梁、鋪設道路。用水泥建造的房屋，比現在民間的堅固十倍不止。如果加入適量的鋼材，百丈蓋樓平地起，都不是問題。」

「妳說的這個水泥，用它砌牆，真的如此堅固？用它砌城牆如何？能砌多高？」皇帝很快就抓住了柳葉話語中的重點。

「多說無益，陛下大可一試。在空地上砌上一段牆，待水泥完全乾透，再做相關抗打擊試驗。若陛下想徹底了解水泥的作用，不如把城西的平樂坊交給我，我保證一年內把這髒亂的貧民窟，改造成全京城最大的生活購物區。」

「哈哈，妳個小小女子，胃口倒是不小。一個見都沒見過的水泥，妳敢向朕要整個平樂坊坊市？那平樂坊可是占據了整個城西約三分之一的土地，妳要它來做什麼？」皇帝眼睛微瞇，臉上雖然在笑，卻無端給人一種看不清他此時神情的感覺。

「建房屋，然後賣房子，賺錢。」柳葉直言不諱她就是為了賺錢。

「好，朕有幾個條件，只要妳能答應，這平樂坊給了妳又有何妨？」

「皇上請說。」

「第一，平樂坊的改建，朝廷不會撥出一分錢來，所有的開支都需妳自己負責；第二，水泥的配方不許外傳，只要妳的平樂坊一建造完成，水泥配方歸朝廷所有，即使是妳，也不得再生產；第三，朕要平樂坊整個工程的三成利潤。」

「皇上，我本就缺錢，您不給資助也就算了，怎麼忍心再抽取我三成的利潤呢？」柳葉哭喪著臉，跟皇帝討價還價。

「怎麼，這三個條件妳答應不了？這平樂坊，朕以後再想辦法改建吧！」

「答應、答應，我沒說不答應啊！」柳葉連忙表明態度。

「既如此，妳且回去等著吧，不幾日就會有令妳改建平樂坊的聖旨下來。」皇帝擺擺手，示意柳葉和司徒昊可以退下了。

兩人再次行禮謝恩。司徒昊帶著柳葉出了宮門，待坐到馬車上，柳葉才有興致查看宮中妃嬪送給自己的見面禮。

「司徒昊，你說太后為何要送這麼個手鐲？」柳葉欣賞手鐲上的寶石，疑惑地問道。

「太后這是在提醒我，她與我母妃關係非常，她處處為我們著想，也讓我們能站在她那邊，能事事為她著想。」

「她是以天下養的太后，還要我們這小小的順王府為她著想？」

「皇帝不是她親生的，雖然靜妃薨逝，她是唯一的皇太后。但不是親生就不是親生，帝后豈會真的與她貼心？不過是礙於孝道的表面工夫罷了。她要在皇宮中安穩度日，自然要找人做她的後盾。」

第一百五十三章　回門

聽了司徒昊的話，柳葉不由感慨。連後宮中地位最高的太后都過得如此辛苦，何況是那些普通的妃嬪們？司徒昊當初不要那個皇位實在太明智了。若他是皇帝，自己肯定適應不了宮中的殘酷，被那些妃嬪們吃得連骨頭都不剩。

兩人閒聊著回到順王府，吃過午飯，就到了認親的時間。皇家雖然爭鬥不斷，但架不住妻妾成群，下午的認親會足足到了申時三刻才結束。

收了一大堆的見面禮，當然也送了不少回禮。其中有幾個巴掌大的玻璃化妝鏡，鏡子一出，饒是養尊處優的王妃、公主們也被驚得一愣一愣的。柳葉便乘機宣傳卿本佳人要推出玻璃鏡的消息。

折騰了一天，累得只剩下半條命的柳葉一沾床就睡著了。迷迷糊糊間，似是覺得有什麼東西鑽進了自己的鼻孔，癢癢的，很是難受，忍不住打出一個噴嚏，人也跟著醒過來。

她側頭看了眼手中拿了段棉線的司徒昊，嘟囔了一句。「別鬧，司徒昊，我要睡覺。」說完轉身背對著司徒昊，繼續會周公去了。

司徒昊輕輕推了推她，寵溺地道：「懶丫頭，快點起床了，今天可是回門的日子，不能遲了。」

「啊！」柳葉這才反應過來，急忙坐起身，沒想到一頭撞在司徒昊的下巴上，疼得柳葉齜牙咧嘴的。

「小心。」司徒昊好笑地望著她，揉了揉她被撞疼的地方，說道：「快去洗漱，別耽擱了回門的時間。」說完還在柳葉的屁股上輕輕拍了一下。

柳葉跳起來，雙手捂著屁股，沒好氣地瞪了司徒昊一眼，匆匆跑去淨房洗漱。

待到了柳府，已是接近午時時分，柳氏和柳晟睿早就站在門口，翹首以盼。

「娘！」柳葉下了馬車，一見到柳氏，就甜甜地喊了一聲，撲到柳氏懷裡撒嬌。

「回來了！趕緊進屋、趕緊進屋。」柳氏上下仔細地打量柳葉，只見她眉目含情，面色紅潤，想必在順王府的這兩天過得挺好，遂也放下心來，笑著請司徒昊進了府。

一家人熱熱鬧鬧地吃過午飯，柳葉就被柳氏拉去說悄悄話了。

柳晟睿望著自家姊夫，認真地說道：「別欺負我姊，不然，即便你是王爺，我也會想法子替我姊報仇的，必要扒下你一層皮不可。」

司徒昊拍了拍柳晟睿的肩膀，說道：「放心吧，睿哥兒，我心疼你姊還來不及，怎麼會欺負她呢？」

「這是你自己說的，君子一言，駟馬難追。希望你能說到做到，不然我就是告御狀，也定要讓你好看。」柳晟睿盯著司徒昊，表情認真。

「是。小舅哥儘管拭目以待，我此生若負柳葉，必將不得好死。」

府。

新婚夫妻的新房是不能空著的。申時一刻，柳葉依依不捨地告別柳氏和柳晟睿，打道回府。

到了第四天，柳葉才有時間坐下來，好好收歸整理，熟悉王府眾人。

大總管司義達是個四十來歲的中年男子，為人嚴謹，又講義氣，府中下人有什麼困難，只要去找他，十之八九都能如意。

內院總管司玉娘，是個表面和藹卻能力十足的胖婦人。當初柳葉在順王府養傷時，接觸最多的就是她了。

司徒昊不用丫鬟，貼身事務都由輕風、輕柳兩個小廝負責伺候。這倒是省去柳葉很大的麻煩，要是出個通房，或是出個關係曖昧的丫鬟，自己該如何處置？留在府裡肯定是不可能的，發賣出去也是個麻煩。哪有新婚第四天，新媳婦就為了個丫鬟跟丈夫吵架的，她可丟不起這個臉。還有其他的一眾人等，柳葉一一記錄了她們的生平、性格和能力，與司玉娘商量著調整了幾個人的位置。

柳葉沒想到的是，她新媳婦上任的第一把火，竟然是燒在自己的陪嫁丫鬟榮香身上。

這丫頭幾次三番明裡暗裡挑唆著柳葉去跟司玉娘作對，讓她收回司玉娘手中的權力。

「我堂堂王妃、順王府的女主人，妳讓我去跟一個奴僕爭權？司玉娘是什麼人，是已故嫻皇貴妃留給王爺、伺候王爺的。這麼些年，忠心耿耿地打理王府後院之事。妳讓我去跟這樣的人鬥，妳安的到底是什麼心？」

面對柳葉的厲聲質問，榮香面不改色，依舊語氣誠懇地勸道：「王妃，就因為您是順王妃，您才更要拿回屬於您的權力，不能只做個被架空的王妃啊！」

「夠了，我有我的處事方法，不需要妳來指手畫腳。至於是不是被架空，更不需要妳來操心。卿本佳人、甜品屋……哪一件事不需要我去操心？有司玉娘幫我料理府中事務，我感激她還來不及，為何還要去為難她？為難她就是為難我自己。」

「王妃，奴婢是真心為王妃著想啊！」榮香聲嘶力竭，真誠地勸說，一副忠僕樣。

「榮香，妳的演技不錯，可惜妳處事不夠謹慎，尾巴沒有擦乾淨。前段時間，妳家裡發了筆橫財，大概有五百兩吧？」

聽到柳葉的話，榮香的面色終於變得難看起來，撲通一下跪倒在地。

柳葉的聲音幽幽地從頭頂傳來。「我沒興趣知道妳的主子到底是誰。榮香，妳是不是想著司玉娘是王爺生母留給他的人，關係非同一般，只要我跟司玉娘爭鬥起來，王爺必會覺得厭煩，或許還會因此而討厭我？可是這對妳和妳幕後的主子又有什麼好處呢？或者妳的本意是想藉此分散我的注意力，企圖從我這裡得到些什麼？」

「王妃饒命！」榮香跪在地上，拚命磕頭，卻是隻字不提其他。

「看樣子，妳選擇忠於妳那個幕後的主子了。也好，不管怎樣，我這裡是容不下妳了。一會兒人牙子就會進府，妳就跟著去吧，以後是死是活，就看妳自己的造化了。」

第一百五十四章　配方洩漏

榮香被拖了出去。尋梅望著榮香的背影，說道：「王妃還是太好性子了，這樣吃裡扒外的人，就該一棒子打殺了事。」

「就這樣吧，畢竟是條人命。」

之後幾天，柳葉把好不容易得來的玉米種了下去，並囑咐莊戶們好生照看著。由於前世今生她都沒有種植玉米的相關知識，便打算自己親自動手種上一些。

於是，順王府後花園一個大概一分地大小的花圃被整成了菜地，又從水池裡撈出淤泥肥地，把玉米種了下去，天天早晚在玉米地裡忙活。司徒昊也不阻攔，有時候甚至還跟柳葉一起挑水施肥。

府裡眾人不認識玉米，一開始還以為是什麼名貴的花木。當得知是農作物後，大家都驚呆了。

「王爺、王妃恩愛異常，男耕女織，親自下地種糧食。」王府的人很是驕傲地向外人宣揚自家主子是如何秀恩愛的。

可是傳著、傳著，這話中意思就變了味，變成了順王妃是個鄉下丫頭，即便做了王妃也改不了泥腿子的本性，竟然在王府內種菜。傳到後來，竟有人質疑起柳葉是否有資格當得起王妃這個身分來。

司徒昊本想出手教訓那些亂傳謠言的人，卻被柳葉制止了。「他們那是嫉妒我能嫁給你呢。我們夫妻倆恩恩愛愛，天長地久，才是對那些人最狠的打臉。」

於是兩人開啟日常秀恩愛模式。今天一起逛街，明天一起喝茶，後天攜手郊遊，把京城中的少女、婦人們羨慕得眼都紅了。

這天天氣不錯，微風徐徐。司徒昊和柳葉兩人又是輕車簡從，攜手相逛在東市的街道上。

前方一家店鋪裡人頭湧動，長長的隊伍都已經排到店鋪外頭了。

「前面不知道在賣什麼？快走，我們也去看看。」柳葉好奇心起，拉起司徒昊的手就要往人群裡擠。

「慢點，別急。」司徒昊無奈地搖搖頭，任由柳葉拉著他往人群擠去。

剛到店鋪門口，抬頭一看，就看到店鋪門樓的匾額上寫著「在水一方」四個大字。

「這店面有點意思。」柳葉笑道。對於店鋪裡所賣的東西更加好奇起來。

正巧有人從人群中擠出來，手中還緊緊握著一個瓷瓶。尋梅機靈，上前攔住那人，問道：「這位姑娘，這店裡賣的是什麼東西？怎麼這麼多人排隊？」

那女子很熱情，見有人問，笑著回答道：「香水啊！那卿本佳人真是黑，一瓶香水要一百兩，還搞什麼限量。在水一方的老闆就實在多了，一瓶香水才五十兩，便宜了一半的價格呢，而且想買多少都可以。」

「原來如此，多謝姑娘告知。」

打聽到消息的尋梅趕緊向柳葉稟告此事。柳葉與司徒昊對視一眼。

「尋梅、輕風，你們留下來仔細打聽一下，順便買一瓶這店裡的香水回來。我們在對面的茶樓等你們。」司徒昊吩咐完，就帶著柳葉去了茶樓。

茶樓二樓雅間，柳葉透過窗戶望著對面人頭湧動的「在水一方」，眉頭緊鎖。

司徒昊倒了杯茶給她，安慰道：「別急，誰家的鋪子沒有競爭的？一會兒等輕風他們打探消息回來，我們再慢慢商議對策。」

沒一會兒，輕風與尋梅回來了，把兩個瓷瓶放在桌上，輕風把兩人打探到的情況一一說了。

「鋪子裡只賣兩種香水——玫瑰和茉莉。奴才剛才偷偷聞了，香味沒有卿本佳人的醇厚。奴才兩種香水都買了，主子一看便知。鋪子的東家我也打聽了，鋪子記在夏家夏天佑名下，聽說是有皇宮中的貴人相助。」說起夏家，輕風微微抬眼，偷偷看了眼柳葉的神色。

柳葉卻沒有表現出什麼，只是仔細地聞了聞桌上的兩瓶香水，想了想才道：「其他的都不重要，當務之急是要弄明白，夏家是如何得知這香水配方的？除了這兩種，他們還知道多少？」

「夏家那邊，我會派人去調查。只是這香水作坊一直在柳府後院，如今配方洩漏，看樣子得去柳府一趟了。」司徒昊也覺得應該先弄清楚配方洩漏的問題，以免造成更大的損失。

「既然知道這玫瑰和茉莉的製法，只要不是太笨，舉一反三，很快就會製作出其他單氣味香水來。現在只希望複合香味的香水配方沒有洩漏出去。我們這就回柳府。」柳葉放下手中的瓷瓶，站起身就往外走。

路上，司徒昊想到了一種可能，提醒柳葉道：「配方洩漏，很有可能是出了內奸。一會兒妳不要急躁，免得那內奸起了戒心，我們不好找出他來。」

柳葉點頭。「我也覺得內奸的可能性比較大，前段時間全家都在忙我的婚事，新進府的那批人裡或許出了紕漏，那批人有幾個是送到了香水作坊的。」

等到了柳府的時候，柳葉已沒了初得知香水出事時的驚慌，與柳氏談笑風生。聊著聊著，話題就被引到了香水作坊上來。

「香水作坊裡新來的兩個人用著如何？我好久都沒進過作坊了，今日趕巧，娘親帶我去作坊裡參觀參觀唄！」

柳氏不疑有他，帶著柳葉和司徒昊去了作坊。一進作坊，琳兒便迎了出來。「王爺、王妃，你倆來了，怎麼也沒通知一聲，我也好叫他們來拜見主子。」

「不必麻煩，我們只是隨意走走。妳若沒事，就帶我們四處走走吧。」趕在柳氏要說話前，柳葉先開了口。

「是。」琳兒在前頭引路，參觀了香水作坊各處。

柳葉仔細觀察，企圖從那些人的神色中得到些有用的訊息。其間有個叫幻娘的丫鬟，一直偷偷打量柳葉和司徒昊兩人，每當柳葉感覺到目光看過去時，她就會慌忙地低下頭，假裝自己在忙著做事。可微微顫抖的手指，卻是出賣了她，顯示出她的慌亂、緊張。

柳葉與司徒昊對視一眼，都把懷疑的首要目標放在了幻娘身上。

第一百五十五章　處理

兩人不動聲色，帶琳兒到屋子裡，把從「在水一方」買來的兩瓶香水交給她。

柳葉說道：「琳兒，妳聞聞這兩瓶香水，可有什麼不同？」

琳兒疑惑地拿過香水仔細聞了聞。「香味的提純度不夠，酒精的比例好像也不對，尤其是這瓶茉莉香水，仔細聞，還能聞到淡淡的酒精味。這不是我們作坊的香水，這香水哪裡來的？」琳兒也意識到事情不簡單，越說越急切。

柳葉點點頭。「這是在新開的一家叫做在水一方的香水鋪子裡買來的。」

「這……怎麼會？我們的配方保管嚴密，不可能洩漏啊！難道是有人也研製出了香水配方？」柳氏到這時候才知道，竟然有人也開始賣香水了。

柳葉想了想，道：「應該不是得了完整的配方，不然做出來的香水品質不會相差那麼多。這麼多人都聚在這個小院裡，同吃同住的，有心人只要把不同工種所做的具體工作歸納總結，也不難推斷出相似的配方來。」

「可最重要的調香步驟，都是由我和另外兩名元老來完成的。其他人，根本不知道具體的比例。」琳兒急切地道。

柳葉看著琳兒，道：「你們幾位，我自然是相信的。只怕是你們調香的時候，不小心被人偷看了去。還好目前只有這兩個品項，而且品質也遠遠不及我們卿本佳人的香水。」

柳葉的手無意識地在桌上敲擊著，想了想才道：「琳兒，這事暫且保密，在沒弄清楚事情原委前，你們暫停製作香水。就說是作坊要搬家，這幾天就讓他們做些整理打掃的活兒。」

琳兒問道：「王妃，作坊真的要搬嗎？搬去哪裡？」

「還是在柳府內，只是把人員分散到不同的院子，把配比的步驟放在單獨的院子裡進行。另外，娘，把香水作坊人員的生平資料找出來給我。司徒昊，你幫我去調查一下這些人家裡的情況，看看有沒有什麼特殊的事情發生。」

「好。」

「知道了。」

幾人紛紛應下，各自忙活去了。

幾天後，幻娘被司徒昊帶走。柳葉沒有去關心具體的審訊過程，她正絞盡腦汁思考如何應對「在水一方」的價格挑戰。

雖然「在水一方」的香水品質沒有「卿本佳人」的好，可那便宜了一半的價格，已經足夠吸引眾人的目光。這個月，卿本佳人的低價香水明顯銷售不佳。

但是讓她降價，那是不可能的。若是降價了，不就是明擺著告訴大家，「卿本佳人」的香水與「在水一方」的香水一樣品質不佳，都是劣質品嗎？一旦品牌倒了，想要再建立起來可就難了。

最後，柳葉決定即使放棄一部分低價香水的市場，也不降價銷售，而是打出了產品升級的旗號，所有商品更換包裝。

低價香水雖然還是瓷瓶包裝，瓷器卻更加細膩，花紋更加精緻，甚至還增加了外盒包裝，並給每一種香味都附上了一首詩，給原本就誘人的香水，更是添加一層詩情畫意。

而高價香水除了外包裝和詩句外，全都採用精美的玻璃瓶裝。幽幽清香、晶瑩剔透的液體、引人遐想的詩句，每一樣都勾引著人們的購買慾望。

因為柳葉的一番動作，卿本佳人的銷售業績又上了一層樓。

同時，香水作坊也正式分成兩處，人員管理更加嚴格，保密工作做得更加徹底。甚至因為此事的警醒，柳葉把名下所有產業都梳理了一遍，堅決杜絕再有洩漏的事件發生。

最後，司徒昊帶來了審訊結果。

幻娘因為家中老母生病急需用錢，正在她不知如何是好的時候，夏天佑找到了她，給了她一大筆錢，不但老母的醫藥費有了著落，連家中的生活也好了不少。唯一要求她做的，就是把香水作坊裡的所見所聞通通告訴他。

幻娘在作坊裡待了快兩年，也算是一名老人了。她如果開口，柳葉絕對不會坐視不理。可她卻選擇向金錢低頭，出賣主家，也出賣了自己的靈魂。柳葉輕嘆一聲，沒有問幻娘最後被如何處置，人總要為自己的所作所為付出代價。

「在水一方怎麼處理？還有夏家那邊，要不要暗地裡把他們處置了？」司徒昊問柳葉的意見。若是按著他的心思，早就耍些手段釜底抽薪，毀了夏家。可這是柳葉的事，出手前還是要問一問這丫頭的意思。

柳葉搖頭。「不用。既然打我香水的主意，那就用商場上的手段來打垮他們吧！再說了，夏新柔還懷著皇嗣呢，還是等她生完孩子再動手也不遲。」

「妳就不怕她生下皇子，地位更加穩固？」司徒昊笑著問，一臉的輕鬆。

「那也沒辦法，總不能不讓她生孩子吧？孩子可是無辜的。而且，你怎麼就那麼肯定，生完孩子後她的地位會更加穩固呢？搞不好會就此失寵呢。」

「行，那就聽妳的，等她生完孩子。那麼，我親愛的娘子，妳什麼時候為我司徒家生個一男半女，延續香火啊？」司徒昊說著，欺近柳葉，雙手環住她的腰肢，在她耳邊輕輕吹氣。

「想得美，我們才成親多久，你就想要孩子了？」柳葉輕瞪司徒昊一眼。

這一眼風情萬種，看得司徒昊下腹一緊。「如此說來，娘子是在怪為夫不夠努力，耕耘得不夠勤奮？不如從今天起，我們辛苦些，多造幾次小人？」說著，司徒昊已經上下其手，撩撥起來，誓要把懷中的人兒吃乾抹淨。

第一百五十六章　故人相見

卿本佳人的全新玻璃瓶包裝，不但給香水銷售帶來了新高潮，更是引起了有心人的注意。

雖是限量銷售，可是每個月五、六十個玻璃瓶，在玻璃稀少的天宇朝還是個相當驚人的數量。眾人紛紛猜測順王府如此多的玻璃製品來源，就連皇后娘娘也特意召了柳葉進宮詢問。

長春宮內，皇后與柳葉分主客坐下。

皇后也不拐彎抹角，直接說出這次召見柳葉的原因。「妳的卿本佳人每個月都要賣出數十個玻璃瓶，這麼多瓶子是從哪裡來的？找了海商專門替妳供貨？」

「娘娘，我的卿本佳人賣的是香水，不是玻璃瓶。」柳葉無奈。這也是她完全沒有想到的，玻璃瓶的影響力竟然高過了香水。

皇后佯裝發怒地瞪了柳葉一眼。「少貧嘴，妳知道我的意思。」

「是。其實，若娘娘今日沒有召見我，我也打算遞牌子進宮來見一見娘娘的。」柳葉端正了態度，說道：「玻璃瓶子是我自己的玻璃窯場裡燒製出來的。」

「什麼！」饒是見慣世面的皇后，聽了柳葉的話也是一驚。「自己燒製的？玻璃是燒製的？不，妳是怎麼知道玻璃製造方法的？」

「回娘娘，數年前我無意間知道了玻璃製造的原理，可惜並不知道具體的原料配比，窯場裡的工人們研究了一年多，才算製成了成品。」

「這……」皇后激動得不知道該怎麼說。玻璃製品的價格不是簡單一個昂貴可以形容的，現在天宇朝也有自己的玻璃作坊，而且還是柳葉發明的，只是該怎麼跟柳葉提讓皇家分一杯羹的想法呢？

「娘娘，其實製造玻璃的成本很低，幾乎可以說是沒有。玻璃普及是遲早的事，只是這普及的速度，還得娘娘您和陛下說了算。」

「順王妃的意思是？」

「娘娘，玻璃這個生意的利潤太大，光憑我一個人，即使加上順王府，也吃不下這個大蛋糕。還請娘娘庇佑，讓我能順順利利地賺些胭脂水粉錢。」

柳葉那個鬱悶啊！這皇后，眼中滿滿地寫著想要分一杯羹的慾望，嘴上就是不說，還得自己把這層窗戶紙給捅破。還不如以前的皇后呢，想要什麼直接開口跟妳要，也會把皇家可以給予的支持明確地說出來，清楚明白，直截了當。

「如此……順王妃能出幾成股份給皇室？」

「皇家參股，按慣例不是三成嗎？」柳葉反問。

「哦，呵呵，是啊，三成。」皇后乾笑兩聲，有些尷尬。

柳葉心中暗罵，卻也不能真因為此事惹了皇后不滿，只得苦笑著說道：「皇后娘娘，您也知道，陛下讓我整頓平樂坊，我現在窮得就差沒當東西了。做這玻璃生意，也是想賺點錢把平樂坊的差事給做得漂亮。等平樂坊的差事一了，只要娘娘還對這玻璃生意有興趣，我願意平價把製作方法賣給娘娘。」

聽了柳葉的話，皇后臉上又露出了欣喜的神色，笑道：「本宮常說，順王妃是個聰明伶俐又忠心的，如今看來，果然是個好的。」

「謝娘娘誇獎。」

從皇宮出來，柳葉就拉下了臉，待回到順王府，還是耷拉著個腦袋，有氣無力的樣子。司徒昊見狀，不由關心地問道：「這是怎麼了？累了，還是在宮裡受氣了？」

「沒有，只是覺得跟皇后說話挺累的，拐彎抹角，挺無趣的。」

「既然無趣，那就少進宮，下次再有傳召，直接找個藉口推辭就是。」司徒昊一臉理當如此的表情。

柳葉送給他一個大大的白眼。「那是皇后，是你說推就能推掉的？」

「別人不可以，我的葉兒可以。若是皇后怪罪下來，妳跟我說，我去找皇上說理去。」

柳葉瞥了他一眼，不接他的話茬，而是說起了正事。「今天皇后分去了玻璃的三成利潤，玻璃鋪子要著手開辦起來了。另外，我想請以前在清河幫我家蓋房子的周工，來主持平樂坊的建造事宜，你能不能幫我請到人？」

司徒昊搖搖頭。「周工？他這幾年沈迷於妳的那個自來水系統和抽水馬桶不能自拔，已經很多年沒有接手建造過房子了。」

「你就告訴他，我的這個平樂坊要家家戶戶都接上自來水，就問他願不願意做這自來水入戶的創始人？」柳葉想了想，又道：「要不還是你幫我約一下吧，我自己跟他談。」

「好，明日我就親自跑一趟周府。」司徒昊說完，伸手攬過柳葉的腰肢，低聲問道：「為夫我如此盡心為娘子辦事，不知道娘子要獎勵為夫些什麼呢？」

柳葉的臉唰地就紅了，不好意思地說道：「王爺，恐怕這幾日都不行，我小日子到了，身上不方便。」

聽了柳葉的話，司徒昊難免有點失落。不只是為了自己接下來幾天的獨守空房，也為了柳葉沒能懷上孩子。

其他如他這般年紀的，早就為人父了，看著別人家的男人，老婆、孩子手拉著手一起互動的時候，他別提有多羨慕了。

「葉兒，妳的小日子是不是不太準？我記得上個月不是這個日子啊。」司徒昊擔憂地問道。

「嗯，是不準，天氣特別冷或特別熱的時候，有時候還會停，乾脆兩、三個月不來。」柳葉低垂著頭，害羞地說道。

司徒昊也被驚了一下。「這樣可不行，明日我還是先去請太醫院的太醫來給妳診個脈，調理一段時間再說。」

「隨便啦！」柳葉羞得臉都紅成了蘋果。

第二日，司徒昊果然請了太醫來府上給柳葉看病。

來的是一位年輕的太醫，當柳葉第一眼看到這位年輕太醫時，神色一愣。只見這太醫一身太醫朝服，英俊挺拔，神色安然，給人一種可以信任的安全感。

只是這臉……看著怎麼這麼眼熟啊？

「請問太醫貴姓？」既然有疑惑就問，這是柳葉的準則。

第一百五十七章　治病風波

謝俊抬頭看了眼面前的柳葉，心中感慨萬分。當年的小丫頭，如今已經變得自己都不敢認了。若不是打聽過情況，謝俊完全沒辦法把眼前這位高貴典雅的順王妃，與雙福村那個上樹掏鳥窩的野蠻丫頭聯想在一起。

「在下姓謝，青州府人士。現……」

「……謝俊大哥?!」柳葉激動得一下站了起來。「一別經年，謝大哥變得更加穩重了，若不是聽你自己說起，我都不敢認。我聽謝爺爺說，你去雲遊了，什麼時候回來的？什麼時候進了太醫院？」

「前不久才考進太醫院的。妳這是哪裡不舒服，快坐好，先讓我給妳診個脈。」

聽到謝俊問起病情，柳葉的臉瞬間就紅了，支支吾吾了半天。

旁邊的尋梅實在看不下去了，插嘴道：「我家王妃的小日子有點不太準，想請這位太醫給我家王妃好生看看，調理調理。」

謝俊抬頭看了柳葉一眼，不再多說，拿出一個巴掌大的小枕，示意柳葉把手放上去。仔細地把了脈，謝俊才道：「不是什麼大病。王妃的身體只是有些虛，想必是之前受過重傷，氣血不足，待我開個方子，好生調理一段時間就會見效了。」

柳葉微微一笑，道：「如此就有勞謝大哥了。」

「沒事，我這就去開方子，日後還請王妃好生保養身子，妳現在還年輕，不覺得有什麼，等日後老了，可就有苦頭吃了。」

「嘿嘿，知道了。」柳葉尷尬地笑了笑。

開好方子，柳葉與謝俊又簡單地聊了聊彼此的經歷。得知謝俊這些年幾乎走遍天宇王朝的每個角落，一心追求一道，至今未婚。

柳葉也沒有多說什麼，畢竟當初謝俊向自己表明心跡，自己毫不猶豫地拒絕了他，現在再談婚嫁的問題，難免尷尬。

從此，柳葉便過上了每日喝湯藥的苦日子。

沒幾天，周工聽說柳葉的平樂坊要求家家戶戶都用上自來水，沒等柳葉約他詳談，老頭子便迫不及待地找上門來了。

待看完柳葉畫的新平樂坊的圖，周工不淡定了，主動請纓，要柳葉把平樂坊的建造任務交給他來負責。

柳葉本就有此意，兩人一拍即合。

莫欣雨又來找柳葉，向她詢問百貨鋪子的事到底該怎麼辦？

柳葉不慌不忙地拿出平樂坊的地圖，指著其中一座五層樓高的樓房，說道：「這就是我們的百貨鋪子。我不但要開百貨鋪子，更要把平樂坊改造成第一個用上自來水的高檔小區。」

柳葉滔滔不絕地把自己的想法跟莫欣雨說了，聽得莫欣雨一愣一愣的。最後柳葉丟給她一本厚厚的冊子，道：「這是平樂坊的計劃書，妳拿回去仔細看看。另外，玻璃鋪子很快就要開業，妳辛苦一些，前期的籌備工作就交給妳了。」

莫欣雨還處在新平樂坊的震驚當中，迷迷糊糊地就答應了柳葉的要求。待反應過來的時候，已經是坐在回府的馬車上了。

最終，夏新柔還是運氣爆棚，一舉得男。皇帝很是高興，當即下令封夏新柔為麗妃，等到小皇子滿月時再行冊封禮。

小皇子滿月，皇帝大辦宴席，司徒昊與柳葉都在邀請之列。宴會當日，兩人在宮門口分開，一個去了皇帝處，一個去了後宮。

啟祥宮中已是人滿為患。柳葉進來後，依禮參見了皇后和諸位高位妃嬪，送上了順王府給小皇子和麗妃的賀禮，就躲到一邊，找了個安靜的角落喝茶去了。

剛行完封妃大典的夏新柔，款款走進大殿，眾人紛紛上前恭賀。

皇后端坐在主位沒有動。本來這會兒她該在長春宮接受夏新柔的拜見，可她實在膈應這個上升速度飛快的寵妃，便以夏新柔剛生產完不宜操勞為由，把拜見的地方改在了啟祥宮，就是不想在自己的長春宮接受夏新柔的跪拜。

夏新柔款步上前，緩緩跪下，行了叩拜大禮，口中呼道：「嬪妾麗妃夏氏，聆聽皇后訓誡。」

「起來吧。」皇后語氣淡淡。「妳生育小皇子有功，日後妳盡心伺候皇上、養育皇子，不要辜負皇上與本宮對妳的期望。」

「是，嬪妾謹記。」

行完禮，皇后就起身離開了。「諸位慢耍，本宮先行一步，一會兒大家在小皇子的宴席上見。」

皇后一走，貴妃和另兩位妃位娘娘也相繼離開。頓時，夏新柔成了啟祥宮內位分最高的主子。她端坐在主位上，腰桿一挺，儼然一副主人家的作派。眼光掃過大殿，一眼就看到了躲在角落裡的柳葉。

「順王妃也來了？本宮聽說，順王妃這段時日一直都在吃藥，不知吃的什麼藥？近日身體可好？」

「勞麗妃關心。我的身體一向很好，只是王爺他太過緊張了，非要找了太醫來看診。沒想到竟是打擾了麗妃娘娘的清修。」

夏新柔陰陽怪氣地說道：「可我怎麼聽說，順王妃吃的是調理婦女病的藥？王妃莫不是有什麼不可告人的秘密？子嗣可是重中之重，王妃若是真的身體有恙，可得盡快為順王納妾，得個一子半女的，也好為順王延續香火。」

「麗妃言重了，我只是當初受傷時沒有調養好，配了幾帖補充血氣的藥罷了。這不孕的謠言從何而來？」

「哦，原來如此，既然順王妃身體無恙，本宮也就放心了。想必要不了多久，順王妃就會為順王府添丁進口了。」說完，還故意把乳母手上的小皇子抱過來逗弄，眼神挑釁地看著柳葉。

柳葉也不理她，自顧自地喝茶。她柳葉的孩子，必是這世上最幸福的孩子，絕不是為了跟人置氣才來到這個世界上的。

可讓柳葉沒想到的是，宴會結束後幾天，順王妃不孕的謠言再次流傳開來。這次，竟然還有人自薦枕席，跑到柳葉跟前訴說，想要進入順王府為妾。氣得柳葉好氣又好笑，好幾天沒理會司徒昊。

第一百五十八章 忙碌

時間匆匆到了九月，青州府來信說，前來參加柳葉婚禮的一行人已經全部安全回到青州。在柳元娘和柳懷仁的連番勸說下，柳老爺住進了柳懷仁家裡。

這是柳葉出的主意。庭院深深，柳老爺在後院種種花、養養魚、逗弄小孫子，儘量減少或杜絕柳老爺與柳懷孝一家的接觸，以免那一家人又出什麼么蛾子。

玉米的收成很不好，不知是因為相隔時間久了，種子本身有了損傷，還是種植過程中出了什麼紕漏，當初的出苗率就很低，結出來的玉米棒也是稀稀疏疏的，只得挑選了種子，留待明年。

柳葉又找了幾個老莊稼把式，會同負責玉米種植的莊戶一起，就玉米種植過程中出現的問題，做了多方面的商談，爭取來年玉米種植能成功。

至於虎嘯城的老徐家，柳葉託人送去了禮物，並說明了情況。承諾等玉米豐收後，一定送去給他們嚐嚐。

玻璃鋪子開了起來。裡面的價格沒有海商帶來的玻璃製品貴，卻也不便宜。柳葉更是派出了幾支商隊，把玻璃製品銷往沒有相關工藝的鄰國。

平樂坊工程進入了人員搬遷階段。柳葉在坊市門口砌了高高的圍牆，在高牆上畫上新平樂坊的設計圖，並承諾原住戶們等工程結束後，每家每戶都能分到新房子。把拆遷賠償細則仔細地解釋給他們聽，並讓每人都在細則上簽字畫押，一式三份。戶主留一份、柳葉留一份、衙門備份一份。

百姓們從沒有經歷過這樣的拆遷，若是以前，要是誰看上你的房子，那都是直接拿錢買下的，哪裡還有什麼賠償、補還新房子？再說設計圖上的平樂坊實在太美了，歷代處於社會底層的百姓們，實在不敢想像會有這樣的好事。

柳葉又進宮了。這次她沒有去面見皇后，而是直接求見皇帝。

想要建高樓大廈，沒有鋼筋可不行。可鋼材是國家的管制物資，沒有皇帝的旨意，柳葉沒辦法弄到那麼多的鋼材。

在柳葉的軟磨硬泡、曉以利害的說服下，終於得到皇帝首肯，允許柳葉以平價購買鋼材，用於平樂坊的建設，柳葉才心滿意足地回了府。皇家平白拿了平樂坊工程的三成利潤，若是皇帝連這點方便都不給，那柳葉也只能撂攤子不幹了。

不過皇帝還是派了兩個工部的官員常駐在平樂坊工地，名曰監督鋼材的用度，其實更重要的是偷師，學習怎麼用鋼筋水泥建造房子。柳葉也不戳破，等到平樂坊的工程結束，水泥窯就會被朝廷全權收走，她守著建造工藝不放也沒有用。

而夏家的「在水一方」香水鋪子，被擠對得快要生存不下去了。柳葉雖然一直堅持用商業的手段打垮對方，但司徒昊可不是那麼好性子的人，雖然答應了柳葉不用陰招，可砸錢不算是陰招吧？

他直接買斷京郊最大的幾個花圃的花木，斷了夏家的原料來源，又花錢挖走了夏家作坊裡的工人。

天宇朝對簽死契的家奴都有數量規定的，並不是所有人都可以擁有家奴，即使有資格養家奴，也不是隨便想養幾個就養幾個。雖然平日裡官府對這類事情不太追究，可要是有人舉報，且這個舉報人還有順王府的背景，那麼就另當別論了。

為此，夏家不但遣散了所有家奴，改用簽活契的下人，還被罰了很大一筆錢。

夏家想找夏新柔幫忙，可司徒昊豈會沒想到這一點？在消息傳遞的過程中做了點手腳，等皇宮中的夏新柔接到娘家求助的消息時，處罰早就下來了，真正是回天乏術。

夏天佑為了保證好不容易得來的香水方子不洩漏，只得親自上陣，製作香水。可就他一個人，又有各種雜事要處理，又能生產出幾瓶香水來？

最鬱悶的是，香水需要大量的鮮花，他現在連原料都找不到多少，又拿什麼來生產？

而柳晟睿不知道怎麼想的，竟然想去遊學。柳氏哭哭啼啼地來找柳葉，希望她能勸勸柳晟睿。柳葉好不容易才安撫住柳氏，急匆匆地找柳晟睿深談。沒想到勸說柳晟睿不成，反倒被他策反了，反過來支持柳晟睿外出遊學。

為此，柳氏狠狠地訓了姊弟兩個一頓，把自己關在蘅芜苑裡不出來了。好說歹說，不但請動了司徒昊，還請了柳晟睿的老師來勸說柳氏，柳氏終於答應柳晟睿，允許他明年開春後外出遊學，但是不准他一個人去，身邊必須帶上小廝和侍衛。

柳晟睿還想爭取單獨外出。這回，連柳葉都沒站在他這一邊，而是直接派了玄十一跟著柳晟睿。

過完元宵節，柳晟睿帶著玄十一和一個貼身小廝，外出遊學去了。柳氏似是失去了主心骨，整天唉聲嘆氣的。柳葉看著不是個事，乾脆把柳氏接進順王府居住。母女倆在一起，彼此說說話，柳氏又找到了事做，精氣神也一天天恢復過來。

第一百五十九章　平樂坊開賣

柳葉最近很煩躁，柳氏天天盯著她的肚子看，還逼她吃各種古怪的東西。每天早晚耳提面命，讓柳葉儘早懷孕，好為司徒家傳宗接代。

柳葉那個鬱悶啊，這不是婆婆才會做的事嗎？皇宮裡的太后都還沒發話呢，況且距離自己成親一年還差幾個月，真的有這麼著急嗎？

去信給柳晟睿，訴說自己的苦楚，希望他早日打道回府解救自己。那臭小子竟然說自己才出門，不把天宇朝的山河看個遍是不會回京的。

還好司徒昊對於孩子的事並不著急，起碼沒表現出著急的樣子來。每天幫忙柳葉躲避柳氏的湯藥攻勢，就這樣，兩人竟然也能秀一把恩愛，把柳氏看得是好氣又好笑。

時間匆匆進入三月中旬，平樂坊的工程已經進入收尾階段。為了那個一年內完工的承諾，柳葉採取了人海戰術，雇用大量工人，硬生生縮短了工期。

這日，人們一覺醒來，突然發現平樂坊工地外圍的圍牆不知道什麼時候已經拆除了，露出一條近二十尺寬的道路。

以平樂坊坊市大門為界，左邊道路兩旁栽種著一株株櫻花樹。此時正是櫻花盛開的時候，微風一吹，櫻花雨下。右邊道路兩旁種的是桃樹，桃花朵朵開，與左邊的櫻花相映成趣。

一時間被美景吸引，來這兩條道路遊玩的人絡繹不絕。除了美景，眾人對重建後的平樂坊也充滿了好奇，想一窺究竟。

可惜外圍除了幾幢占地極大的三層建築在做內外裝修外，內部的居住區依舊被圍了起來，只看到裡面樹影掩蓋間，一間間精美房屋的上半部。

可就這露出來的一部分，已經讓眾人瘋狂了。在陽光的照射下，玻璃窗閃亮得刺眼。即便是皇宮，也沒能用上這麼大的玻璃窗啊！

終於，住宿區的樣品房裝修完畢，選了個好日子，平樂坊精品住宅小區正式開盤。宣傳是早半個月前就開始的。開盤當日，只有持邀請函的人才能進入小區。柳葉安排了專門的導遊，分批分隊，向諸位達官貴人介紹這個新建的小區。「這次的房屋銷售採取拍賣的形式，底價是三千兩。拍賣會開始前，我會帶你們過去的。」

最後，拿出來拍賣的小樓被銷售一空。最便宜的賣了八千兩銀子，最貴的賣了一萬二千兩銀子。最後剩下兩棟，一棟留給自家享用，一棟送進了皇宮。雖然皇帝、皇后這輩子也不知道能不能出宮來平樂坊住上一日，但必要的態度還是要擺出來的。

第一百六十章　端午家宴（一）

五月，皇宮中發出旨意，皇帝開端午節家宴。

宴席設在酉時三刻，司徒昊與柳葉趕在開席前一刻鐘進了宮。

太陽還未完全下山，司徒昊與柳葉乘坐的小船緩緩靠岸，一個英俊瀟灑，一個風姿綽約，似那菩薩座前的金童玉女下了凡間。

船一靠岸，司徒昊先一步跳下船，很自然地伸手扶著柳葉下船。

看著這一幕，夏新柔銀牙暗咬。

自己長得比柳葉漂亮、比她年輕，從小到大，自己樣樣都比她強。可是為什麼夏家倒了，自己成了大自己十幾歲的老男人的妾室？雖然貴為麗妃，卻依舊要謹小慎微地過日子。而那個被趕出家門的賤種，卻成了堂堂的順王正妃，過得如此肆意，如此讓人羨慕。

都是因為這個女人和她的母親，自己的娘親要委委屈屈地做人妾室，雖然後來扶正，可也是要遭人詬病的，是這輩子都無法抹滅的污點。也是因為這個女人，害死了自己的父親，讓夏家倒臺，讓弟弟無法參加科舉，讓她沒有娘家可以依靠，在這深宮中孤立無援。

她絕不容許柳葉一直這麼逍遙快活，即使暫時殺不了她，也要給她添點堵，不然難平自己心中這口惡氣。夏新柔眼睛微瞇，藉著低頭喝茶的機會，掩飾自己眼中的恨意。

此時，柳葉和司徒昊已經來到廳中，向上座的皇帝、皇后行禮。

「十六弟，你來晚了，快入席，一會兒可要自罰三杯。」皇帝心情很好，笑著招呼。

「是，臣弟來晚了，自當請罰。」司徒昊行了一禮，帶柳葉到位置上，相鄰而座。

說是家宴，其實也就是皇帝帶著幾個受寵的妃嬪罷了，司徒昊和柳葉兩夫妻反倒成了宴席上唯二的客人。

見兩人坐定，皇帝吩咐人開席。絲竹聲響起，一群舞女扭著婀娜的身姿出現在廳中，伴著悅耳的絲竹聲翩翩起舞。宮女、太監們手捧托盤，低著頭，魚貫而入，一盤盤色香味俱全的菜餚被端上了桌。

皇帝舉杯。「今日端午家宴，這第一杯遙敬皇天后土，願天佑我朝，國泰民安！」

眾人紛紛舉杯附和道：「天佑我朝，國泰民安！」

酒過三巡，宴席上的氣氛變得輕鬆活絡起來。一個嬤嬤急匆匆地來到夏新柔身邊，低聲耳語道：「娘娘，小皇子睏了，正在四處找尋娘娘呢。」

「知道了。」夏新柔低聲答應了一聲，站起身來對著上首的帝后，歉意地說道：「陛下，泰兒該歇息了，妾身失陪，去去就回。」

皇帝笑著擺手。「快去、快去，等安頓好泰兒再過來。」

「是。」夏新柔帶著貼身宮女和那個嬤嬤走了。

宴席上的氣氛微不可察地僵了僵，眨眼間就好似什麼也沒發生過似的，眾人繼續談笑風生，勸酒飲宴。

「十六弟，近日為兄得了一幅好畫，乃是前朝畫師梁楷的《潑墨仙人圖》。十六弟可有興致與朕一同品鑑一番？」

「榮幸之至。」

「好，走，咱們兄弟兩個去御書房詳談。」皇帝說著，率先起身，向水榭外走去。

司徒昊低聲對柳葉說：「我去去就回，妳自己小心，若是有事就差人去找我。」

柳葉點點頭。「去吧，這裡我會應付的。」

交代完，司徒昊疾走幾步，跟上了皇帝的腳步。

待夏新柔哄完孩子回來，皇帝與司徒昊走了都有一盞茶的時間了。

「麗妃妹妹真是辛苦，有那麼多的嬤嬤、宮女伺候著，小皇子還要纏著妹妹，連個飯都吃不安生。」夏新柔才剛坐定，有個陰陽怪氣的聲音響起。

「妹妹命苦，生了個小子，一天天的鬧得很。不像殷妃姊姊有福氣，生的是個公主，乖巧可愛，省心得很。」夏新柔也不客氣，反唇相譏。

「妳……」殷妃一直想生個皇子，可惜肚子不爭氣，這麼多年了，只得了公主。夏新柔這話，算是戳到她的痛處了。

「公主好。民間有句俗語，兒子是名氣，女兒是福氣。殷妃是個有福的。」皇后的聲音不疾不徐地傳來。「麗妃妹妹，妳還年輕，泰兒又是妳第一個孩子，難免嬌寵些，可泰兒是皇子，有些事不可太過嬌慣著他。妳是妃嬪，首要任務還是要服侍好陛下，小皇子有乳母、嬤嬤和宮女們照顧，妳大可放心。」

「是。只是泰兒才幾個月大，妾身總要多操心一些的，等泰兒再大些，妾身也就會漸漸輕鬆下來了。」夏新柔微欠了欠身，語氣恭敬，心中卻是不以為然。皇后不喜她，自然也不會看重她的泰兒。宮中那麼多虎視眈眈的人，自己若真如皇后所說，把泰兒全權交給乳母、嬤嬤們，萬一出了事，自己哭都沒地方去。

「兒女都是父母上輩子欠下的債。不管男女，做父母的哪有不操心的？」妃嬪中年紀最大的全嬪嘆了口氣，頗有感觸地說道。全嬪是皇帝從小的貼身丫鬟，跟皇帝的感情非同一般，雖然礙於身分限制，只得了個嬪位，皇帝卻給了她一個特殊的封號——全。

「全嬪姊姊說得是。兒女債，累死累活都是債。不像有些人，無兒無女一生輕鬆，過得那叫一個逍遙自在。順王妃，妳說是不是？」

「啊？」正津津有味地看一場宮鬥大戲的柳葉冷不防被點名，愣了愣，才反應過來，道：「麗妃娘娘怎麼這麼說？無兒無女就是逍遙快活？難道麗妃娘娘覺得照顧小皇子太過辛苦，不樂意教養小皇子殿下？」

「就是，麗妃姊姊若是不樂意教養小皇子，可以交給皇后娘娘教養啊。娘娘是所有皇子、公主的嫡母，定能好生照看小皇子的。」夏新柔的那句「無兒無女」，得罪了宮中沒有子嗣的妃嬪。

第一百六十一章　端午家宴（二）

「妳、妳亂說什麼？本宮什麼時候說過不想教養小皇子了？」夏新柔怒不可遏。這話要是傳到皇帝耳中，受罰是小，萬一真把泰兒給了其他妃嬪教養，那自己唯一的倚仗都沒有了。

「哦，那或許是我理解錯了，麗妃娘娘莫怪。」柳葉嘴上說著莫怪的話，認錯態度卻是一點都沒有。她算是看出來了，這個夏新柔很不招人待見啊。論品級，夏新柔是庶一品，自己是正一品，拋去內外命婦之分，自己還比她高兩級呢，自己又何必懼她？

夏新柔把後槽牙咬得咯咯響，一字一頓地道：「本宮可不敢怪罪順王妃，只是王妃大婚一年有餘，若再無生育，到時候皇上和宗室族老們怪罪下來，可就不好了。」

「這就不勞麗妃娘娘操心了。本朝規定，三年無所出才會被問責，七年無所出才能休妻。我成親才一年，還有的是時間生兒育女。」

「話雖如此，可順王爺和王妃的年歲已經不小了。如王爺那般年紀的，其他人的孩子都能打醬油了，順王妃還得多加把勁才行啊！」

「多謝麗妃娘娘關心。麗妃娘娘也要細心照料小皇子殿下才行，若是有不清楚的，可以找其他幾位娘娘們學習交流，宮中有生養經驗的可不止一、兩個。」

話。

「呵呵，多謝順王妃提醒。等順王妃有了自己的孩子，本宮再來找姊姊探討孩子的教養問題。」夏新柔寸步不讓。

「好了，順王妃大婚才一年時間，子嗣的事，不急於一時。」皇后出聲打斷兩人的對話。

「謝皇后娘娘體卹。」柳葉起身，恭敬地朝皇后行了一禮。

「子女是債，也是緣。相信用不了多久，順王妃便會有好消息傳來。」全嬪笑著說道。

「借全嬪娘娘吉言。」

「我聽說，順王妃新整治的平樂坊美輪美奐，一個小院子就賣了幾萬兩銀子，這可是真的？」殷妃適時轉移了話題。

「沒有那麼誇張，都是京中權貴們聽說平樂坊有皇家的股份，變著法地孝敬陛下和皇后娘娘呢！」

眾人又聊了大概一盞茶的工夫。一個小宮女匆匆跑來，低聲對柳葉說道：「順王妃，順王殿下在御書房喝醉了，陛下請您過去照看一二。」

「出了什麼事？」柳葉還未回應那名宮女，皇后威嚴的聲音就傳來了。

宮女趕緊跪下，戰戰兢兢地回道：「回皇后娘娘的話，順王殿下喝醉了，正想請順王妃前去呢。」

「這……順王妃還是趕緊去看看吧！」皇后面露關切之色，催促柳葉。

子。

「是。」柳葉不疑有他，回答完皇后的話就轉身對那宮女說道：「前頭帶路。」

「是。」宮女起身，帶著柳葉恭敬地退了出去，自始至終都低著頭，一副規矩老實的樣子。

卻說司徒昊這邊，正與皇帝面對面盤腿而坐，中間棋盤上，雙方殺得不可開交。

一名太監急匆匆進來行了個禮，稟道：「陛下、順王殿下，垂輪水榭那邊傳來消息，順王妃不小心喝多了。」

「嗯？順王妃現在人在哪裡？」司徒昊疑惑。雖然柳葉很少喝酒，酒量有些差。可這是在皇宮，他不認為柳葉會失了分寸，明知自己酒量不行還貪杯，莫非是出了什麼事？

太監恭敬地回道：「已經安排就近在水榭邊上的麗景軒歇息了，順王殿下要去看看嗎？」

「陛下……」司徒昊看向皇帝。

「去吧、去吧。」皇帝好笑地看著司徒昊那緊張的模樣，大方地放了人。自己這個幼弟，什麼都好，就是太過於兒女情長。也正因為如此，自己才會多信任他幾分。

「是，臣弟去去就回。」司徒昊趕緊起身，跟著那太監出去了。

路上，司徒昊越想越疑惑，開口問那太監。「順王妃酒量甚好，怎麼就會喝醉了呢？」

那太監提著燈籠在前面引路，聽到司徒昊問他，趕緊說道：「這個奴才也不知，奴才是御書房的當值太監，順王妃醉酒的消息是水榭那邊的太監傳來的。」

司徒昊眉頭微皺。「哦？那傳話的那個太監呢？」

「那位公公傳完話就匆匆離開了，說是要找人去安排麗景軒的事。」

看到這太監一問三不知，司徒昊更加疑惑起來。跟著太監的腳步雖沒停下，心中的警鈴卻是大作，越發小心翼翼起來。

從小就在皇宮中長大，又經歷過奪嫡的生死戰。宮中的一些陰私手段他還是知道幾分的，只是不知道這次是誰策劃的，目的又是什麼？

司徒昊的腦中想了數種可能，卻又一一被他否決了。皇帝還有要用到他的時候，不會對他出手，那麼就只能是後宮裡的事了。

可後宮妃嬪為什麼要對他出手？難道是因為柳葉？柳葉才替皇家大賺一筆，皇后不會在這個時候害她。

跟柳葉有矛盾，又想設計到自己身上的，看樣子也就只有那位麗妃娘娘了。麗景軒中的人肯定不會是柳葉。不知道葉兒這會兒在哪裡？安不安全？

一直走到離垂輪水榭最近的麗景軒，司徒昊的思路才漸漸清晰起來。走進麗景軒的大門，站在一間亮著燈的房屋前，卻沒有進去的意思。

藉著微弱的燭火，司徒昊先觀察了周圍的環境，隱隱約約聽到有腳步聲由遠及近，人數還不少。司徒昊嘴角一勾，朝那引路太監使了個眼色，悄聲退出麗景軒。

才出了麗景軒的大門，那太監就疑惑地輕聲問道：「殿下，您這是？」

「本王突然想到一些事情，暫時就不進去了。你替本王進去看看順王妃如何了，一會兒來給本王回話。」司徒昊吩咐那太監。

太監雖然疑惑，可王爺的事，他也不敢多問，應了一聲便又一次進了麗景軒。

司徒昊看著太監進去，縱身一躍，跳上旁邊一棵大樹，幾個跳躍就悄無聲息地來到麗景軒的屋頂上，找了個視線不錯的位置藏了起來。

第一百六十二章　陰謀

麗景軒不大，只是個獨立小院罷了，在宮室林立的皇宮中，真的是不夠看的，離皇帝的乾清宮又遠，所以至今也沒有哪位妃嬪住進去，只是用於平時遊玩的歇腳處罷了。

司徒旲將自己隱匿在陰影中，靜待事態的發展。

那太監遵照司徒旲的吩咐，故意弄出了點聲響，若是只聽聲音，一定會以為來人很匆忙。透過窗戶紙，能看到房中一個女子的身影一閃，很快就沒了動靜。

遠處過來的一群人已經接近麗景軒的大門了，帶頭的赫然是啟祥宮的管事嬤嬤佘嬤嬤。十來個宮女太監，一個個手上拿著些衣服、茶具，乍一看，還以為是來麗景軒伺候人的呢。

院中，小太監也不敲門，直接推門而入，還好心提醒了一句。「王妃，順王殿下來了。」

房中，一道屏風把房間隔成兩半。隨著太監的說話聲，屏風後面物品掉落聲、水聲響成一片，伴隨著一個女子的尖聲驚叫。

佘嬤嬤聽到女子的叫聲，知道事成，嘴角露出一絲微笑，腳下動作更快了。進了房中，只見一個小太監呆立在屏風邊上，手足無措，卻沒有意料中順王殿下的身影。

佘嬤嬤微微一怔，當即反應過來事情沒成。不動聲色地繞過屏風，來到裡間。只見一個妙齡女子，大半個身子浸在浴桶中，只露出香肩和性感的鎖骨。髮絲凌亂，緊閉雙眼，一副驚慌失措不敢看的樣子。

聽到腳步聲，女子睜開眼睛，看到佘嬤嬤的第一時間就「哇」的一聲哭開了。「嬤嬤、嬤嬤，我沒法活了！我在沐浴，順王殿下突然闖了進來，我……我都被他看光了，我日後還怎麼嫁人啊！」

佘嬤嬤長嘆一聲，道：「表姑娘，順王殿下沒來，屋中只有一個小太監。」

「不可能！」女子瞪大眼睛，不敢置信。「我明明聽到了腳步聲，也聽到小太監說順王殿下來了，不可能出錯的。順王殿下怎麼會沒來呢？他為什麼沒有來？」說到後來，女子的聲音越來越輕，失望之情溢於言表。

自己是那麼深深地愛慕著順王殿下，為了有朝一日能進入順王府，她拚命學習如何成為一名優秀的大家閨秀。一聽說表姊有辦法幫她，並許她側妃之位，她就什麼也顧不上了，隻身進了宮，還聽從表姊的吩咐，在這裡假裝沐浴，等著順王殿下到來。自己連女子最重要的名節都不顧了，順王殿下怎麼可以不來？那個太監，竟敢騙她！

女子一想到自己丟了這麼大的臉，氣就不打一處來，隨意批了件外衣就衝出來，指著小太監罵道：「死奴才，竟敢騙本姑娘！」

「表姑娘！」佘嬤嬤趕緊一把拉住女子，疾聲說道：「表姑娘，這位公公是李公公的小徒弟，在御書房當差。」

「這……」女子看看佘嬤嬤，又看看小太監，眼淚一下就流了下來，這回是真的委屈地哭了。

「奴才是來尋順王妃的，沒想到竟然誤闖了姑娘的浴室。只是這麗景軒長年沒人居住，姑娘是麗妃娘娘的表妹，不在啟祥宮，怎麼在這偏僻的麗景軒沐浴更衣啊？」小太監不是笨人，事到如今，哪裡還不知道自己被人利用了。從一開始的那個傳話太監找上他時，他就成了別人手中的棋子。可他這顆棋子，不是什麼人都可以利用的。

屋頂上，司徒昊再沒有興致看下去，縱身一躍，身影消失在黑夜裡。

她們既然拿柳葉醉酒做藉口引他過來，想必柳葉已經不在水榭了，肯定被她們用什麼藉口給支走，不知道被帶去了哪裡，會不會有危險？

另一頭，柳葉亦步亦趨地跟在引路宮女身後，越走越覺得不對勁。她雖是個路癡，但宮中的幾處主要宮殿，她是刻意記過的。這一路過來，景物越來越陌生，根本就不是通往御書房方向的路。

「這位姑姑，咱們這是要去哪兒？順王殿下歇在哪裡？」柳葉站住了腳步，問那前頭引路的宮女。

「順王妃，順王殿下歇在御書房旁的觀星樓。我們現在走的是近路，繞過前面的錦鯉池就能看到觀星樓了。王妃快走吧，順王殿下還等著王妃去照料呢。」宮女說著，把手中的燈籠提了提。不知道是不是害怕的心理作祟，被昏暗的燭光一照，柳葉只覺得那宮女如地府的惡鬼現身，陰森恐怖，冷不防打了個寒顫，強忍住心中的害怕，右手縮進衣袖中，寒光在指縫間一閃而逝，一枚指長的鋼針已經被柳葉握在手裡。

輕風擅長暗器，這是她跟輕風討要來的。她已經忘了當初為什麼會跟輕風要了這鋼針，或許是因為好玩，還特意向輕風學了幾招暗器的使用技巧，只可惜她實在沒有這方面的天賦，學了許久也只學了個四不像。沒想到今時今日，這一枚小小的鋼針，竟成了她的精神寄託。鋼針上是淬了毒的，聽輕風說是一種罕見的蛇毒，中了這種蛇毒，幾個呼吸間就會全身麻痺、呼吸困難。若不及時解毒，中毒之人將會被活活憋死，而且周身找不出中毒的症狀。柳葉猜測，這或許是某種厲害的神經毒素。從得到這根鋼針起，柳葉就給它套了個外殼，小心翼翼地藏在衣袖特意縫製的夾層裡。

此時，兩人已經走在錦鯉池邊，宮女已經不知不覺間落在柳葉的身後。柳葉假裝沒注意，神經卻是繃得緊緊的。

「姑姑，這條路晚上看起來好陰森啊……」柳葉故作害怕，靠近了那宮女幾分。她沒有輕風那樣的身手，若真到了那個時候，她只有靠近敵人，親手把鋼針扎進面前這個宮女的身體。

「王妃，小心腳下。」隨著說話聲，宮女迅速伸出手，似是想要拉柳葉一把，實際上卻是用力推向柳葉。

第一百六十三章　審訊（一）

柳葉雖早有警覺，身體還是被推得不由自主向水裡倒去。情急間，也只來得及伸出右手，拍在那宮女伸來的手上，鋼針被她順利扎進了宮女的手臂。

宮女只覺得手臂上一痛，還想查看是什麼東西扎了自己一下，手腳就不會動了。宮女瞪大眼睛，張著嘴費力地呼吸著，眼中充滿驚駭之色，面部早已麻木，臉上的表情還停留在陰謀得逞的喜悅中，變化不得。

落水聲響起，柳葉毫無意外地落進了錦鯉池。她不會游泳，不過這會兒還算鎮定，不敢胡亂掙扎，儘量放鬆身體，頭揚得高高的。在連喝了幾口錦鯉池的水後，柳葉終於慌了。

岸上的宮女還未嚥氣，柳葉卻已經顧不得被人發現會有什麼後果，大聲呼救，手腳也開始胡亂地拍打水面。

「葉兒！」司徒昊的聲音又驚又急，完全沒有平日的沈穩。聽在柳葉耳中，卻如同天籟。

司徒昊把輕功施展到了極致，竟是踩著水面就飛奔到柳葉身邊，一把拉起柳葉。奈何不是真正的「水上漂」，就在司徒昊拉住柳葉的同時，他的身體也跟著落入水中。

柳葉一把抱住司徒昊的腰身，臉上露出一個劫後餘生的笑容。

拉著柳葉，以最快的速度游上岸，司徒昊關切地道：「葉兒，妳沒事吧？發生了什麼事？」

「有人假借你的名義，把我騙到這裡。這宮女想要推我入水，在入水的瞬間，我把輕風給的毒針扎進了她的手臂。」

上岸後的柳葉伸手抹了把臉上濕漉漉的池水，嘴上回答著司徒昊的話，腳下卻是不停，第一時間來到那個宮女身邊。

宮女還未死透，眼珠突出，臉頰通紅，張大嘴努力呼吸著，樣子很是恐怖。

柳葉沒時間欣賞她此時的慘狀，低著頭，仔細地在宮女的手臂上找到那根沒入肌膚大半的鋼針，小心翼翼地拔出，收了起來。這是她殺人的證據，絕不能留在這宮女身上被人發現了。

「唉，妳別怪我，若不是妳先動手將我推下錦鯉池，我也不會在情急之下用毒針扎了妳。下輩子投個好胎，平平安安地過一生吧。」

柳葉的話音剛落，那宮女似是用盡最後一絲力氣，再也無力呼吸，不甘地倒下。

司徒昊一直在一邊靜靜地看著柳葉的動作，見她收好了鋼針，說道：「葉兒，巡邏的侍衛馬上就會到了，必須把這個宮女處理了。」

說著，司徒昊單手拎起那個宮女，來到剛剛他們上岸的地方，將那宮女輕輕地滑入水中，只來得及發出一聲輕微的落水聲，那宮女的屍體便消失在漆黑的池水中。

「一會兒皇上問起，妳就說妳在那宮女推妳下水的時候，胡亂抓住了她的手，把她給帶進池中淹死了。」

司徒昊剛交代完，遠處燈籠搖曳，巡邏的侍衛聽到動靜已經趕來了。柳葉趕緊靠在司徒昊的懷中，一副虛弱的模樣。

看到落湯雞一樣的兩人，侍衛隊長明顯嚇了一跳，疾行幾步，來到司徒昊身邊，問道：「末將聽到呼救聲趕來。順王殿下，這是怎麼了？怎麼全身都濕透了？」

「王爺，我怕……」柳葉依偎著。

「王妃被人推下水，受了驚嚇，趕緊找御醫，先給王妃診脈要緊。至於到底發生了什麼事，等王妃精神好些了，再來談具體情況。」

司徒昊攔腰抱起柳葉，帶著她向前走去。

御書房內，李公公急匆匆地跑了進來。「陛下，大事不好了！順王殿下與順王妃掉進了錦鯉池！」

「什麼？」皇帝驚得一下子就從椅子上站起來。「可有派人前去營救？現在情況如何？」

「已經救上來了，這會兒正往這邊趕呢。」李公公低著頭，回答皇帝的問話。

「胡鬧！你趕緊去，先找個宮室把他們安頓下來，換身衣服，把御醫叫上，給他們把脈。」

「陛下，怕是不行。順王殿下說，順王妃是被人推下水的，他要為順王府討回公道。」

「什麼！被推下水？」皇帝更加驚訝了。

「皇兄！皇兄要為臣弟作主啊！」司徒昊抱著柳葉，未經通報，直接闖了進來。一進來就放下柳葉，兩人齊刷刷地跪倒在地。

看著頭髮凌亂、渾身濕透的兩人，皇帝關切地道：「快點起來，趕緊先把身上的濕衣服換了，本就落了水，再感冒了，可怎麼得了？你放心，朕必定查清事情原委，給你作主。」

司徒昊看了看跪在地上瑟瑟發抖的柳葉，很後悔沒有第一時間讓柳葉去換衣服。他應了一聲，趕緊扶起柳葉，兩人在李公公的帶領下去換衣服了。

觀星樓內，喝了薑湯又洗了熱水澡的柳葉和司徒昊坐在下首，正滔滔不絕地講述著今晚發生的事情。皇帝、皇后和幾位得了風聲的妃嬪都在，聽了柳葉的敘述，眾人一致露出憤怒的表情。

「豈有此理！」皇帝拍案而起。「竟敢在朕的眼皮子底下意圖行凶！查，給朕狠狠地查！」

沒一會兒，侍衛隊長、祿公公、宗嬤嬤……就是那個給祿公公傳話的小太監也被帶來。皇帝親自審問，越問面色越黑，到最後，氣得呼吸都粗重起來。「說！這些事，是誰指使你們幹的？」

「陛下饒命！」佘嬤嬤等人只知道一味地磕頭求饒，卻沒人說出主使之人來。

「呵呵，果然是忠心的好奴才！來人，給我拖出去，狠狠地打，打到他們說出幕後主使者為止！」

立刻有侍衛上前，把幾人拖到院中行刑。

皇帝還覺得不夠，對李公公說道：「不是還有麗妃的那個表妹嗎？去，把她也給朕帶上來。」

李公公應聲出去辦差了。

殷妃憤憤地開口道：「哼，佘嬤嬤和那個死去的宮女可都是麗妃的心腹，此事肯定與她有關。」

第一百六十四章 審訊（二）

皇后瞥了殷妃一眼，道：「休得胡說，凡事都要講究證據。陛下已經在查了，相信很快就會有結果了。」

殷妃偷偷瞄了皇帝一眼，壯著膽子說道：「哎呀，皇后娘娘，這可不是胡說，咱們這些人裡，也就麗妃有這個動機了。她原是順王妃的庶妹，從小就欺負順王妃，她母親為了夏家主母的位置，逼得順王妃母女和離出府，聽說還鬧出了人命。有其母必有其女，麗妃的心思……哼哼，不好說。」

「不想留在這兒的，統統給朕回宮去！嘰嘰喳喳的，吵得人耳朵疼！」皇帝怒氣沖沖地瞪了殷妃一眼。這幫不省心的，難道不知道，不管這事是誰指使的，都是他的妃嬪嗎？這要是傳到宮外，讓人怎麼想？登基才幾年，就迫不及待地要鏟除功臣？

想到這兒，皇帝偷偷看了司徒昊一眼，見他跟柳葉兩人坐在不顯眼的角落裡。司徒昊正伸手去試探柳葉額頭的溫度，一心只顧著照顧柳葉，對審訊之事並不上心。

皇帝的心下稍寬。

沒一會兒，夏新柔就帶著自己的表妹楊茱進到殿中。

「喲，麗妃妹妹可真是積極，陛下還沒傳召呢，妳就急巴巴地趕來了。怎麼，是不是怕下人們說錯了話，急著過來打探消息啊？」殷妃陰陽怪氣地說道。

夏新柔沒有理會殷妃，而是帶著她的表妹，兩人齊齊跪倒在地。「參見皇上、皇后娘娘。皇上萬福，娘娘萬安。」

「起來吧。」皇帝的聲音沒有一絲溫度，叫了起身，卻沒有開口讓她們入座。

夏新柔一副老實乖巧的樣子，立在當中，柔柔地開口道：「陛下，聽說陛下召見妾身的茱表妹，妾身就陪著過來了。沒想到姊妹們都在，可是出了什麼事？」說著，夏新柔還面帶疑惑地掃了殿中眾人一眼。

「麗妃妹妹可真是忙碌呢，這一晚上肯定很辛苦吧？又是設計想把自己的表妹塞進順王府，又是派人謀害順王妃——」

「什麼！」夏新柔面色大變，怒不可遏地指著殷妃說道：「什麼謀害順王妃？殷妃姊姊，本宮敬妳，稱妳一聲姊姊，可話不能亂說。我這表妹今晚受了天大的委屈，沒想到竟還有那心思歹毒的人如此誣衊她，女子的名聲如何重要？這是想要置她於死地啊！」

說著，夏新柔轉身跪了下去，一邊掏出帕子擦拭眼角，一邊哭訴道：「陛下，今日茱妹妹魯莽，竟偷偷地跑去水榭想要看煙花，沒想到半路弄髒了衣衫，才去麗景軒換洗。沒想到半路祿公公闖了進來，茱妹妹本就嚇得不輕，卻沒想到如今還要被流言重創。陛下，女子名節比生命更重要，還請陛下為我這可憐的茱妹妹作主。」

楊茱也跟著跪了下來，抽抽噎噎的，眼淚跟不要錢似地流了下來。

看著這姊妹倆的表演，皇帝卻是不為所動，冷聲說道：「到底怎麼回事，一問便知。」說著對殿外喊道：「來人，帶楊姑娘下去審問！」

「陛下？」夏新柔一臉不敢置信，驚恐地望著皇帝。

楊茱被嚇傻了，已經忘了哭泣，把頭磕得砰砰響，求饒道：「陛下饒命、陛下饒命！」

皇帝沒有任何表示，看著兩個侍衛把楊茱像狗一樣地拖了出去。

夏新柔有些慌了，一邊拿手帕擦淚，藉以掩飾心中的慌亂，一邊心思百轉，想著脫身之計。

皇帝看著夏新柔，一字一字緩慢地說道：「順王妃被妳身邊的宮女帶去了錦鯉池，還被她推下了池子。」

「啊？」聽了皇帝的話，夏新柔立刻變臉，一臉不可置信。「怎麼會發生這樣的事呢？順王妃怎麼樣了？」

「王妃沒事。」皇帝仔細觀察著夏新柔的神色。跟謀害王妃比起來，勾引順王不過就是件風流韻事，說出去對順王沒有任何影響。可謀害王妃不一樣，人命關天。再把兩件事一聯繫，很容易讓司徒昊誤會，是他這個當皇兄的容不下他，打算從他的身邊人下手，監視控制他。

殷妃語帶諷刺地開口：「麗妃妹妹是真不知還是假不知啊？那可是妳身邊的貼身宮女。一個奴婢，誰給她這樣大的膽子，膽敢謀害堂堂王妃？」

夏新柔立刻反擊，語氣嚴肅。「殷妃姊姊說的什麼話？我那宮女這幾天得了風寒，怕過了病氣，一直在自己的小屋中養病，壓根兒就沒有出來見人。又怎麼會跟順王妃落水的事有關呢？姊姊若是不信，妾身這就去把她叫來，任由姊姊詢問。」

殷妃冷笑。「麗妃妹妹怕是叫不來妳那貼身宮女了，她已經淹死在錦鯉池中，死無對證。麗妃妹妹即使說她得的是肺癆被隔離，也無從查證了。妹妹說沒見過她就是沒見過她了？一個奴婢，哪裡來的膽子膽敢謀害王妃？」

夏新柔毫不退縮，怒道：「既然已經死無對證，殷妃姊姊想說什麼就是什麼了。妹妹也可以說是有人陷害啟祥宮，害死我那宮女……」

「夠了！」皇帝大怒，喝道：「越說越離譜，還有沒有個妃子的樣子了？」

「陛下息怒，妾身知錯。」夏新柔嚇得一哆嗦，跪伏在地上。

殷妃也悻悻地閉上嘴，不敢再說話。

皇帝心中的火氣不斷往上冒。這個麗妃，聽到自己的貼身宮女死了，第一時間不是驚訝，也不是悲傷，問都不問一句，直接就拿死無對證來反懟殷妃。看樣子，她是早知道宮女死了的事，卻還裝作什麼都不知道。此事，十有八九就是她做的了。

皇后默默地看了這麼長時間的戲，這會兒見皇帝動了真怒，才開口道：「兩位妹妹莫急，吵吵鬧鬧地傷了姊妹間的和氣。一應相關人等都已經在審問中，相信很快就會有消息傳來。陛下定會秉公處理，不會冤枉了誰，也定會給順王妃一個公道的。」

第一百六十五章　處罰

皇后這話一說，皇帝更加煩躁了。

給順王和順王妃一個公道？這是讓他承認是他的妃子要謀害順王妃？事後讓他如何面對司徒昊？如何安撫這個弟弟？

不承認？事情已經很明瞭，誰都不是傻子，沒個解釋，讓司徒昊心中留下怨懟、留下隱患，更是他不能容忍的。

拋開兄弟間的感情不提，他還需要這個弟弟來幫他一起樹立皇家兄友弟恭的良好形象，來顯示他寬大的帝王胸懷。

何況，這個最小的弟弟是他從小看著長大的，在奪嫡爭鬥中更是幫了他大忙。不管是出於感情，還是出於其他原因，他都不希望兄弟間出現什麼隔閡。他也想要有一份純粹的感情，讓他在這個冰冷的皇宮中，有那麼一絲絲溫暖。

很快的，李公公就帶著負責審訊的慎刑司頭領太監吳辛進來稟報。

那太監滿臉凶相，渾身散發一股陰狠戾氣，讓人一見就不寒而慄。

只聽他不帶一絲溫度的冰冷聲音響起。「回陛下，已經審問清楚了。宗嬤嬤和楊茱都承認是麗妃娘娘設計的，目的就是為了設計順王殿下，讓楊茱順利進入順王府。那太監也是奉了佘嬤嬤的命前去御書房傳話的。祿公公對此毫不知情，只說他們還沒到麗景軒，順王殿下就離開方便去了，命他先行一步去麗景軒查看情況。」

聽完吳辛的話，司徒昊的眉毛挑了挑。這個小祿子倒是個機靈的，不愧是李公公看重的小徒弟。知道什麼該說，什麼不該說，連他沒有出現在麗景軒的藉口都幫他想好了。

柳葉卻是看著司徒昊，意味深長地笑了笑，用口形對他說：「你的爛桃花。」

司徒昊無奈地聳聳肩，也用口形說道：「放心，我心中只有妳一個。」

兩人的互動沒有引起其他人的注意。這邊，皇帝接過吳辛遞來已經簽字畫押的口供，越看越怒，把口供丟往還跪在地上的夏新柔臉上，怒道：「妳幹的好事！不知廉恥的東西！」

當初在冬狩會上，夏新柔就是隨身帶了催情的香包，獨自一人進了自己的帳篷。雖然她設計的不是自己，自己只是因為她那貴命的命格，將計就計，把她抬進了珞王府。可她那利用名節逼人就範的手段，實在令人厭惡。

如今她又故技重施，想讓楊茱去勾引順王。不管她這麼做的目的是什麼，今日之事，斷不能輕饒了她。

「陛下息怒，妾身知錯了！」夏新柔躲都不敢躲，任由紙張砸在自己臉上，連連磕頭求饒。「妾身也是看表妹對順王殿下一往情深，不忍心她為情所傷，才一時糊塗，犯下大錯，還請陛下饒過妾身這次，妾身日後當修身養性，再不敢如此肆意妄為了！」

眼見已經瞞不住了，夏新柔把自己的蓄意謀劃說成了一時糊塗、肆意妄為。硬生生地把犯罪性質降低了好幾個等級，成了無意間犯下的錯誤。

皇帝懶得理會夏新柔，問向吳辛。「順王妃落水的事呢？查得如何了？」

吳辛答道：「問了當時在水榭的人，有人證實那名叫連珠的宮女確實是說順王殿下醉酒才把順王妃誆騙出水榭的。至於之後又發生了什麼事，暫時還沒有查到是否還有人看到或聽到什麼。奴才也派人證實了，那連珠這幾天確實得了風寒，從御藥房取了藥吃。這幾天一直躲在屋子裡，就是啟祥宮中的人都極少見到她。」

夏新柔聽到吳辛的話，心思立刻活躍起來，砰砰磕了幾個頭，道：「陛下明察，妾身真的不知道連珠為什麼會去誆騙順王妃，更不知道順王妃為什麼會落水。連珠還淹死了，妾身真的是百口莫辯了。」

殷妃不屑地看了夏新柔一眼，冷哼道：「哼，京中誰人不知，你們夏家跟柳家有著不可調解的仇怨，妳和妳母親更是極度厭惡順王妃一家。妳是不是想著，謀害了順王妃，又設計了順王殿下，楊茱就能成了順王府的女主人，到時候偌大的順王府就成了妳夏家之物？」

夏新柔聽了殷妃的話，真是殺了她的心都有了，面上卻不敢有半分顯露。

她匍匐著爬到皇帝腳邊，拉住長袍一角，哭道：「陛下，順王妃落水的事，妾身真的一無所知啊！順王妃雖已經不是夏家人了，可她畢竟是妾身同父異母的姊姊，妾身再怎麼樣，也不敢有謀害姊姊的歹毒心思啊！」

「哼，連珠是妳的人，沒有妳的吩咐，連珠一個無權無勢的奴婢，如何敢殺害皇室成員？即便她現在死了，死無對證，妳也脫不了關係。」殷妃與夏新柔一向不對盤，這次這落井下石的石頭，是丟了一塊又一塊。

夏新柔狠狠瞪了殷妃一眼，繼續向皇帝哭訴道：「陛下，妾身這一日所有心思都在想著該如何逼順王殿下就範，實在沒有那個精力再派人去謀殺順王妃啊！」

設計司徒昊雖也是重罪，但跟謀殺皇室成員的罪名一比，實在是不夠看的。兩害相較取其輕，謀害柳葉的罪名，她是萬萬不能承認的。

雖然人人都知道夏新柔做了什麼，可這層窗戶紙，皇帝實在不想捅破。想了許久，才開口說道：「謀害順王妃一事暫時還沒有確切證據，朕會命人繼續查。但是設計順王的事，妳確實無從抵賴。」

說完，皇帝頓了頓，看了司徒昊一眼，才又開口道：「麗妃夏氏，心思不純，言行不端。著褫奪夏氏麗妃封號，降為貴人，禁足啟祥宮，非召不得出！」

夏新柔一聽，心中五味雜陳，酸甜苦辣一應俱全。悲傷自己終究難逃責罰，又慶幸只是降位和禁足。自己是小皇子的生母，總有一日會翻身復寵的。

沒想到皇帝的處罰還沒有完，只聽皇帝用冰冷的聲音道：「念妳是泰兒的生母，才沒有重罰妳。但是泰兒不能再待在啟祥宮了，免得妳教壞了朕的兒子。從今日起，泰兒就交由皇后扶養。」

第一百六十六章　懷孕

「是，陛下的孩子就是妾身的孩子，妾身必定會好好教養小皇子的。」一聽皇帝要把夏新柔的兒子交給自己撫養，皇后欣喜地答道。小皇子才幾個月，交到了自己手上，教養成什麼樣，還不是自己說了算？

從夏新柔進府起，她就對這個長相美豔又命格貴重的女子感到深深的忌憚。沒想到自己千防萬防，還是讓她得了帝寵，還生下了皇子。自己還在頭痛如何解決這個麻煩，她自己倒是犯了大錯。可惜謀害柳葉的事不能坐實，不然自己也能一勞永逸了。

不過現在也不錯，夏新柔被褫奪封號，降了位分，連親生兒子都被奪走。自己不能太過貪心，慢慢來，定能讓她永無翻身之日。

「不！」聽了皇帝的旨意，夏新柔悲痛欲絕，大呼出聲。她已經被降了位分，泰兒是她唯一的依仗，她不能沒有泰兒。

「陛下，妾身知道錯了，求陛下開恩！妾身知道錯了，陛下，千萬不要讓泰兒離開妾身啊！泰兒才幾個月，不能沒有娘親照顧的，求陛下開恩！」夏新柔涕淚俱下，抱著皇帝的腿哭求。

「皇后為朕生養了三個孩子，論照顧孩子，皇后比妳有經驗得多。」皇帝一腳踹開夏新柔，對殿外喊道：「來人，把夏貴人帶回啟祥宮！」

夏新柔被踹得往後一仰，摔倒在地，掙扎著爬起來，還想繼續求饒。李公公跨出一步，攔在夏新柔面前，面無表情地道：「夏貴人，請吧！」

夏新柔見路被擋了，直接在原地磕起頭來。「陛下，妾身真的知錯了！小皇子還小，不能沒有親娘，還請陛下憐惜，不要讓我們母子分離，陛下……」

李公公偷偷瞄了皇帝一眼，見皇帝臉上已有了不耐之色，趕緊朝幾個太監、宮女使了個眼色，斥道：「你們都是死人啊？還不趕緊請夏貴人回去！」

幾個太監、宮女半拉半扯地把夏新柔拖出殿外。眾妃嬪面面相覷，堂堂妃嬪竟然被太監拖著走，真是丟臉丟到姥姥家了。

見殿中安靜下來，殿外候著的太監趕緊進來稟告。「稟陛下，御醫已經到了，正在殿外候著呢。」

「宣。」

聽到喊聲，殿外的謝俊趕緊從藥童手中接過藥箱，進到殿中。

本來今天這樣的場面，是輪不到他一個新進太醫院的御醫出面的。可是誰讓他是新人呢，那些太醫院的老油條們一聽說皇帝發了大怒，沒一個肯來的，倒是齊心協力把他給推了出來。謝俊本就擔心柳葉，便也順水推舟，早早地來候著了。

謝俊一進來，先是給殿中的諸位主子行了禮。

「行了，別多禮了，趕緊給順王妃看看。」皇帝大手一揮，不耐煩地道。

「是。」謝俊趕緊起身，來到柳葉面前，幫她把起脈來。把完右手，又示意柳葉換左手繼續把脈。眉頭緊了又鬆，鬆了又緊。他的這一番動作，弄得殿中眾人面面相覷，更是急壞了司徒昊，幾次想開口說話，嘴巴動了動，最終還是忍耐下來，不敢打擾謝俊把脈。

直到謝俊把完脈，收起小墊枕，皇后看了皇帝一眼，才關切地問道：「謝太醫，順王妃的身體如何？沒有什麼大礙吧？」

「回皇上、皇后娘娘，順王妃的身體沒有大礙。只是……」

「只是什麼？」司徒昊聽到柳葉身體無大礙時剛鬆了口氣，就被謝俊的「只是」兩字給嚇到，急切地問道。

「順王殿下莫急。」謝俊向司徒昊彎腰施禮，道：「順王妃有孕在身，只是月分尚淺，王妃又失足落水，胎氣不穩，要好生調養才是。」

「什麼？我、我懷孕了？」柳葉一臉不可置信，看看司徒昊，又看看謝俊，期望著有誰能給她一個肯定的答覆。

「是的，已經有快兩個月的身孕了。只是王妃本身身體底子就薄，今日又落了水，在冷水中泡了那麼長時間……」

「那會怎麼樣？要不要緊？」司徒昊的心又一次提了起來。眾人也都緊張地望著謝俊。

「我這就開個安胎的方子，順王妃只需臥床休息，按時吃藥，並無大礙。」

聽了謝俊的話，眾人紛紛鬆了口氣。

皇后娘娘滿臉欣喜地道：「這就好、這就好。陛下，這可是大大的喜事，要好好慶祝才行。」

「對對對，順王妃大難不死，又有了身孕，該好好慶祝一下。」皇帝也是滿心歡喜。這孩子來得及時，這樣一來，司徒昊的心思就會放在這個孩子身上。關於柳葉落水一事，自己私下再跟他說道說道，喜事當前，想必自己這個幼弟不會強抓著不放的。

「謝皇兄、皇嫂，只是葉兒身體不適，這慶祝一事，還是過段時間再說吧。」司徒昊連忙謝恩拒絕。

「對對對，是我一時欣喜，竟給忘了。」皇后上前，拉住柳葉的手。「既然已經懷上了，以後慶祝的機會還會少嗎？這會兒，順王妃還是要好好調養才是。這可是順王府的第一個孩子，馬虎不得。」

皇帝也開口道：「謝俊，順王妃的這一胎，就交由你全權負責了。時辰不早了，皇后，妳安排一下，今夜順王夫婦就在這觀星樓歇了吧。好了，都散了，別打擾了順王妃歇息。」

很快的，殿內眾人紛紛離去，只留下司徒昊夫婦和謝俊幾人。

司徒昊心情極好，沒好氣地瞪了謝俊一眼，道：「以前我怎麼沒發現，你這人說話大起大落的，吊人胃口。外出遊歷幾年，怎麼就學了一身的臭毛病回來？」

謝俊連連作揖。他也鬱悶啊，每次沒等他把話說完，就被人打斷了，這能怪他嗎？

柳葉摸了摸自己還平坦的小腹，笑著對謝俊說道：「謝大哥，我和孩子就勞你多多費心了。」

謝俊忙道：「這是我分內之事。孕中的注意事項我會一一告訴伺候妳的嬤嬤和丫鬟的，王妃不必操心。我這就去熬藥，王妃喝了藥，早些歇息。」

第一百六十七章 貴命預言

待謝俊出去，柳葉與司徒昊兩人對視幾眼，臉上都掛著掩飾不住的喜悅之情。

「親愛的順王殿下，您要當父親了呢！」

「親愛的王妃娘娘，您要當母親了呢！」

「哈哈……」

第二天一早，皇帝下了早朝就單獨召見了司徒昊，面帶歉意地道：「十六弟，昨夜順王妃落水之事，讓你們夫妻倆受委屈了。雖說死無對證，但朕心中明白，此事必與啟祥宮脫不了關係。只是泰兒太小，朕實在不忍心他尚在襁褓就失了親生母親。」

「皇兄，臣弟不敢。」司徒昊忙跪了下去。開玩笑，一個帝王的道歉，是那麼容易就能接受的嗎？

皇帝連忙扶住司徒昊，語帶悲戚。「十六弟，你自幼沒了母妃，朕的母妃長年臥病在床。在這皇宮中，一個沒有親生母親照料的孩子，生活有多麼艱難，你我都深有體會，朕不希望朕的孩子們再過那種沒有母親照拂的日子。所幸順王妃無大礙。十六弟，你也即將為人父親，能理解朕的一番苦心的，對不對？」

「皇兄……皇兄是臣弟的長兄，自幼都對臣弟照顧有加，不管何時何地，臣弟都不敢忘記皇兄之情。夏貴人畢竟是皇兄的妃嬪，如今的懲罰已經夠重了。皇兄英明，不徇私、不偏袒，為臣弟夫妻作主，臣弟感激不盡。」

「哼，她雖是朕的妃嬪，卻也只是個庶妃，竟敢設計十六弟你這個親王，就憑這一點，她就罪該萬死。何況她還涉嫌謀害親王妃。可是，她除了是泰兒的母親，還有著一個命格。十六弟，你還記得慧濟大師的預言嗎？」

司徒昊想了想，道：「皇兄是說二十年前，慧濟大師跟父皇說過的，我天宇朝將出現能左右國運的貴命之星的預言？」

「是啊，當時你還小，正是調皮搗蛋的年紀，仗著父皇寵愛，竟敢偷偷跑進御書房。哪知父皇與慧濟大師突然進來，朕當時為了尋你，與你一起被困在了御書房，當時我們倆躲在那小小的儲物箱子裡，把父皇與慧濟大師的話聽了個正著……」皇帝陷入了久遠的回憶中。

「慧濟大師說，五年內，天宇朝將出現貴命之女，此女乃九天之上的一顆星宿下凡歷練。此女天生貴命，卻被封印。一旦覺醒，將給我天宇朝帶來無上福祉。」

「皇兄的意思是，夏貴人就是慧濟大師口中那個下凡歷練的星宿？」說夏新柔是星宿轉世，司徒昊是不相信的。這個女人到目前為止，除了耍些陰謀詭計，並沒有為國為民做出過任何貢獻。

倒是自己的葉兒，有那樣離奇的經歷，這些年來，不斷為天宇朝立下奇功。以前自己從沒往這方面想過，如今想想，葉兒所說的鏡花水月中的經歷，是不是就是她覺醒的過程呢？

司徒昊越想越覺得柳葉就是那個預言中的貴命之女，可他臉上卻不敢表露出一星半點來。柳葉是自己的王妃，若她真是貴命之女，自己和柳葉的處境將會相當危險。自己不但過不上理想中的平順日子，還有可能因此而喪命。

「不確定。慧濟大師自那日後就雲遊去了，至今未見其行蹤。夏新柔是貴命的事，還是順王妃無意間得知了，透露給朕知道的。」

皇帝搖了搖頭，繼續道：「在慧濟大師未出面確認前，朕不能讓夏新柔死了。慧濟大師道法高深，他的話，寧可信其有，不可信其無。」

「陛下深謀遠慮，臣弟佩服。」司徒昊說著，深深地跪拜了下去。

「十六弟，朕答應你，若那夏新柔自此以後能安分守己也就罷了；若是她知錯不改，再犯錯的話，朕不管她到底是不是貴命之女，定會依律處置。」

「皇兄，國家社稷為重。」

兩人又在一起談論許久。待吃過午飯，皇帝才放司徒昊和柳葉回了順王府。

一到順王府門口，柳氏就帶著丫鬟、婆子們湧了上來。柳葉腳才剛觸地，就被柳氏扶上墊著厚墊子的軟轎上，一路小心翼翼地進了榮華苑。

「王妃小心。」柳葉雙手都被人攙扶著，緩步走下軟轎，走進自己的寢室，彷彿自己是個玻璃娃娃似的，生怕被摔碎了。

好不容易讓柳葉半躺在床上休息，背後墊上厚厚的靠墊，柳氏才笑道：「菩薩保佑，總算有了好消息。從今日起，直到胎象穩固前，葉兒，妳都不准下床來。茶水、飯食都會送到妳的床上……」柳氏滔滔不絕地說了快一個下午。

柳葉聽得耳朵都長繭了，卻也只得無奈地笑道：「不就是懷個孕嘛，哪有這麼嬌貴？這個不能吃、那個不能喝的，還限制我的自由。我又不是紙娃娃，沒那麼脆弱。」

「妳這孩子！」柳氏嗔怒。「妳這是第一胎，加上昨日又落了水，在胎氣未穩前，還是小心些為好，一步都不准離開床鋪。」

「娘啊，您這樣會把女兒逼瘋的。」柳葉開啟撒嬌模式，企圖為自己多爭取些自由。

「撒嬌也沒用。妳就老老實實地臥床休息，想要下床活動，等到謝俊小大夫確認妳這胎已無大礙的時候再說吧！」柳氏好笑地瞪了柳葉一眼，幫她掖好被角。「好好休息，晚飯時自會有人送飯菜給妳。」

爭取無果，柳葉只得妥協，乖乖地躺在床上，過那吃完睡、睡醒吃的生活。

而自從得知柳葉懷孕之後，司徒昊就像變了個人似的，每天黏在柳葉身邊，早晚都要摸一摸柳葉平坦的小腹，憧憬一番十個月後，一個粉妝玉琢的小小人兒衝著自己笑的情景。

光是想想，司徒昊就覺得幸福無比。

關於貴命之女預言的事，以及自己的猜測，司徒昊一句話都沒跟柳葉提起。謝俊說，柳葉這段時間要靜養，怎麼能讓這些雜事打擾她，讓她操心？

第一百六十八章　養胎

柳葉整整在床上躺了一個多月，直到六月中旬才解禁，被允許在院中走動。但身邊永遠跟著不下於十個人的隊伍，這個不許、那個不許。別說像以前那樣跑跳，就是步子稍微大了一點，都會有兩個丫鬟第一時間攙扶著她，半哄半騙地迫使她放慢腳步。

府裡的事也不再讓柳葉操心；鋪子裡的帳目也不再送到榮華苑；田莊上即使來人，也只是送來一些新鮮的蔬果和雞鴨魚肉。花園裡去年開墾出來的那一小片玉米地，雖然已經種下了新玉米，但再也沒有柳葉什麼事了。她頂多只能站在一邊，觀賞越長越高的玉米稈。

百無聊賴的柳葉躺在樹蔭下的躺椅上，旁邊桌上放著各種酸酸甜甜的蜜餞、吃食，耳邊聽的是問雪唸的話本故事。微風徐徐，暖陽照在人身上，直想睡覺。

想著自己活成了豬的日子，柳葉忍不住就唱起了前世的那首「豬之歌」。

「噗哧！」一聲笑聲傳來，藍若嵐在一群丫鬟、婆子的簇擁下，來到柳葉身邊。毫不見外地在柳葉身邊坐下，笑道：「這歌倒是有趣得緊。葉姊姊，妳也教教我，回頭我好唱給我家欣姊兒聽！」

欣姊兒是藍若嵐的長女，已經一歲多了，正是牙牙學語的時候。

「若嵐，妳怎麼來了？」看到藍若嵐，柳葉很欣喜，這段時間被關在府裡，今天終於見到一個可以陪她聊天的人了。

藍若嵐抓了一把鹽漬梅片在手中，邊吃邊道：「還不是表哥派人請我過來陪妳聊天解悶的？妳說這表哥氣不氣人啊，先前我和瑞瑤來了幾次都被他拒於門外，說妳要靜養，不准我們進府打擾妳。現在覺得我有利用價值了，一個口信，我就得巴巴地跑來。」

柳葉微微一笑。「有利用價值總比沒利用價值好。」

藍若嵐嗔怪地把手中的梅片砸向柳葉，佯裝生氣地道：「哎呀，葉姊姊，妳跟著我表哥也被帶壞了，不再是我認識的那個葉姊姊了。」

柳葉不躲不閃，任由那梅片落在自己的腳邊，笑問道：「欣姊兒呢？沒有一起來嗎？我已經快兩個月沒見到她了，小丫頭又長大了不少吧？」

「本來要一起來的，結果臨出門前喝了奶，躺在乳母懷裡睡著了。我把她託給了我婆婆，就自己一個人過來了。」說起自己的女兒，平日裡像個小孩子似的藍若嵐，臉上也露出母性光輝。

柳葉看著滿身都冒著幸福泡泡的藍若嵐，故意酸溜溜地道：「哎呀，還是妳好，公婆看重，夫君疼愛，連孩子都有婆婆幫妳帶，羨慕死人嘍！」

「喔～～原來妳嫌棄表哥對妳不好啊，我這就告訴表哥去。」藍若嵐說著，還作勢站起來，一副立刻就要往外走的架勢。「除非妳請我吃好吃的，我就不把妳說的壞話告訴表哥。」

「去吧、去吧，也不知道是誰，一進門就抱怨她表哥來著。」

「哎呀，好表嫂，我錯了。我錯了，還不行嗎？」

兩人耍著寶，玩鬧了好一會兒。藍若嵐最終也沒能吃上柳葉為她準備的晚飯，就匆匆地回去見自己的寶貝女兒了。

晚上，司徒昊回到榮華苑，看到柳葉面帶笑意，笑道：「下午若嵐來過了？聊了什麼高興事？讓妳到現在還一副樂不可支的樣子。」

柳葉笑著回答：「聊欣姊兒啊！聽若嵐說，那小丫頭年紀小可皮了，只肯喝肉糜粥，一餵她吃蔬菜糊糊就噗噗地往外吐；路都走不穩呢，就想跨臺階，還不讓人扶，結果摔了個狗吃屎。」

柳葉想像著自己孩子出生後的樣子，笑著問司徒昊。「你說，我們的孩子，會不會也像欣姊兒這樣調皮好玩？也不知道肚子裡的是男孩還是女孩？」

司徒昊摸了摸柳葉微微隆起的肚子，深情地說道：「男孩、女孩都好，不過，我更希望是個女兒。不是有句話說女兒是貼心小棉襖，女兒懂事早，等她長大些了，再給她生個弟弟，也好讓她幫著妳照顧弟弟。」

「哇，你這個黑心爹，還沒出生呢，你就算計著讓你女兒做苦力了。等女兒長大了，我一定要告訴她你今天所說的話。」

司徒昊點了柳葉的額頭一下。「妳個沒良心的小壞蛋，我還不是怕妳太辛苦。再說了，是男是女還不知道呢，若是個兒子，我就天天操練他，長大了也好保護他的弟弟、妹妹們。」

柳葉看著自己顯懷的肚子，突然想到一件事，說道：「你說，我這肚子是不是大了些啊？若嵐說她懷孕三個多月的時候，可沒這麼大，我這都快趕上她五個月的時候了。」

司徒昊盯著柳葉的肚子看了半天，也有些疑慮起來。「謝俊怎麼說？他已經有三天沒來把脈了吧？明天把他叫來，給妳把個脈。」

「沒那麼誇張吧？肯定是最近吃太多了。」

「哈哈，我看看我家的這隻小豬養胖了沒？到了年底，夠不夠格殺年豬了？」說著，司徒昊還伸手摸了摸柳葉的臉。「沒胖啊，還是沒幾兩肉。」

「司徒昊！」

第一百六十九章　購物中心開業

第二天，司徒昊還真叫了謝俊來給柳葉把脈。

謝俊替柳葉仔細檢查了一遍，說道：「目前來看，一切正常。每個孕婦的身體狀況不一樣，表現出來的狀態也會有所差別。順王、順王妃不必擔心，我每隔幾天就會來給王妃請平安脈，盡心照顧王妃的胎。」

聽了謝俊的話，司徒昊和柳葉兩人才算是真正放下心來。柳葉面帶希冀地望著謝俊。「謝大哥，既然我現在一切正常，那是不是就可以出府活動了？」

謝俊想了想，道：「可以是可以，但還是要小心。妳現在畢竟是懷著身孕的人，雖然不影響日常活動，但是也不能累著了，一些劇烈運動更是不能參加。」

柳葉趕緊點頭。「好好好，我一定注意，肯定不亂來。我只是想出去會會客、逛逛鋪子而已，不會讓自己累著的。」一副生怕謝俊反對似的表情。

司徒昊看著柳葉，寵溺地笑了笑。「即便大夫說妳可以外出，妳也不能一個人出府。想要出府的時候告訴我一聲，我陪妳去。」

柳葉討好地拉了司徒昊的衣袖，道：「知道啦，一定告訴你，你陪著我，我才出府。」

看著兩個人當著他的面秀恩愛，謝俊找了個藉口就告辭出府了。柳葉是他的初戀，雖然自己也希望她能過得好，並真誠地祝福她與司徒昊幸福美滿。但是，看到他們兩人旁若無人地秀著恩愛，除了高興以外，他的心裡還是有那麼一點點難過。

七月的某一天，柳葉規劃許久的購物中心總算開業了。經過多方面的宣傳，「夢工廠購物城」吸引了不少商家入駐，開業那天更是萬人空巷，民眾紛紛湧進購物城，一睹這號稱集娛樂、美食、購物於一體的天宇最大的雜貨鋪真面目。

夢工廠開業時，不但有帶動氣氛的舞獅、歌舞表演，還推出各項優惠。

不過柳葉很鬱悶，她求了司徒昊很久，撒嬌賣萌、生氣威脅，各種手段用盡，司徒昊都不答應她參加夢工廠的開業典禮。她只能黑著臉、嘟著嘴，聽藍若嵐她們興致勃勃地講述著當天的熱鬧情景。

啟祥宮內，夏新柔陰沈著臉坐在窗前。

她被禁足在這宮裡出不去，雖然沒了自由，同樣也杜絕那些拜高踩低之人的羞辱。因此一開始，夏新柔還挺慶幸自己被禁足的。

可是現在，她快忍不下去了。幾個月過去了，皇帝連問她一句都沒有，就像沒她這個人似的。她想了很多辦法都出不去，見不到皇帝讓她如何復寵？

天氣越來越熱，也沒有冰塊這些降暑的東西。送來的伙食越來越差，甚至不少已經餿了；宮女、太監們的態度也很輕蔑，原本還可以花銀兩弄些吃食的，現在已經不可能了，他們根本就不拿她的銀子。

第一百七十章 旱災

咕嚕咕嚕！

夏新柔的肚子不爭氣地叫了起來。中午只吃了一個饅頭，早就餓得發暈了。

「翠雲。」夏新柔有氣無力地喊著自己的貼身宮女。如今她的身邊只有翠雲和一個粗使婆子伺候著。佘嬤嬤她們一直都沒有回來，夏新柔知道，她們再也回不來了。其他的宮女、太監，有門路的早就另謀高就了。只有翠雲是個忠心的，一直跟隨著她。

翠雲拿了一個食盒進來，說道：「貴人是餓了嗎？正好晚飯送進來了，貴人多少吃一點吧！」邊說邊把食盒裡的東西拿出來。

幾個饅頭、一盤泛黃的青菜、一盤看不出放了些什麼材料的大雜燴，幾個煮番薯，竟是連碗米飯都沒有。

看到那幾個番薯，夏新柔心中的那股無名火又噌噌地往上冒，手一揮，把幾盤吃食掃到地上。

「這都是些什麼東西?!是給人吃的嗎?!那幫奴才越來越過分了！」

翠雲趕緊蹲下身，把那幾個饅頭和番薯撿起來，勸道：「貴人何必跟那些奴才一般見識？這宮中，誰不是那拜高踩低的？貴人要保重身體，才有翻身的機會。若是身體垮了，即便陛下想起貴人，貴人也沒辦法再伺候陛下了。」

翠雲把饅頭最外面一層剝掉，確定沒有髒東西了，才把饅頭遞給夏新柔。「這個饅頭奴婢已經弄乾淨了，貴人好歹吃幾口。明天奴婢再去跟那守門的侍衛套套近乎，看看能不能想法子給貴人弄點吃的進來。」

發洩完的夏新柔像是洩了氣的皮球，愣愣地看著滿地狼藉，下意識地接過翠雲遞來的饅頭，掰開饅頭就要往嘴裡送。

「貴人！」翠雲壓低聲音，驚呼一聲。「貴人，饅頭裡有東西！」

夏新柔被翠雲的叫聲喚回神智，低頭一看，手中的饅頭果然露出一小角的紙張。她趕緊把饅頭掰開，一個紙團露了出來。

夏新柔抬頭，跟翠雲對視一眼，緊張地把紙張攤開，小小的一張紙條上寫著一段話：七月十六明月夜，天命貴女拜月宮，久旱盼得甘露來，祈雨有功復得寵。

「這……貴人，這紙條上寫的是什麼意思啊？」翠雲疑惑地看著夏新柔。

「什麼意思……」夏新柔看著紙條上那個梅花標誌，輕輕地笑了。這是自己與夏家私下通信時約定好的標誌。可是母親他們給的這個訊息，到底是什麼意思？

把紙條上的句子讀了又讀，夏新柔突然問道：「翠雲，多久沒下雨了？」

翠雲想了想，才不確定地道：「很久了，好像從貴人被禁足起就沒下過雨。」

「是嗎？」夏新柔臉上的笑容更加燦爛了。「看樣子，連老天爺都在幫我呢。」

她親自點燃了一枝蠟燭，把紙條燒了。接著心情極好地拿起一個番薯，一邊剝著外皮，一邊說道：「翠雲，快來吃飯，吃完了，還有事情要忙呢。後天就是十六了，我們還有很多事情要準備。」

「是。」看到自家主子鬥志滿滿的樣子，翠雲也高興起來，匆匆收拾了地上的碎碗碟，拿起饅頭開始吃飯。

順王府。

柳葉看著下人們提著水桶，給那一小片玉米地澆水，臉色凝重。

雖然柳葉知道，前世玉米是有名的易種植作物，可兩個多月沒下雨了，再強悍的生命力，也架不住缺水的煎熬。府中的這一片玉米地還好，自己一直督促下人們澆水。可莊子上的情況就不太樂觀了。雖說她的莊子上是挖了深井、蓄了水池，可田地還是出現不同程度的旱情。

皇帝最近也很煩躁，脾氣也如這燥熱的天氣一般，一點就著。已經兩個多月沒下雨了，雖然京城依仗著良好的水利工程，暫時還沒有出現用水緊張的情況，可其他地方就沒那麼樂觀了，京城附近不少地方都已經上報旱情，請求朝廷出資賑災了。

把手中的奏摺往桌上一扔，皇帝煩躁地怒吼：「祈雨祈雨祈雨，除了祈雨，他們就不能想出一些實際有效的方法來嗎?!」

揉了揉太陽穴，皇帝疲憊地喊了聲：「小祿子！」

李公公的年紀越來越大，而且他是先帝近侍，雖還是大總管，可皇帝使喚他的次數越來越少。

「陛下。」聽到叫聲的小祿子趕緊近前伺候。

「什麼時辰了？」

「回陛下，已經亥時一刻了。陛下這就歇息，還是去哪位娘娘宮裡？」

皇帝想了想，道：「今兒十六，還是去皇后宮裡吧。」

「是。」

小祿子應聲下去安排，一眾太監抬著肩輿就往長春宮去。

明月皎皎，若是以前，看到這玉盤似的月亮，皇帝肯定會為這美好的意境所吸引。可今日他卻異常煩躁，如此晴朗的天空，什麼時候才會下雨？

好像是從順王妃落水、夏新柔被罰後開始的。他記得很清楚，那天他從觀星樓出來，行到半路，瓢潑大雨毫無徵兆地落了下來，下了整整一夜。之後就是一路豔陽高照，老天再沒下過一滴雨。

難道夏新柔真的是天命貴女？只因自己責罰了夏新柔，才導致這場旱災？可惜慧濟大師一直仙蹤難尋，不然問問大師，也好為自己解惑。

第一百七十一章　復寵

皇帝正在胡思亂想，突然看到半空中升起數盞孔明燈，不由得好奇，問向小祿子。「是誰在放孔明燈？」

「回陛下，看方位好像是啟祥宮的方向，要不……奴才這就派人去打探一下？」

「啟祥宮……」皇帝想了想，道：「不用了，朕親自過去。」

「是。」小祿子恭敬地應聲，拂塵一甩，大聲喊道：「擺駕啟祥宮——」

啟祥宮內，大院正中，香燭香案。夏新柔一身貴人禮服，虔誠地跪在地上磕了三個頭，隨即拿起香案上的紙條，綁在翠雲手中的孔明燈上，兩人手一鬆，孔明燈逐漸升空。

夏新柔雙手合十，微閉著眼睛，口中唸唸有詞，似在祈禱著什麼。良久，又跪在香案前，重複剛才的動作。

而這一幕正好落入悄悄前來的皇帝眼中。正要上前看個究竟，突覺狂風大作，月亮也躲進雲層中，周圍一下子暗了幾分。

翠雲伸手壓住被風吹起的紙條，對跪在地上的夏新柔道：「貴人，起風了，咱回吧！」

「不行，還有兩張，必須把這些祈福的紙條全部放上天空，讓天宮知道百姓的心願，這雨才能下得來。」夏新柔語氣堅決，再次拜倒在地。
「妳在做什麼？」皇帝威嚴的聲音響起。
夏新柔不理，依舊虔誠地磕完三個響頭，才站了起來，向皇帝行了個禮。「陛下萬安。妾身正在祈福求雨，很快就好了，容妾身完成儀式後再來服侍陛下。」
說完，也不等皇帝有什麼反應，拿起桌上的紙條，又放飛了一盞孔明燈。
皇帝正要發作，突然一道閃電劈下，把到了嘴邊的話生生地給震驚了回去。
「貴人，打雷了！貴人，您的辛苦沒有白費！」翠雲欣喜地抓著夏新柔的手，落下淚來。
夏新柔柔柔地一笑，說道：「還有最後一道。」說著，又在香案前跪了下來，重複先前的動作。
這回，皇帝看清楚了，紙條上用紅筆寫著「賜雨濕地，萬民得濟」八個大字。
最後一盞孔明燈才升上天，雨滴就落了下來，漸漸變大、變密，頃刻間，狂風大作，雷電交鳴，大雨傾盆而下。
「陛下，下雨了，快進屋躲躲！」小祿子撐著傘，欣喜地喊道，一邊護著皇帝往屋裡走。
「好、好！這雨下得好！」皇帝連聲叫好，發洩了心中的欣喜，才快步進了屋。
夏新柔低著頭，嘴角勾起一道弧度，在翠雲的攙扶下，慢吞吞地往大廳裡走。

啟祥宮正廳，夏新柔進屋時，身上早就被雨水打濕了，頭髮貼在臉上，好不狼狽。看在皇帝眼中，卻多了一分憐惜，對翠雲喝道：「還不快伺候妳家主子更衣！」

「是。」翠雲誠惶誠恐地應了聲，扶著夏新柔就要往裡屋去。

砰！

「貴人！」

重物落地聲和翠雲的驚呼聲同時響起。

「快，傳太醫！」看到暈倒在地的夏新柔，皇帝衝著門外伺候的人道：「來人，扶夏貴人上床！」

幾個小太監進屋，面面相覷了一會兒，才縮手縮腳地要去扶倒在地上的夏新柔。皇帝卻先他們一步，抱起夏新柔就進了裡屋。

寢殿內，換了乾淨衣衫的夏新柔依舊緊閉著眼沒有醒來，一名太醫正在給她把脈。

隔著屏風，同樣換了衣服的皇帝坐在位子上，問跪在地上的翠雲。「怎麼回事？這宮裡伺候的人呢？滿宮上下，就只有妳們主僕兩人？」

「回陛下，後院還有一個粗使婆子。自從貴人被禁足後，其他人已經另尋出路去了。貴人在這宮中，過得連普通宮女都不如，一日三餐只有青菜、饅頭，有時候送來的飯菜還是餿的……」翠雲說著就哭了起來。

「還有這種事？朕記得朕只罰了夏貴人禁足，並沒有削減她的分例啊。」皇帝的語氣中已經帶了幾分薄怒。

「回陛下，宮中拜高踩低乃是常事，貴人被禁足數月，見不到聖顏，被人剋扣分例也是正常的。可就是如此，貴人也從沒忘記過陛下。得知陛下為了旱情茶飯不思，貴人便想到了求雨的法子。割破手臂，以鮮血寫字，祈求上蒼垂憐，降下甘露。」

皇帝驚訝地問道：「夏貴人割破手臂寫血書？」

「是的，不只是孔明燈上的祈雨帖是用貴人的鮮血寫成的，貴人還用自己的鮮血抄寫血經，供奉在佛前，只求我朝風調雨順、陛下事事順心。若不是因此而失血過多，貴人也不會暈倒了。」

「夏貴人……有心了。」皇帝看著屏風後躺在床上的身影，思緒萬千。

第二天，一道聖旨打破了後宮清晨的寧靜。貴人夏新柔祈雨有功，為國為民，心思純良，故晉位為妃，封號貴。

天宇朝皇后之下就是正一品皇貴妃，之後是「貴、德、淑、賢」四妃。夏新柔這一場祈雨秀，成了從一品的貴妃，竟是比原先庶一品麗妃還要高了一等。

一時間，啟祥宮中門庭若市，恭賀的、巴結的，絡繹不絕。

得到夏新柔復寵的消息，司徒昊的臉色瞬間沈了幾分。雖說他並不是個合格的無神論者，他也信奉慧濟大師。可祈雨這種事，他傾向於這是百姓對於美好生活的嚮往。那還要欽天監做什麼？想要下雨的時候求一求，想要晴天的時候再求一求，何必要讓欽天監的官員們辛苦觀天象、測晴雨？

夏新柔復寵的事，柳葉全然不知。因為怕柳葉知道了吃心，司徒昊下了封口令。王府中誰敢胡言亂語，一棍子打死。

此時的柳葉正沈浸在莊稼保住了的喜悅當中。莊上剛剛來人稟報，由於有著深井和蓄水池，莊上的莊稼受災有限，雖然注定了會減產，但估計應付到明年新糧食收割還是不成問題的。

尤其是玉米，據莊頭說，他們把有限的水資源著重用在了玉米地裡。如今玉米已經結出了棒子，預估八月就能收穫了。

第一百七十二章 買凶

老天爺彷彿知道老百姓渴望雨水的迫切心情，七月十六晚上那場雨足足下了一天兩夜才停。接下來的日子，隔三差五下上一場雨，京城附近的旱情算是徹底解除了。

雖然旱情解除，可因旱情而帶來的後續問題卻還有很多，最主要的就是糧食。這一季的糧食算是毀了，普通百姓家裡，情況好些的人家還能收穫五成左右的糧食，大部分莊戶卻只能收穫兩、三成，尤其是遠離京城的偏遠地區，幾乎都是顆粒無收。

朝廷雖然免了當年的賦稅，但還是改變不了大部分老百姓接下來一年沒糧可食的狀況。尤其是那些佃戶，朝廷的稅雖然免了，可還有主家的租子要交呢。本來家裡就緊巴巴的，等著這一季的糧食下來也好給家人吃幾頓飽飯，現在好了，什麼都沒有了，這日子還不知道該怎麼過呢！

朝廷為此也是犯了愁。司徒昊見天地被皇帝召進宮，除了商量來年糧食的問題，還要商量接下來的疾病防疫工作。大災後必有大疫，這才是當下朝廷工作的重中之重。

看著司徒昊每天拖著疲憊不堪的身體，還要堅持處理事務，緊皺的眉頭就沒有舒展過，柳葉心痛之餘，也挖空心思努力回憶前世聽到、學到的一些抗災措施，林林總總寫了好幾頁。

司徒昊看到柳葉寫的這些措施，很是欣喜，不顧屋裡還有下人在，直接就在柳葉的臉上親了一口。

在大家為了旱災焦頭爛額時，啟祥宮內卻是歌舞昇平。新晉貴妃夏新柔不但日日開宴招待前來祝賀的內外命婦，還把自己的母親召進了宮。

貴妃寢室內，夏新柔與姜氏正說著悄悄話。

「我的柔兒果然是天命貴女，只是祈了一次雨，不但解了旱情，還讓自己脫了困，直接晉升為四妃之首的貴妃。」姜氏欣慰地看著女兒，語氣中充滿了驕傲得意之情。

夏新柔笑了笑。「是母親和弟弟的主意好，找的那個袁道長也是個能人，竟能算出十六夜裡有雨，還算得那麼準，連欽天監的監正都算不出來。」

聽女兒提起袁道長，姜氏一臉的崇拜之色，道：「袁仙師可是真正的得道高人。當初就是他斷定柔兒妳是貴女之命，日後即便不能母儀天下，也是富貴異常。如今妳真的位列四妃之首，成了皇后之下的第一人。」

「哼，他若真有本事，怎麼就沒能算到本宮落難的事？被禁足的這幾個月，本宮過得哪裡是人過的日子，簡直就是噩夢。」

「唉，哪裡是袁仙師沒有算到，是以前的我們不夠重視罷了。當初袁仙師替妳算命時就說過，妳命中有一剋星，就是柳葉那個賤人。當初袁仙師只說會有難，但不會有性命之憂，我也就沒太重視。加之下毒不成，柳氏那賤人又吵著要和離，我也就順水推舟了。以為只要從此不碰面，她就剋不到妳了。沒想到……」

說起這事，姜氏就悔得腸子都青了。當初就不該讓柳氏帶著柳葉和離的，應該再找機會把她們娘兒倆都弄死，一了百了。現在不但害得夏玉郎早亡，夏家沒落，自己的兒子沒了科舉的機會，自己的女兒也被禁足。

雖然女兒現在復了寵，可小皇子還在皇后宮裡。思及此，姜氏忙問夏新柔。「皇上有沒有說過，小皇子什麼時候能回到娘娘身邊？」

「沒有，本宮跟皇上提過這事，可皇上找藉口拒絕了。」夏新柔一臉憤恨。「娘，既然袁仙師說柳葉那賤人剋我，當務之急還是先要把柳葉這個賤人給解決了。只要沒了剋我之人，不管是小皇子還是其他事，本宮日後定會事事順利的。」

姜氏想了想，覺得女兒說得有理，便道：「能解決柳葉這個剋星，自然是最好不過了。可是我們要怎麼做呢？順王府根本就進不去。」

「我們進不去不代表她出不來，只要我們想辦法把她引出來，派殺手或下毒，還不都是輕而易舉的事？江湖上那麼多殺手組織，只要有錢，還怕解決不了柳葉那個賤人？」夏新柔滿臉陰狠之色，與她平日表現出來的柔弱善良判若兩人。

「這……那些殺人組織可靠嗎？別賠了錢財，事情還沒辦成。」姜氏有些猶豫。買凶殺人的事她又不是沒幹過，幾年前她就買通殺手在柳葉回京的路上刺殺過她，可惜最後失敗了。

第一百七十三章 殺人

夏新柔想了想，才道：「柳葉身邊有幾個武功高強之輩，那些小組織肯定是不行的。但是別人不行，不代表夜凌閣的人也不行。」

「夜凌閣？傳聞江湖上最神秘的殺人組織？可他們的收費高昂，而且一般人根本不知道如何聯絡他們。」聽了夏新柔的話，姜氏的眼睛亮了亮，隨即黯淡下去。莫說不知道聯絡方式，即便能聯絡上夜凌閣的人，憑夏家如今的實力，也拿不出那麼多銀錢來付佣金。

夏新柔起身，從櫃子裡取出一個木匣，遞給姜氏。「錢的事，母親不必擔憂，這些都是從皇上賞賜和眾人的賀禮中，挑出來最貴重的東西，母親拿回去用作買凶殺人的佣金吧！」

夏新柔打開匣子，滿匣子的珠光寶氣，刺得姜氏忍不住瞇了瞇眼，錯愕地看向女兒。

「貴妃娘娘？」

夏新柔卻自顧自地說道：「至於聯絡方式，本宮只知道京城西市凌氏茶樓是他們的一處聯絡據點，母親讓弟弟去打聽打聽，盡快把這事辦了。」

她是一刻都忍不下去了。自己賠了夫人又折兵，還是沒能把柳葉淹死在錦鯉池中。如今小皇子還喊別的女人母后，而柳葉這個賤人竟然有了身孕，這讓她如何能忍？必須把柳葉除掉，她才能放心。

姜氏看著一臉猙獰的閨女，知道閨女心中的痛苦與不甘，把匣子往自己身邊一收，道：「好，娘知道了，娘這就出宮，和妳弟弟一起把這事給辦了。貴妃娘娘就在宮裡等著好消息吧！」

八月初，司徒昊去京城周邊的城鎮視察災後工作，跟柳葉打了招呼說是會晚些回來，讓她別等自己吃飯，好好休息。

吃過午飯，柳葉正打算去午休一會兒，司玉娘就進來稟報道：「王妃娘娘，莊子上的陳莊頭來了。」

陳莊頭管理的那個莊子，正是柳葉種了玉米的。莊子不大，又是旱地為主，與其他莊子相比，陳莊頭的這個莊子收益是墊底的。所以當柳葉跟陳莊頭說了玉米的畝產量後，全莊的人都把玉米當成了他們的希望，恨不得把玉米給供起來。

也正因為如此，在這場旱災中，全莊的人寧可自己不用水，也要緊著玉米地，才使得玉米地的受災情況並不嚴重。

這幾天正是原定收穫玉米的時間，柳葉還以為是玉米已經收完，陳莊頭來向她匯報收成的，喜孜孜地對司玉娘道：「帶陳莊頭去偏廳見我。」

柳葉到偏廳的時候，陳莊頭正焦急地來回走著，見到柳葉進來，什麼也顧不得了，撲通一聲跪倒在地，悲切地喊道：「王妃娘娘，出事了！莊子被人一把火給燒了！」

「什麼！」才剛坐下的柳葉一聽這話，霍地站了起來，嚇得旁邊的司玉娘和問雪臉色煞白，趕緊上前扶住。

「今天一早，天才矇矇亮，就有人潛進莊子，往田地裡和外圍的幾戶人家院子裡扔火把。若不是陳狗子家的大狼狗叫起來，這會兒大夥兒估計早就被燒死了！」

柳葉這才注意到陳莊頭的頭髮被燒短了一截，還有淡淡的燒焦味道傳來。身上、臉上估計是為了見自己才匆匆打理過的，可耳朵後面的脖子上還殘留著一道煙灰。

柳葉定了定神，問道：「現在情況如何了？有沒有人受傷？」

「大夥兒滅了一上午的火，只保住了糧倉和大部分莊戶的房子。有幾個人受了傷，萬幸沒有人死亡。可是莊稼……地裡的莊稼全毀了，那麼多玉米全被燒了，那些天殺的，不得好死！」陳莊頭越說越悲憤，最後竟是不顧形象地哭了起來。

糧食是莊戶人家的命，大夥兒寧願少喝一口水，也要保證玉米好好的。沒想到好不容易挺過天災，卻躲不過人禍，被那些天殺的一把火全給燒沒了。

聽到無人死亡，柳葉暗暗鬆了口氣，隨即吩咐問雪。「問雪，讓司總管準備一下，我要出府去莊子上看看。」

司玉娘趕緊勸道：「您還懷著身子呢，怎麼能去那種地方，不如讓司總管派人去查看一下？」

「就是，王妃娘娘，即便要去，也要等王爺回來，讓他陪您去。」問雪也跟著勸道。

「別廢話了，莊子都被人燒了，我能不去看看嗎？王爺辦差去了，等他回來都什麼時候了？我沒事，謝大哥說我的胎象很穩，坐馬車來回，不礙事的。」柳葉一臉堅決，率先向外走去。

司玉娘無奈地嘆了口氣，親自跟著柳葉去了莊子。

馬車出了城門，離開主道，向著莊子的方向駛去。正值午後，想進城的早就進城了，出城回家的時間還早，這會兒正是交通空檔期，加上又是偏離主道的村道，路上沒有幾個行人。

突然，柳葉的心沒來由地抽了一下，正想掀開馬車窗戶的簾子透口氣，「咻咻」的破空聲就響起。

對於這種聲音，柳葉是再熟悉不過了，緊接著「哚哚」幾聲，伴隨著幾聲悶哼，數枝弩箭插在柳葉的車廂上。

馬車裡的幾人誰也沒有發出聲音，互視一眼，柳葉第一時間伏低了身子，護著自己的肚子半趴下來。這會兒她可不敢下車去看外面到底發生了什麼事，若是她出去了，肯定會被射成刺蝟的。

司玉娘蒼白著臉，還是讓自己擋在了柳葉面前，兩眼死死盯著馬車簾子，彷彿下一刻刺客就會掀開簾子衝進來似的。

問雪比較鎮定，從馬車的角落裡拿起一把劍，護在柳葉一側，還時不時掀開簾子一角，查看外面的情形。

馬車外，經過一輪弩箭的射擊後，十幾名刺客已經跟王府的侍衛們交上了手。這些刺客身著黑衣、黑褲，卻沒有用布巾遮擋臉龐，就這麼堂而皇之地把自己的長相暴露在人前，似乎篤定了柳葉一行人不會活著逃出去。

第一百七十四章 交鋒

刺客中有幾位好手，才剛交鋒，順王府的侍衛就有人掛了彩，更有幾人直接失去戰鬥能力，倒在地上不知是死是活。

今日跟著柳葉出來的暗衛是玄六，此時他也加入了戰鬥。在連傷了刺客幾人後，一聲突兀的笑聲傳來。

「哈哈哈哈！沒想到區區一個王府侍衛也有這等身手。來來來，陪小爺我耍耍，小爺我也正好鬆鬆筋骨！」

一個人影出現在玄六面前，一把摺扇輕輕一挑，狀似隨意地擋住了玄六劈向一名刺客的大刀。

此人一身紅衣，張揚而放縱。

玄六被他一擋，收了招式，瞇起眼睛看著眼前的紅衣男子，直覺告訴他，這個男人很危險。手往懷中一摸，一枚信號彈出現在玄六手中，「咻」的一聲竄上天空。

紅衣男子饒有興味地看了看在半空中炸開的信號彈，邪魅一笑。「此處離你那順王府那麼遠，快馬加鞭，至少也要半個時辰才到。你覺得你能等得到援兵的到來嗎？」

玄六也不跟他廢話，提刀衝上，與那紅衣男子交戰在一起。兩人都沒有多餘的花招，每一招都是衝著對方的要害而去，招招狠厲。

柳葉透過問雪掀起的窗簾一角往外看去，視線很快就被玄六與紅衣男子的打鬥吸引了。她雖不懂武功，卻也知道，那個紅衣男子能跟己方這邊武功最高的玄六打得難分難解，絕對不是簡單的人物。

問雪皺著眉頭看了一會兒，突然說道：「王妃娘娘，我們要趕緊離開這兒，您坐好了，奴婢這就去駕車。」

「怎麼說？」柳葉看了看車外的打鬥，疑惑地問道。

恕她眼拙，在她的眼裡，己方人數明顯比對方多，玄六那邊打得也是旗鼓相當，己方明顯處於上風，為什麼要逃跑？柳葉摸了摸自己的肚子，全速奔跑的馬車顛簸起來，可不是鬧著玩的。

「王妃娘娘，玄六打不過那個紅衣男子的，那紅衣男子明顯沒有使出全力，在吊著玄六玩呢。嬤嬤，妳扶著王妃，奴婢要駕車了。」問雪一掀車簾出去了，最後一句話已經是從馬車外傳來的。

柳葉趕緊靠著車廂，一手攀住窗沿，一手抓住司玉娘的手臂。司玉娘跪坐在柳葉旁邊，身體擋在柳葉面前，張開雙臂，扶住柳葉。同時，馬車外的問雪馬鞭一甩，「駕」的一聲，兩匹高頭大馬急速躥出，順著來時路往京城飛奔而去。

紅衣男子看了看飛奔離去的馬車，「哎呀」一聲叫了出來。「不好，目標要跑。」看了玄六一眼，臉上的嘻笑褪去，輕嘆一聲。「唉，不能玩了。要小心嘍，小爺我可是要出全力了。」

話音剛落，手上動作明顯加快，一把摺扇被他耍出道道扇影，招式也更加狠厲。玄六頓覺壓力倍增，才幾個回合，手臂就被摺扇上的刀片劃開了一個口子。玄六顧不得看傷口，全神貫注地應付著紅衣男子襲來的招式。

他知道自己不是紅衣男子的對手，現在的他，只要拖住眼前之人，等待援兵到來，或者讓王妃多跑出去一段距離。所以，他收了攻勢，全力防禦，只有在紅衣男子想抽身時才出招阻止。

玄六的身手本就是頂尖的，加上他現在打定主意拖延時間，全力周旋之下，紅衣男子竟一時也拿他沒辦法。

而且順王府的侍衛也不是吃素的，又仗著人數優勢，已經有侍衛加入他們的戰鬥中。雖然這些人根本就近不了紅衣男子的身，可一個個仗著武器比他的長，不斷在旁邊干擾。

在看到一個侍衛丟了手中的劍，撿起地上的長槍向他刺來的時候，紅衣男子怒了。「喂，你別太過分啊，小爺只是不想濫殺無辜，對你們手下留情，別不識好歹啊！」

眾人一陣無語。你說你一個殺手，還標榜什麼不濫殺無辜，這話說出來誰信啊？

紅衣男子眼看著柳葉的馬車越跑越遠，只剩下一個黑點，轉眼就要消失在道路盡頭，焦急地喊道：「哎呀，不能再拖了。各位，對不住了啊！」

話音剛落，也不知道紅衣男子使了什麼手段，摺扇上噴出一股白煙，白煙過處，侍衛們頓感頭暈目眩，沒支撐一會兒就紛紛倒地。

玄六雖然及時屏住呼吸，還是吸入不少白煙，一陣暈眩感傳來，狠狠地一咬舌尖，定了定心神，繼續迎上紅衣男子。

可是此時，玄六身邊已經沒了幫手，而且他本身也有多處受傷，沒幾個回合，就被紅衣男子甩掉。紅衣男子施展輕功，朝柳葉逃跑的方向急追而去。而玄六身邊立刻有刺客同伙迎上，與之纏鬥在一起。

另一頭，馬車內的柳葉已經被顛得七葷八素了，問雪的聲音從車外傳來。「王妃娘娘，再堅持一下，快到官道了。官道上人多，只要上了官道，那些刺客就不敢動手了。」

「誰說上了官道，小爺就不敢動手的？這可是小爺接的第一單任務，若是失敗了，小爺的臉面往哪兒擱啊？日後還想不想在這殺手界混了？」聲音越來越近，幾個呼息間，那紅衣男子已經出現在馬車前面。

這個時候，問雪可不會停下馬車等死，反而一甩手中馬鞭，直直地朝紅衣男子就撞了上去。

「啊啊啊，妳個女人，心怎麼那麼狠呢？妳這是想撞死我啊？」紅衣男子怪叫著躲到一邊，那兩匹拉車的馬卻是突然間倒地身亡了。

馬車突然沒了動力，車內的柳葉在慣性作用下，身體一晃，摔了出去。好在司玉娘一直護在她的身前，柳葉摔倒的同時，司玉娘正好摔在柳葉倒地的地方，成了人肉護墊。

「王妃娘娘！」在問雪急促的叫喊聲中，柳葉狼狽地爬起身，與司玉娘兩人互相攙扶著走出馬車。

紅衣男子看見柳葉出來，懶洋洋地開口道：「王妃娘娘，妳可別記恨我啊，有人出了銀子要買妳的命，小爺我也是為了賺些辛苦錢罷了。」

第一百七十五章 得救

柳葉強作鎮定，想著拖延些時間，或許援軍下一刻就能到了。

她接了紅衣男子的話，問道：「我自問沒做過什麼傷天害理的事，不知是誰那麼大方，出錢買我一個小女子的命？」

紅衣男子十分有自信，一點都不急著出手，反倒饒有興致地笑道：「哈哈，這個小爺可不能說，透露雇主的訊息，可是犯了殺手的大忌。」

柳葉微微一笑。「你看我們就是三個手無縛雞之力的小女子，反正也是逃不出你的手掌心，何不把那人的名字告訴我們，我們就是去了地府，也有個告狀的目標不是？難不成你想讓我們在閻王面前告你的狀，你就甘心背這個黑鍋？」

紅衣男子打開摺扇搧了搧，道：「王妃娘娘，妳也別再套小爺我的話了，好了，閒話就說到這兒，娘娘放心，小爺我雖是第一次接任務，但是手上的功夫還是很扎實的，一定讓娘娘體體面面地薨逝。」

聽著這話，柳葉以為紅衣男子就要動手了，著急地大喊：「等等！」

紅衣男子剛要抬步的腳頓了頓，問道：「王妃娘娘可是還有什麼遺言要交代？」

柳葉眼珠子一轉，說道：「反正我今日是難逃一死了，在臨死前，我有筆交易要找你做，不知你所在的組織叫什麼？敢不敢接我這個將死之人的任務？」

「哈哈哈，只要價錢合理，我夜凌閣還沒有不敢接的任務，說吧，是什麼任務，看在妳即將死了的分上，給妳打個折。」

「原來是夜凌閣啊，久仰久仰。我這個任務呢，就是請夜凌閣出手，把那個出錢殺我的人和他的家族給滅了。」說到這兒，柳葉恨恨地咬牙。「等我死了，殺我的任務也算是完成了，你們再接下我的任務為我報仇，不算是違背殺手的原則吧？」

「不違背。只是王妃，我夜凌閣的收費可是很高的，而且必須先付錢再辦事。王妃身上有帶那麼多錢？」

「我身上倒是沒帶多少錢，只是……」柳葉從衣襟裡拿出一塊玉珮搖了搖。「這是順王府的紅玉珮，公子見多識廣，肯定知道這紅玉珮的價值吧？到時候你拿著這玉珮去順王府，還怕順王府付不了帳嗎？」

紅衣男子眼神閃了閃，道：「不錯、不錯，妳這人對我的胃口。可惜妳是我的任務目標，即使再欣賞妳，小爺也不可能放過妳。妳的任務，小爺接了，也不要妳的錢，就當是替妳報仇了。」

紅衣男子說著，不再廢話，摺扇一指，就向著柳葉衝了過來。

問雪趕緊提劍迎上，不下十個回合就被紅衣男子一腳踹飛出去，重重撞在馬車車廂上，爬了幾次都沒能爬起來。

「問雪！」柳葉疾呼出聲，就要往問雪那邊跑去。司玉娘一把拉住柳葉，把她護在身後，兩個人慢慢地往後退。

「王妃娘娘不必憂心，一會兒我就送她去陪妳。」紅衣男子邪魅一笑，一步步走向柳葉。

咻！

破空之聲傳來，紅衣男子只覺後背發緊，身子本能一側，一枝箭矢還是插在了他的左手臂上。紅衣男子猛然轉身，只見一騎快馬飛奔而來，擋在了柳葉和紅衣男子之間。

馬上一中年男子，一身輕便鎧甲，一桿長槍指向紅衣男子，渾身肅殺之氣，掩都掩不住，一看就是從戰場的死人堆裡爬出來的。

而另一邊，一隊五十人的隊伍已經擺好軍陣，一個個手執長槍，嚴陣以待，就等著將軍一聲令下便要衝鋒陷陣。

柳葉不認識這個人，但是身邊的司玉娘已經激動地喊出聲來。「藍將軍！藍將軍，老奴是順王府的司玉娘，這位是我們家王妃！」

馬上的藍將軍回頭看了柳葉一眼，點了點頭算是打了招呼。轉頭看向紅衣男子，手一揚，喊道：「兒郎們，戰陣……」

藍將軍的話還沒說完，紅衣男子扶住受傷的手臂，打著哈哈說道：「哎哎，你們這麼多人，可不能欺負我一個。」邊說還邊往後退。

開玩笑，他武功再高，也架不住五十人的圍攻。而且這些人一看就是戰場上存活下來的戰士，單兵能力或許不強，可人家擺著陣呢，自己可不想嘗試戰陣的滋味。雖然他扇子裡藏著藥粉，可也解決不了這麼多人。好漢不吃眼前虧，還是暫時撤退，任務的事，再找機會就是了。

藍將軍卻不理會紅衣男子的話，繼續喊道：「戰陣，衝！」

五十名軍士大喝一聲，齊刷刷地向紅衣男子挺進。

紅衣男子見狀，再也不敢耽擱，腳尖一點，把輕功施展到了極致，幾下就沒了身影。

一看危機解除，柳葉第一時間跑到問雪身邊，關切地問道：「問雪、問雪，傷哪兒了？要不要緊？」

經過剛剛那麼些時候，問雪稍稍緩和了些，扶著車廂站了起來。「王妃娘娘，奴婢沒事，只是那一撞力道太猛，一時間有些緩不過來。」

「別逞強，趕緊進馬車裡去休息。」柳葉示意司玉娘扶問雪進了馬車，才來到藍將軍身邊向他道謝。

剛才司玉娘就已經跟她介紹過了，這位就是藍若嵐的父親、勇武侯藍老將軍唯一存活著的兒子，順王司徒昊的親舅舅。

「外甥媳婦柳葉見過舅舅。幸虧舅舅及時趕到，舅舅的恩情，柳葉銘記於心。」說完，柳葉深深地拜了下去。

之所以以甥舅相稱，是因為柳葉知道，司徒昊很敬重自己的舅家，一直都是不論君臣，以晚輩自居的。而且人家才剛救了自己，自己怎能在人家面前擺王妃的架子呢？

藍澈趕緊抬手扶住柳葉，道：「王妃言重了，妳我既是君臣，更是親人，既然碰到了，哪有不出手的道理？」說著，看了看柳葉微微隆起的肚子，關切地道：「王妃還是進車廂裡去歇息吧，我等這就護送王妃回府。」

柳葉卻搖了搖頭。「我沒事，只是有個不情之請還請舅舅幫忙。我的侍衛們還在前面與刺客纏鬥，不知情況如何，還請舅舅派人前去相助一二。」

第一百七十六章　莊子

待柳葉她們趕到剛才戰鬥的地方時，玄六已經殺紅了眼。

在他的認知裡，柳葉她們幾個女流若是被紅衣男子給追上，肯定是凶多吉少，他是心急如焚。奈何自己本就受了傷，又被迷藥熏得頭昏眼花，實力大減。只感覺黑衣刺客一個接一個地湧來，怎麼殺都殺不盡。

柳葉和藍將軍一行人到來後，很快就把本已進入尾聲的戰鬥給提前結束了。玄六突然感覺自己身邊沒了敵人，愣怔了一會兒，毫無預警地倒了下去。立刻就有王府的侍衛上前，把玄六抬到傷員那邊做緊急處理。

眼看著戰鬥已經結束，司玉娘和問雪都勸著柳葉趕緊回府，可柳葉卻還是想去莊子上看看。

「王妃娘娘，這明擺著就是一場陰謀，賊人先在莊子放了一把火，藉此把您引出王府，又在半路行刺您。莊子那邊，還不知埋伏了什麼危險，若娘娘這時候再去莊子，不是自投羅網嗎？」問雪看著堅持己見的柳葉，急得直跺腳。

「王妃娘娘，聽老奴一句勸，派個人去莊子上看看再回來稟報也是一樣的。您也得為肚子裡的小世子考慮，折騰了這麼久，若是有個萬一，老奴等萬死難辭其咎。」司玉娘也苦口婆心地勸道。

柳葉被勸得沒法，環顧四周，看著這趟跟著出來的人，傷的傷、死的死，嘆了口氣。

「回府吧，先給傷員們治傷要緊。莊子上就讓司總管去一趟吧，多帶些米麵錢糧去，先把莊戶們安頓下來再說。」

眾人收拾好，正要打道回府，司徒昊就帶著人趕到了。

見到司徒昊，柳葉驚喜的同時，也詫異他的到來。「你怎麼來了？不是去視察公務了嗎？」

司徒昊上上下下把柳葉打量個遍，才道：「我看到信號了。怎麼樣？妳沒事吧？」

「沒事，這次多虧舅舅相救，不然真的是凶多吉少了。」柳葉後怕地拍了拍胸，指了指剛從馬車後轉出來的藍澈，感激地道。

「舅舅！您回來了？」司徒昊這才看到藍澈。剛才他還在納悶，怎麼會有那麼多邊軍的軍士在場，原來竟是舅舅回京了。

「嗯，回京述職，看到順王府的信號，就趕過來看看，沒想到正好碰到你的王妃。」許是長年駐守邊關的緣故，藍澈說起話來，威嚴中帶著幾分豪爽。

等到藍澈舅甥兩人敘完舊，柳葉又把今天發生的事細細說了一遍，最後才怯生生地對司徒昊道：「我想去莊子上看看，你陪我去好不好？」

司徒昊想了想，道：「一會兒讓章大夫幫妳把把脈，若是他說妳的身體無礙，我就陪妳去莊子上看看，好不好？」

柳葉這才發現，王府的專職大夫章大夫也一道過來了。她雖掛心著莊子上的人和玉米，但也不能拿自己肚子裡的孩子開玩笑，便也乖巧地點頭答應了。

或許是柳葉這幾個月的藥湯沒有白喝，今天這樣的折騰驚嚇，肚子裡的娃兒還是穩穩的沒有半點異樣。在司徒昊再三確認後，才帶著一行人去了莊子。

藍澈聽說莊子上種著畝產千斤的糧食，抑制不住好奇，也跟著去了柳葉的莊子。

還沒到莊子呢，空氣中瀰漫的煙火味就嗆得人難受。

一路行來，田間地頭一片焦黑，哪裡還有原本生機勃勃的景象？只有幾個面容愁苦的莊戶，在焦黑的地裡扒拉著什麼，更多的人蹲坐在自家的地頭前，看著被燒得一點都不剩的田地，默默地抹著眼淚。

等到了村子裡，本就只有十幾戶人家的小村子，如今只剩下一半不到的房屋，其他的只剩下焦黑的斷垣殘壁。隨處可見抹著眼淚的婦人、孩童，或在地上傻坐，或在燒毀的廢墟裡翻找著什麼，不管男女老幼，每個人身上、臉上都沾滿了煙塵。

一路行來，眾人是既悲憤又心痛，司玉娘忍不住抹著眼淚，說道：「這幫天殺的賊人，喪盡天良，不得好死！」

提前回來的莊頭得了消息，急急地迎了出來，向柳葉匯報了這次火災的損失。「田地被燒毀了七成左右，有七戶人家的房屋被徹底燒毀。府裡發配下來的幾頭牛倒是保住了，只是……負責管理牛圈的祝三叔沒了，火起的時候，祝三叔為了搶救那三頭牛，被掉下來的橫梁砸中。另外還有幾人受了不同程度的傷……」

柳葉一邊聽莊頭的匯報，一邊四處查看，面色沈重。「祝三叔是為了保護公家財物才亡故的，要好生獎賞安撫他的家人。祝莊頭，你告訴大家不用擔心，出了這樣的事，府裡不會丟下他們不管，最遲明天，就會有米麵糧食送來。至於房子……」

柳葉想了想，道：「我看著村子也沒幾家完整的屋子了，不如就全部重建吧。府裡出錢，蓋成統一樣式的二層小樓。到時候是按人口分，還是按戶頭分，你跟莊上的人商量出個章程報上來。」

聽了柳葉的話，祝莊頭激動得渾身發抖，撲通一聲就跪倒在地。「謝王妃娘娘……謝王妃娘娘……」口中喃喃，卻是再也說不出其他的話來。

早上還絕望如地獄，一轉眼就海闊天空，大悲大喜下，祝莊頭感覺下一秒自己就要幸福地暈過去了。

隨行的幾人也都驚訝於柳葉的決定，可柳葉有自己的考量。一來她覺得莊子是因為自己才遭了難，難免有種想要補償的情緒在裡面。另一方面，她自己就是從鄉村出來的，知道莊稼人的不容易，在自己力所能及的範圍內，她很樂意幫助這些樸實的莊戶人家，何況這些本就是自家的下人。

僅存的那幾畝地裡種著的都是玉米。火起的時候，祝莊頭想起柳葉對玉米地的重視，立刻組織人手割掉莊稼，形成隔離地帶，將將保住大概三畝左右的玉米沒有被燒毀。

其餘被搶救下來的作物，統一拉到了曬穀場，幾個婦人領著半大的孩子們正在分類挑揀，把尚能食用的部分挑揀出來。

柳葉看著那些或多或少都有些燒壞的玉米，想了想，讓祝莊頭去挑了一些給自己帶回去。

這次的事情可不能就這麼算了，報仇的事交給司徒昊，可這火災的損失，總要有人來買單不是？

第一百七十七章　夜凌閣

傍晚時分，熱鬧繁華的西市上突然出現一隊衣甲整齊的軍士，帶隊的還是堂堂順王殿下。就在眾人疑惑著是不是出了什麼事的時候，這隊人馬在凌氏茶樓前停了下來。

司徒昊手一揮，幾名軍士衝進茶樓，驅散樓中的賓客。在眾目睽睽之下，短短一盞茶的工夫，軍士們就把凌氏茶樓夷為平地。茶樓掌櫃被兩名軍士押著跪倒在地，哭喪著一張臉，眼睜睜看著茶樓倒塌，一句話都不敢說。

司徒昊走到掌櫃面前，對他道：「今晚子時，本王會來拜會夜凌閣閣主，還望掌櫃的幫忙通傳。」說完，也不管那掌櫃是什麼反應，一揮手，帶著人如來時般氣勢洶洶地離開了。

是夜，與凌氏茶樓隔著一條街的一個院子裡，茶樓掌櫃正滿臉焦急地在院子裡走來走去，時不時停下腳步，看看那映著人影的窗戶，用手中的帕子擦擦額頭的汗珠。

一間佈置豪華的房間內，司徒昊坐在桌前，端起茶杯喝了一口，朝對面的紅衣男子說道：「本王記得白天時說得很明白，要見的是夜凌閣的閣主。」

「家父閉關已有月餘，有什麼事跟我說也是一樣的。」紅衣男子蹺著二郎腿，一副玩世不恭的樣子，正是白天行刺柳葉之人，沒想到他竟是夜凌閣的少閣主北宮俊傑。

「原來如此。」司徒昊了然地笑了笑，繼續道：「久聞少閣主大名，少閣主果然好氣魄，連刺殺皇室成員的生意都敢接，公然違反夜凌閣與天宇皇室的約定。」

「嘿嘿，小爺想著小爺的第一單生意，怎麼也要與眾不同、一鳴驚人才行。正好有人找上門來請夜凌閣出手刺殺順王妃，小爺一聽，正好符合小爺的要求，順手就接了。」

司徒昊眼睛一瞇，眼中寒光一閃。「少閣主的膽量著實令人佩服，只是少閣主做好了被皇室報復的準備了？」

「唉，別介意啊，那麼嚴肅幹麼？你那小妻子不是毫髮無損嘛，你以為小爺我真要殺一個人，你那小妻子還能好端端地活著？」北宮俊傑打開摺扇，有一下沒一下地搧著風。

「所以本王也只是拆掉了一座凌氏茶樓罷了。」司徒昊雲淡風輕地說道：「不過，這事可不是拆個房子就能了結的，本王還需要一些東西——這次刺殺事件背後雇主的資料。」

「哎，別太過分了啊。雖然是我夜凌閣違背約定在先，可你拆了我夜凌閣的據點，把我夜凌閣的臉面丟在地上踩，你還想怎樣？」北宮俊傑「啪」地收起摺扇，怒視司徒昊。

「不想怎樣，只要少閣主提供背後雇主的訊息和證據就可以了。」

一聽這話，北宮俊傑炸毛了。「不可能，小爺絕不幹違背原則的事。」

「哦？那夜凌閣違背約定的事又怎麼說？讓本王領著軍隊掃平夜凌閣在天宇朝的勢力？只怕到時候北宮老閣主還未出關，就要斃命在密室中了。」

北宮俊傑抿抿嘴，說道：「江湖爭鬥，幹麼扯上軍隊啊？有沒有點身為王爺的氣度了啊？」

司徒昊不理會北宮俊傑，端起茶杯喝了一口，好整以暇地望著他。

北宮俊傑一頓，訕訕地開口道：「不如這樣，我就當是接了順王爺的生意，免費幫你把那人殺了怎麼樣？反正你家王妃當初也說了要夜凌閣幫忙滅了雇主的。」

「不需要。」司徒昊冷冷地拒絕。「本王的王妃受人欺負了，本王自會用本王的方式替她報仇，不需要少閣主代勞。」

「哎呀，你怎麼油鹽不進哪？小爺我這爆脾氣……好啊，想要雇主的資料，打贏了小爺，小爺就把資料給你。」北宮俊傑一腳踢飛桌子，就衝著司徒昊撲了過來。

司徒昊一腳踢在飛來的桌子上，借勢往後退開。可憐的桌子被兩向夾擊，立刻成了散落一地的木屑。

北宮俊傑也顧不得四散開來的木屑，摺扇一指，開始了攻擊。摺扇頂端寒光閃爍，顯然是摺扇的機關已經打開，片片鋼刀吐露著死亡的冰寒。

司徒昊也不托大，拔出腰間軟劍，劍花一抖，迎上北宮俊傑的摺扇。

兩人你來我往，打了數百回合，從室內打到室外，最後北宮俊傑被司徒昊一劍挑翻在地。北宮俊傑無奈，只得乖乖交出雇主資料，還把對方拿來抵作雇佣金的幾件珍寶一併交給了司徒昊。

而此時的夏家，姜氏正在跟夏天佑抱怨著。

「那夜凌閣不是天下第一的殺手組織嗎？怎麼連個手無縛雞之力的小丫頭都對付不了，竟讓她毫髮無傷地回了順王府？」

夏天佑煩躁地看了姜氏一眼，道：「娘，您就少抱怨幾句吧，當務之急，還是想想如何應對順王府的報復吧！」

「什麼？夜凌閣還會洩漏雇主的資料不成？」

「即使夜凌閣不會洩漏我們的資料，還有那幾個去莊子上放火的奴才呢。」夏天佑眼睛微瞇，考慮著要不要先下手為強，把那幾個參與放火的下人給處理了。可他手下能信任的人手本就不多，要他一下子捨棄那麼多人，還真有點捨不得。

「要不要告訴貴妃娘娘？讓她幫我們想想對策？」聽夏天佑如此說，姜氏明顯慌亂起來。

「不行。」夏天佑一口拒絕。「這種時候，千萬不能去找貴妃娘娘，以免落人口實。娘，您記住，不管是誰問您，您都不能說此事跟姊姊有關。只有保住了姊姊，我們才有活命的希望。」

「好好好，我知道了。」姜氏忙不迭地應承下來，定了定神，才道：「兒啊，我們現在怎麼辦？」

「娘，您先別著急，順王府還不一定知道此事跟我們有關呢。再說了，即便真的知道了，我也不會坐以待斃的，死也要咬下他們的一塊肉來。」此時的夏天佑滿臉陰沈，哪裡還有平日謙謙公子的模樣？

看著這樣的兒子，姜氏忍不住打了個哆嗦。

第一百七十八章　御前告狀

休整了一夜，次日，司徒昊就帶著挺個大肚子的柳葉，出現在御書房側殿，又在殿門口偶遇剛剛奏對完的藍澈。

皇帝已經知道了柳葉遇刺的事，明知道他們這是故意的，可怎麼說那三人也是親舅甥，藍澈又駐守邊關多年未歸，加上柳葉找了個發現新糧食的藉口請求覲見。於是乎，幾人又齊聚在御書房側殿。

柳葉也不著急，親自動手，從食盒裡拿出一盤盤吃食，分別是烤玉米、玉米饅頭、黃金玉米烙、玉米青豆炒蝦仁、玉米排骨湯。

雖然還未到飯點，但是幾樣吃食擺出來，眾人還是忍不住眼睛一亮，不由自主地吞了吞口水。

皇帝指著那盤烤玉米，問道：「順王妃，這就是妳新找來的吃食？叫什麼？」

柳葉清了清嗓子，說道：「回陛下，這種新糧食叫玉米，是我上次去虎嘯城時發現的。試種了兩年，才敢拿來獻給陛下。桌上這幾樣是最普通的幾種吃法，陛下可以嚐嚐看。」

在皇帝的示意下，小祿子每樣吃食都給皇帝挾了一些。

皇帝一邊吃，一邊點頭道：「嗯，確實不錯，香香甜甜的。十六弟、藍愛卿，來，你們也嚐嚐。」

見玉米的味道得了皇帝的喜歡，柳葉繼續在一旁介紹道：「據我所知，玉米是一種畝產一千到一千五百斤的高產作物，而且只要旱地就能種植。它的吃法多樣，營養豐富，不但適合作為主食，而且還是最好的飼料。不管是我們食用的玉米粒，還是它的玉米稈，都可以用來餵養馬匹牛羊，使牲口健壯少病害。」

「大膽！」聽到柳葉的說辭，其他人還沒反應，小祿子率先開了口。「順王妃好大的膽子，怎麼能給陛下食用牲口的飼料！」

「放肆！」皇帝把筷子往桌上一拍，怒道：「什麼時候輪到你個奴才開口了？還不趕緊退下，丟人現眼的東西！」

小祿子撲通跪倒在地，連磕了三個頭才低著頭退了出去。

皇帝才又開口道：「這幫奴才真是越來越放肆了。順王妃，朕聽妳介紹的這個玉米，的確是個好東西。妳又為我天宇朝立下一功了。」

藍澈雙眼明亮地盯著玉米，說道：「我見過這玉米稈，足有一人多高。若是能大範圍種植，不但老百姓多了樣飽腹的吃食，軍隊的戰馬也多了一種上等飼料。我們天宇朝騎兵不強，有一部分原因就是我朝自產的草料稀少，大部分草料靠外購，財政壓力太大。若是能解決戰馬的飼養問題，何愁我朝沒有一支強悍的騎兵隊伍？」

皇帝也點點頭。「愛卿說得極是。只是不知這玉米種子有多少？什麼時候能大範圍種植？」

「回陛下，妾身有罪，妾身沒保護好玉米……」聽到皇帝的問話，柳葉趕緊跪了下去，也不自稱「我」了，一副痛心疾首的樣子。

皇帝看著柳葉大著個肚子艱難地下跪，趕緊阻止道：「順王妃這是做什麼，妳可是有著身孕的人。十六弟，快扶她起來，有什麼話坐下來慢慢說。」

司徒昊趕緊上前，扶著柳葉坐到一旁的繡凳上。柳葉撫摸著自己的肚子，心中偷笑。今兒她這身衣服可是特意改過的收腰款，讓她本就比尋常孕婦大了一圈的肚子顯得更加突兀。

醞釀了下情緒，柳葉才抹著眼淚說道：「陛下容稟。自得了這玉米種子，我就萬分小心地伺候著。可惜第一年因為種子本身的問題，外加種植技術上的缺陷，玉米的產量不高。今年我們總結經驗，像伺候娃兒一樣地精心伺候著，眼看著玉米成熟就差收割的時候，一把大火不但燒毀田地，還燒毀了莊子上的房屋，牲口被活活燒死，就是人，也有被燒死的……」

柳葉想到昨天見到的莊子上的慘狀，內心也跟著悲憤起來，根本不需要刻意做作，眼淚就已經流了下來。

藍澈一臉悲憤地稟道：「陛下，臣昨日回京時正好遇到順王妃，一起去了她的莊子。那個慘狀，就是久經沙場的我看了也忍不住悲憫。最可恨的是，這場大火是人為的，只是為了藉此引出順王妃。昨日若非臣正巧遇上，順王妃與她肚子裡的孩子怕是已經凶多吉少了。」

「什麼？」皇帝雖然知道柳葉被刺之事，卻不知道其中的細節，更不知道玉米已經被燒毀。他還正想著如何擴充戰馬呢，誰知剛有的希望，一下子又被澆滅了。

「陛下，臣弟已經查明，行刺順王妃的乃是夜凌閣的殺手，是有人買凶殺人。」進殿後就一直沈默的司徒昊，把他知道的事說了一遍。「後宮中有人想要順王妃的命。上次錦鯉池溺水不成，這次又做出買凶殺人的事來。陛下明鑑，望陛下能嚴懲凶手。」

「十六弟此言，可有證據？」

司徒昊把一個小匣子打開，往皇帝面前一放。「這是臣弟昨夜去夜凌閣收集來的證據。安排夜凌閣行刺的是貴妃娘娘的親弟夏天佑，且火燒莊子的那伙人也是夏府的下人。臣弟已經抓獲審訊了幾人，他們都供認不諱，是夏天佑指使他們去放火的。」

「這……貴妃雖是夏天佑親姊，可也不代表此事就一定與貴妃有關。」皇帝雖然也清楚夏新柔與此事脫不了關係，可他心中惦記著夏新柔天命貴女的身分，總想著能把夏新柔從這件事中脫離出來。

看著皇帝的反應，司徒昊說話間就帶了幾分寒意，道：「陛下，這幾件珍寶都印有大內的標記，敢問陛下可有賜過如此貴重之物給夏家？」

皇帝看著匣子中的幾件珍寶，眼熟地發現其中大部分都是夏新柔晉封貴妃時自己賞賜的，頓時面色就沈了下來，怒氣沖沖地對著殿外喊道：「去，把貴妃夏氏給朕帶過來！」

第一百七十九章　貴女剋星

小祿子應聲去了啟祥宮，誰知剛出去沒多久，小祿子就急匆匆地回來了，邊行禮邊喊道：「陛下，不好了，貴妃娘娘吐血了！」

「什麼！」皇帝一下子站起身來，腳步匆匆地往外走，邊走邊問：「到底怎麼回事？好端端的，怎麼會吐血？」

小祿子趕緊跟上，邊走邊說：「奴才也不清楚，奴才才出御書房沒多久，迎面就碰到啟祥宮來報信的宮女，說今兒貴妃娘娘的娘親夏家大娘子來見娘娘，兩人好好說著話呢，貴妃娘娘突然說心口疼，緊接著就吐了一大口血……」

看著皇帝腳步匆匆地出了御書房，柳葉三人面面相覷，無奈地搖了搖頭，也只能快步跟了上去。

啟祥宮內，此時已經亂成一團。宮女、太監們進進出出，送熱水的、遞帕子的、端茶的……見到皇帝到來，紛紛下跪行禮。

皇帝揮手示意眾人免禮，大步進了啟祥宮正殿。

殿內，夏新柔面色蒼白地斜靠在貴妃榻上，微閉著眼，似是睡著了一般。而榻旁坐著面容焦慮的姜氏。

一名太醫正為夏新柔診脈，旁邊的水盆裡還放著一塊帶血的手帕，格外刺目。

皇帝看了一眼那盆血水，眉頭微皺，示意下人把水盆端走，轉頭問道：「貴妃身體如何？怎麼突然就吐血了呢？」

太醫給夏新柔的左右兩隻手都把了脈，擦了擦額頭的汗珠，惶恐不安地道：「稟、稟陛下，貴妃、貴妃身體無恙，並無病症。」看到皇帝面色不好，一下跪倒在地，哆哆嗦嗦地求饒道：「陛下恕罪，微、微臣學藝不精，實在查不出貴妃娘娘吐血的原由。」

「陛下。」姜氏擦了一下眼角，開口道：「還請陛下憐憫，貴妃娘娘從小就身體康健，從來沒有出現過這樣的情形……」

皇帝一甩袖子坐下，吩咐道：「去把太醫院當值的太醫通通帶來，朕就不信，整個太醫院沒有一個能診出貴妃病症的！」

不多時，大殿內就跪滿了太醫，一個個神情惶恐，竟是沒有一個能診出夏新柔吐血的原因。

皇帝怒氣沖沖地大罵：「廢物、飯桶！平日裡一個個號稱國醫聖手，誰都瞧不起誰，真到用時卻沒一個有真本事的！」

眾太醫誠惶誠恐，一名年紀相對較輕的太醫被眾人推了出來，低著頭稟道：「陛下，臣等無能，確實診斷不出貴妃娘娘的身體有什麼不妥之處，娘娘吐血或許並不是因為生病，而是因為……」

太醫話還沒說完，姜氏大喊一聲，恍然大悟地道：「我想起來了！當初給貴妃娘娘批命的袁仙師說過，貴妃娘娘雖是天命貴女，但正因為娘娘肩負國朝運數，她命裡有一剋星，剋星不除，娘娘命運多舛，重者危及生命。」

「什麼？」皇帝一臉驚駭之色，喝道：「妳為什麼不早說？這個剋星是誰？那個袁仙師又是誰？可有破解之法？」

姜氏意味深長地瞥了柳葉一眼，道：「這個剋星……就是貴妃娘娘的姊姊、當今的順王妃，柳葉。」

「胡說八道！」柳葉和司徒昊還沒來得及開口，藍澈就怒道：「無知婦人！皇宮大內，豈能容妳胡言亂語、怪力亂神?!」

「婦人不敢。」姜氏一個頭磕倒在地。「陛下或將軍若是不信，大可叫了那袁仙師前來問個清楚明白。」

「皇兄，子不語怪力亂神，還是多請些大夫來會診吧？不說太醫院還有不當值的太醫，就是民間也是藏龍臥虎。還是趕緊請大夫來給貴妃娘娘診治。」司徒昊看了一眼躺在貴妃榻上昏迷不醒的夏新柔，提議道。

「哼，說得輕鬆，那麼多太醫都診治不出來，民間大夫難道會比太醫院的太醫還厲害嗎？貴妃娘娘分明就是被人剋的，兩人相沖才會吐血。」說著，姜氏惡狠狠地瞪了柳葉一眼。

柳葉微微一笑，輕描淡寫地道：「姜氏，我現在好歹也是堂堂正一品親王妃，妳如此誣衊一名王妃，妳可知罪？」

「婦人若有罪，自有陛下定奪。可妳是天命貴女的剋星，是我天宇皇朝的剋星，這是袁仙師打從妳小時候就批斷過的。」

「好了。」皇帝看看昏迷不醒的夏新柔，又看看挺著大肚子、辛苦地站在那兒的柳葉，說道：「順王妃有孕在身，一旁坐著回話吧。來人，派人去請袁仙師進宮，另外再請京中有名望的大夫，給貴妃娘娘治病。」

柳葉在司徒昊攙扶下，在一把椅子上坐定。

半個時辰後，夏天佑帶著一名白髮飄飄、道骨仙風的老道士出現在啟祥宮。

那道士見了皇帝也不下跪，而是唱了個道號。「無量壽福，貧道玄誠子。因本姓袁，民間百姓尊稱貧道一聲袁仙師。早年雲遊路經青州，機緣巧合之下，有幸為當時夏家兩位小施主批命，得出夏家二姑娘乃天命所繫，是維繫我朝運數的天命貴女。而夏家大姑娘……」

說到這裡，袁仙師頓了頓，仔細端詳了柳葉一番，才繼續說道：「夏家大姑娘原是天命貴女的雙子星，與天命貴女相生相剋。命運如何，全憑日後境遇不同而不同。如今看來，雙子星與天命貴女已經越走越遠，走到相剋的對立面了。」

「一派胡言！」司徒昊怒視袁仙師，說道：「按照道長所言，順王妃是天命貴女的剋星，那意思就是說，順王妃會危害我天宇朝嘍？可是王妃一直以來的所作所為，種植番薯、研發脫水蔬菜、壓縮餅乾、研製水泥……包括最近的種植玉米，哪一件不是利國利民的大功德？哪裡來的危害國家一說！」

藍澈也接口道：「哼，倒是那個所謂的天命貴女，本將軍進京第一天就遇到她指使人火燒莊稼地，燒毀畝產千斤的新糧食，其心可誅！相比之下，我看順王妃是天命貴女的說辭，才更讓人信服。」

「藍愛卿，」皇帝面色不豫。「火燒莊子的事，是否與貴妃有關，還未有定論，將軍不可胡言。」

第一百八十章 真假

藍澈正想反駁，接收到司徒昊不贊同的目光，張了張嘴，最後還是改了口，悻悻地說了句。「臣魯莽，臣知錯了。」

袁道長一看這情形，眼珠子一轉，更加賣力地辯論起來。「的確，如這位將軍所言，順王妃在農事上有大功，可是，她的這些功勞，只是占了個先機罷了。無論是種植作物還是製作吃食，只要有足夠的時間，是個聰慧的都能辦成。但是天命貴女不同，她的功勞是無可替代的，上次祈雨之事就是明證。」

聽了袁道長的話，皇帝深以為然地點點頭。

那次旱災，那麼多朝廷大臣都束手無策，欽天監更是明確表示七月十六那日無雨。可是，夏新柔用自己的鮮血寫了血符祈雨，還真的被她求了雨來，自己可是親眼所見，那場雨下了足足一天兩夜，大大緩解京城附近幾州的旱情。而順王妃除了多捐了些糧食、銀錢外，並沒有什麼太大的建樹。

此時，皇帝的心已經完全偏向了夏新柔。

本來他就是因為貴女的命格才納了夏新柔，卻礙於多方面的考量，不得不把這麼個大美人閒置在珞王府後院。在那個時候，皇帝的心裡就已經埋下了叛逆的種子，才會一登基就封夏新柔為嬪。明明知道夏新柔謀害柳葉，也是避重就輕，只降了她的位分。在親眼見到夏新柔祈雨後，他心裡其實已經認定了夏新柔就是天命貴女。

如今，袁道長的一席話，更是把皇帝心中最後一絲疑慮也抹除了。為了一個天命貴女，他無視順王府所做的貢獻，也無視柳葉和司徒昊所受的委屈，更是無視夏新柔所犯的過錯。

而先前一直昏迷著的夏新柔，卻在此時幽幽醒轉，睜著疑惑的大眼睛問道：「陛下？發生什麼事了？怎麼你們都在這裡？」

姜氏一把抓住夏新柔的手，嗚咽著說道：「貴妃娘娘總算醒了，剛才可是嚇死老身了。娘娘突然吐血昏迷，袁仙師說，是因為……因為順王妃與娘娘相剋的緣故。」

夏新柔驚愕地用手捂住嘴。「怎麼會？順王妃也是妾身的親姊姊，雖然她從小就被逐出夏家，可她跟妾身是同父異母的姊妹的事實是改變不了的，她怎麼可能剋妾身呢？陛下，這其中會不會有什麼誤會？」

看到夏新柔的做作，柳葉撇了撇嘴，實在是忍不住，開口說道：「陛下，別怪我說話直，我這人打小就不信什麼怪力亂神，對於誰是天命貴女，誰又與誰相剋的事情不感興趣。我只想問一問陛下，我家莊子被燒的事，還有我半路遇刺這兩件事，陛下打算怎麼處置？」

「大膽！朕如何行事，哪裡容得下妳一個內宅婦人過問？」聽到柳葉的質問，皇帝明顯有些惱羞成怒。

柳葉長吁一口氣，道：「陛下，我是原告、是苦主，被燒莊子的是我，被刺殺的也是我。陛下英明神武，不會視而不見的，對吧？」

夏新柔一見柳葉抓著刺殺之事不放，抓著皇帝的手，弱弱地喊了一聲。「陛下……」

皇帝丟給夏新柔一個少安勿躁的眼神，看了看面色沈重、保持沈默的司徒昊和藍澈，猶豫了一下才道：「順王妃所說之事，朕自會傳旨下去細查。只是，此時袁道長正好在此，還是先把天命貴女和剋星之事分辨清楚吧！」

柳葉詫異地看著皇帝，差點笑出聲來，心中暗暗腹誹：司徒昊啊司徒昊，你當初怎麼就選了這麼個是非不分的人呢？怎麼就擁立他坐上了皇位呢？

此時，一個太監低著頭小跑進來，稟報道：「啟稟陛下，有個和尚突然出現在殿外，求見陛下。」說著雙手捧著個明黃色的令牌，呈給皇帝看。

皇帝還沒來得及看清令牌的樣子，一陣輕風吹過，令牌已經不見了，殿堂裡多了個身披袈裟的老和尚。雪白的眉毛、雪白的鬍鬚，卻有著一張面色紅潤、沒有一絲皺紋的臉。

「慧濟大師！」皇帝和司徒昊兩人異口同聲地喊出聲來。

「阿彌陀佛！兩位施主多年未見，安泰順遂。」慧濟唱了個佛號，與皇帝和司徒昊見了禮，轉身對著柳葉施了一禮，道：「柳施主心懷天下，為蒼生謀福祉，老衲敬佩，謝柳施主善舉。」

柳葉正驚詫於和尚憑空出現的本事，突然看到慧濟大師向自己打招呼，愣是沒反應過來，傻乎乎地指著自己的鼻子問：「你……認識我？」

慧濟大師慈善地笑了笑。「老衲不認識夏婉柔，卻知道柳葉施主。」

柳葉如遭雷擊。老和尚這是什麼意思？夏婉柔是這具身體原主的名字，她穿越過來後沒多久，柳氏和離，她也就給自己改名叫了自己前世的名字。難道這個慧濟大師知道自己是穿越的？他不會像小說裡寫的那樣，把自己當妖怪收了吧？

「柳施主不必緊張。」慧濟大師又慈祥地一笑，從手腕上褪下一串佛珠，遞給柳葉。「此佛珠陪伴老衲經年，早已有了靈性。現贈予施主，望施主順遂一生，以保我天宇朝百世昌順。」

「謝大師。」柳葉愣怔著接過佛珠，她的大腦還在當機中。

司徒昊卻興奮地一把抓住柳葉的手，問向慧濟大師。「大師，您的意思是……柳葉就是我朝的天命貴女？」

慧濟大師摸了摸自己的雪白鬍子，道：「天命貴女之說，信則有之，不信則無。老衲以為，貴女命格雖與國運息息相關，但人品為重，命格為次。能為天下蒼生謀福祉的，才是真正的天命貴女。」

聽了慧濟大師的話，皇帝迷茫了，指著夏新柔問慧濟大師。「可是……可是朕親眼見到貴妃祈雨成功，她怎麼可能是天命貴女呢？」

慧濟大師微微搖了搖頭，說道：「陛下不妨問問夏施主，她是如何得知七月十六夜晚會下雨的。」

「這……這……」皇帝眼睛猛地睜大，看看夏新柔，又看看慧濟大師，半天說不出一句話來。

第一百八十一章　懲罰

袁道長和夏天佑對視一眼，上前一步，喝道：「老和尚，休得胡言！天命貴女之所以謂之天命，命格乃是上天注定，豈是你說的什麼人品決定的。天下善良的人多了去，難道人人都是天命貴女不成？」

慧濟大師依舊是那副慈善的笑容，對袁道長說道：「天命貴女乃天上星宿下凡，自不可能人人皆是。但也絕不會是夏施主。」

慧濟大師說完，不再理會袁道長，面向夏新柔，無形的威壓釋放出來，問道：「夏施主，妳是如何得知七月十六晚上有雨的？」

夏新柔面露驚駭，怯生生地道：「我、我……是我娘家託人傳信給我，讓我在七月十六那天晚上祈雨的。」說完，夏新柔如洩了氣的皮球般癱軟在地，看都不敢看場中諸人一眼。

「什麼！」皇帝如遭雷擊，一屁股坐倒在貴妃榻上。

「那你們又是如何得知的呢？」慧濟大師無悲無喜的聲音響起，目光掃過夏天佑與袁道長。

兩人俱是一震。夏天佑先招架不住，坦白道：「我是聽袁仙師說七月十六晚上有雨，想著姊姊在宮中受罰，覺得可以利用，才想了個祈雨的法子。大師饒恕，我並不是有意欺瞞的……」

慧濟大師搖了搖頭，道：「假裝祈雨以求脫困並沒有錯。你們錯在脫困以後不但不存善念，還縱火燒莊子、買凶殺人。致使有人無辜喪命，還禍及百姓。」

夏天佑緊抿著嘴，還想再說些什麼。姜氏已經嚇得跪倒在地，邊磕頭邊求饒道：「大師饒命、大師饒命，我們也是一時糊塗……」

慧濟大師收回威壓，朝還在發愣的皇帝行了一禮，道：「爾等罪行，自有國法處置。」說完又朝殿中諸人行了個佛禮，道：「阿彌陀佛，此件事了，老衲就此別過。」然後轉身對袁道長說道：「玄誠，你道法未成，還是回歸師門繼續修行為好。正好老衲要去拜會尊師，一同前往吧。」說著伸手拉過袁道長，一個閃爍間，兩人便已到了殿外。

等到眾人反應過來追出去的時候，哪裡還有兩人的身影？

啟祥宮正殿內，夏新柔依舊癱倒在貴妃榻旁，姜氏跪在一旁攙扶著自家女兒，面如死灰。夏天佑跪在廳中，身子微微發抖，額頭上布滿汗珠，卻是不敢伸手擦拭。

皇帝領著司徒昊、柳葉和藍澈返回殿中。此時的皇帝又變成了那個睿智英武的天宇朝皇帝陛下。掃視了地上的三人，說道：「你們誰能告訴我事情的真相？」語氣威嚴，不容置疑。

夏天佑知道這次是逃不掉了，便把夏家的所作所為說了一遍。

他找袁道人商議如何救助夏新柔。兩人利用祈雨之事，坐實夏新柔天命貴女的命格，又聯繫夜凌閣，買凶殺人。

因為柳葉懷著身孕不出門，順王府戒備森嚴，殺人不好動手。為了引誘柳葉出府，他們提早打聽到司徒昊的行程，趁他不在府中，放火燒了柳葉的莊子。

聽完夏天佑的敘述，皇帝沈聲問道：「你們可知，順王妃是真正的天命貴女之事？」

「不知、不知。」姜氏趕緊開脫道：「在貴妃娘娘才四歲的時候，袁道長就來過夏家一次，那時候他只說貴妃娘娘是貴女命格，直到去年再次遇到袁道長時，才知道有剋星一說。陛下……陛下饒命，小婦人也是誤信那妖道之言，一時糊塗才會犯下這滔天大罪。此事與貴妃娘娘和犬子無關，都是小婦人的錯。」

說完，姜氏甩開與夏新柔相互攙扶的手，砰砰砰地朝皇帝磕起頭來，沒幾下額頭就滲出血絲。

「娘！」夏新柔一把抱住姜氏，哭道：「不關我娘親的事！是我嫉恨柳葉過得比我好。同是夏家女兒，她還是個被逐出家門的，憑什麼她能事事如意，而我卻要在這深宮中垂死掙扎？」

夏新柔怨毒地看著柳葉，繼續道：「她還是我的殺父仇人，父親就是死在她家門口的……」

「住口！」司徒昊怒喝一聲。「夏玉郎是叛匪，他的死是他咎由自取，罪有應得。」

姜氏也趕緊拉住還要分辯的夏新柔，說道：「陛下明鑑，別聽貴妃娘娘胡說，是小婦人錯信袁道長的剋星之說，才會想要殺了順王妃的。貴妃娘娘和犬子都是因為孝道，才會被我逼著去做了錯事。望陛下開恩，放過我的一雙兒女。」

「娘！」夏新柔悲愴出聲，還想說些什麼，卻被姜氏死死按住，不讓她有說話的機會。

而夏天佑除了一開始的敘述外，之後就沒再開過口。

皇帝想了想，道：「國有國法，即便是我這個做皇帝的，也不能擅自作主定了你們的罪。來人，把姜氏和夏天佑拖下去，關入刑部大牢。貴妃夏氏禁足啟祥宮，著刑部全力追查，待到全部證據確鑿再依法判決！」

很快的就有侍衛進來，把姜氏和夏天佑拖去了刑部大牢。夏新柔一邊哭著，跟著跑出去，卻被兩個嬤嬤抓住，拽著她進了寢殿，砰的一聲把殿門關上了。

柳葉回到順王府，只覺得腰痠背痛，在床上足足躺了三天，才算是緩了過來。

沒幾天，關於夏家的判決就下來了。夏家縱火行凶，意圖謀害順王妃，證據確鑿。依律，判夏天佑死刑，秋後問斬；姜氏則流放嶺南。

夏新柔被貶為庶人，幽禁冷宮。沒能撐過一個月，就香消玉殞了。皇帝念及她是小皇子的生母，雖沒有恢復她的位分，卻還是以嬪的儀制辦了喪事。

關於天命貴女的事，不管是皇帝還是司徒昊等人，都沒有向外透露一個字。柳葉自然更不可能說出去，給自己找麻煩。

夏家的判決下來後，皇帝親自來到順王府，賞賜了柳葉許多東西。雖沒有明言，話裡話外都充滿了道歉之意。

第一百八十二章 生子

其間，皇帝躊躇幾次，最後還是問道：「那個……玉米還有種子嗎？」

柳葉心中怨氣未消，真想直接一句「沒有了」給頂回去，卻也知道這事不能瞞著，反正想瞞也瞞不住，只得暗暗翻了個白眼，說道：「萬幸火起的時候莊戶們拚命救火，這才勉強保住了三畝地的玉米，等到這些玉米收成了，我就挑出些好的給陛下送去。」

皇帝一聽還有種子，立刻高興起來。「好，還是順王妃識大體，肯為天下百姓謀福祉。」

柳葉懶得聽這些給人戴高帽的話，心道，她的玉米種子可不是那麼好拿的，她莊子上的損失還沒找人補回來呢。

於是，她換上一副悲天憫人的表情，嘆氣道：「不是我識大體，若沒有莊戶們的努力，我就是再識大體也變不出種子來。當初火起時，莊戶們寧願放棄自家的房屋、財物，也要保住玉米，可憐他們剛經歷旱災，又遭受火災，沒錢沒糧沒房的，接下來的日子可怎麼活……」

皇帝臉色一僵，嘴角扯了扯，才道：「朕已經命人抄了夏家，過幾天就讓人送銀錢過來。二萬兩銀子，夠不夠妳安置那些莊戶？」

柳葉立刻換上一副笑臉。「夠夠夠，謝皇上恩典。」說著，挺著個肚子就要跪下去。開玩笑，二萬兩白銀能買好幾個莊子了，這一跪就當是替那些莊戶們謝恩了。

皇帝趕緊虛扶一把，道：「起來、起來，有身子的人，別動不動就跪的。」

皇帝走後第二天，就命人送了二萬兩銀票過來。司徒昊笑柳葉，連皇帝的竹槓都敢敲。柳葉卻不理他，樂呵呵地收了銀票，喚來管事重建莊子去了。

時光流逝，轉眼就進入臘月二十，又到年節，柳葉卻沒有半點即將過年的喜色。柳晟睿遊學在外，早早就來信說是走得有些遠，趕不及回來過年了，正好他也想體驗一下各地不同的風俗，就不回家了。

「唉，妳說這個睿哥兒，過年也不知道回來。年紀也不小了，還去什麼遊學，長年不在家的，這讓我怎麼給他說親事啊？」

柳葉挺著個大肚子，一邊在院子裡散步，一邊聽著柳氏的嘮叨，正想開導安慰幾句，突然肚子一陣抽痛，直痛得她差點就站不住。還好柳氏本就扶著她，托了柳葉一把，又有丫鬟幫忙，才沒讓柳葉摔倒在地。

「呀！這、這是怎麼了？」柳氏和丫鬟們一個個緊張地問著。

柳葉緩了口氣，等到陣痛過去才道：「娘，我肚子痛，會不會是要生了？」

「啊？快、快，扶回房裡去！不、不，快，妳去叫了軟轎過來！穩婆？穩婆呢？」柳氏一聽要生了，立刻慌了神，把身邊的丫鬟指使得團團轉。她雖是兩個孩子的娘，但這是自己的寶貝女兒，肚子裡懷的又是順王世子，她能不緊張嗎？

「娘。」柳葉無奈，抓著柳氏的手說：「叫什麼軟轎啊，幾步路就回去了。這會兒肚子沒那麼痛了，我們趕緊回去吧。問雪，妳先走一步，去通知穩婆準備著。」

「是。」問雪得了吩咐，邁開腿就跑遠了。

還好穩婆和乳娘是早就找好接進府的。可饒是這樣，等到柳葉慢吞吞地回到榮華苑的時候，院裡還是全員出動，人人臉上帶著緊張，穿梭忙碌著。司玉娘正在指揮丫鬟婆子們燒水、鋪床，雖然忙碌，卻井然有序。

一看到柳葉回來，司玉娘趕緊迎上來，一把扶住柳葉，忍不住責問道：「哎呀，我的王妃娘娘啊，您這是要嚇死老奴啊！已經叫了軟轎，怎麼不等軟轎，自個兒就這麼走回來了？要是有個閃失，可如何是好？」

陣痛還不頻繁，柳葉還有心情開玩笑。「嬤嬤別緊張，才剛開始肚子痛，沒那麼快生下來的，嬤嬤放心好了，不會把小世子生在半路上的。」

司玉娘好氣又好笑，也不敢多廢話，扶著柳葉就進了早就準備好的產房內。

得到消息的司徒昊也匆匆地從外院趕了回來，只來得及在產房門口跟柳葉說了一句話，就被穩婆給攔住了。「砰」的一聲，產房門關上，司徒昊只得在院中來回踱步。

或許是保養得宜，也或許是孩子心疼母親，柳葉頭一次生產，雖然時間長了些，好在是有驚無險地度過了，還一生生倆，一男一女龍鳳胎。

司徒昊心花怒放，大手一揮，大賞全府上下。本就喜慶的順王府更加熱鬧了，人人眉開眼笑、歡聲笑語的。

等到柳葉睡醒了，一睜開眼就看到兩個小腦袋頭挨著頭，躺在自己身邊，睡得正香。

「葉兒，妳醒了？」司徒昊滿臉笑意地看著柳葉。「辛苦妳了，為我們順王府帶來了一對龍鳳胎。要不要喝水？我去給妳倒。」

柳葉看看忙著去倒水的司徒昊，又看看身邊睡著的兩個小腦袋，笑得眉眼彎彎。靠在司徒昊的懷裡，就著他的手喝水，盯著兩個娃兒看了半天，才帶著徵詢的語氣問道：「司徒昊，我們去封地吧？我不想再待在京城了。」

來京城的這幾年，她受過傷、落過水，差點被算計得沒了名節，光是刺客就遇過好幾回，她是真的有些厭煩了，也有些怕了。如今又得了兩個軟乎乎、肉嘟嘟的小包子，她就更不想待在京城這個漩渦裡了。

司徒昊輕輕吻了柳葉的額頭一下，溫柔地道：「好。我已經求了皇上，把我的封地改成了青州。等天氣暖和了，我們就出發。帶上乳娘和章大夫，多帶些丫鬟、婆子，再把馬車鋪得軟軟的，咱們走慢點，碰到喜歡的城鎮就多住些時候，這樣就不怕孩子小，旅途勞頓了，妳也可以散散心。」

一聽司徒昊不但同意，還偷偷把封地改到了青州，柳葉一把抱住司徒昊，感動得淚眼矇矓。「謝謝你，司徒昊。」

司徒昊輕輕拍著柳葉的肩膀勸她。「別哭，月子裡可不能流眼淚，仔細傷了眼睛。」

次年過完八月十五，司徒昊上了一道請求就藩的奏摺，避開了北方早到的冬季，也避開了南方炎熱的夏季，只留下幾家忠心的老僕看守順王府，便帶著全家上下，一路遊山玩水地朝青州出發了。

——全書完

2019年8月出版

旺夫神妻

文創風 776～777

長得好看又有何用，為了利益，還不是能害死最親近的人？
好在她不是外貌協會，就算自家夫君不是彭于晏，
可心存善念，愛她、寵她，她就覺得他是全天下最棒的男人！
更何況夫君也不是省油的燈，到最後陳家要靠誰還不知道呢！

接天蓮葉無窮碧，映日荷花別樣紅／高嶺梅

何田田剛穿越到古代，就面臨被迫嫁人的命運，
想到貧困的家境、老實的爹娘，她只得咬牙嫁了！
據說未來夫君陳小郎人高馬大，外貌挺嚇人，方圓百里無人敢嫁，
不過陳家家境不錯，她嫁去至少能吃好穿好，
誰知嫁過去後，她才發覺陳家似乎有秘密。
陳小郎在家不受寵，可他也不在意，常常不見人影，對她又惜字如金，
婆婆曾有個下落不明的兒子，為了找兒哭瞎了眼，
還有那刻薄狠毒的大嫂，以及表面帶笑卻摸不透的大哥陳大郎……
她想安穩度日就得不露本事，過好自己的日子就好，
孰知她不害人，別人卻會來算計他們，
這不，公公莫名被綁架，被救回後都還沒查出真相就大病一場，
臨死前將陳家兩兒子分了家，她和寡言又一臉凶相的夫君竟被趕到荒郊野外？!

2019年8月出版

阿九

文創風 773～775

逃荒的路上，阿九遇見一個受盡欺凌卻不開口求饒的孤兒，
她看不過眼，出手相幫後問了他名字，他說，他叫謝翎。
上輩子扳倒太子的那位，可不就是叫謝翎？莫非是他？
誰能想到他日後會成為名動京師的小謝探花，位極人臣？
不過，如今他餓得只能跟著她啃草根，說榮華富貴？還早著呢！

別後唯相思　天涯共明月／青君

她叫阿九，一個爹死、娘改嫁，在鬧旱災時又被唯一的親哥拋下的孤女，
因著模樣好，前世她被親叔嬸賣給了戲班子，最後又輾轉到了太子府，
誰知最後太子被廢，一時想不開引火自焚，還不忘帶上她，
許是她活得太苦、死得太冤，老天爺對她深感抱歉，因此又讓她重生，
即便這世依舊是孑然一身、再無親人相伴，她也要活出不一樣的阿九！
在逃荒的路上，她把小她一歲的孤兒謝翎撿回照顧，對外也以姊弟相稱，
多年來，她認真習醫、努力掙錢，為的就是供他讀書，讓他功成名就，
然而隨著年紀愈大，她發現自己愈是看不透他，欣慰的是他書始終讀得不錯，
想來這世他也一樣會順利成為探花郎，可萬萬沒想到，他竟一躍成了狀元！
好吧，雖然有些些的不同，但總歸是往好的方面發展，也算可喜可賀啦，
可是，這個弟弟當得實在很不稱職，老愛一臉淡然地說些害她臉紅心跳的話，
而這些話聽著聽著，她竟也被蠱惑了，覺得能與他相伴一生似乎極好，
無奈世事沒法盡如人意，太子自從偶然看見她後，就瘋了似的要得到她，
難道說，太子也跟她一樣，擁有前世的記憶？這……有可能嗎？
若真是如此，那謝翎今生能否再次扳倒太子，並扭轉她的命運呢？

文創風

790

棄女翻身記 3 完

國家圖書館出版品預行編目資料

棄女翻身記 / 慕伊著. --
初版. -- 臺北市 : 狗屋, 2019.10
冊 ; 公分. --（文創風）
ISBN 978-986-509-047-0（第3冊：平裝）. --

857.7　　108015636

著作者	慕伊
編輯	王冠之
校對	黃薇霓
發行所	狗屋出版社有限公司
地址	台北市104中山區龍江路71巷15號1樓
電話	02-2776-5889～0
發行字號	局版台業字845號
法律顧問	蕭雄淋律師
總經銷	知遠文化事業有限公司
電話	02-2664-8800
初版	2019年10月
國際書碼	ISBN-13　978-986-509-047-0

本著作物由紅袖添香（https://www.hongxiu.com）授權出版

定價250元

狗屋劃撥帳號：19001626

網址：love.doghouse.com.tw　E-mail：love@doghouse.com.tw